Ethel Lina White
Als er zum ersten Male starb

AF188641

Als er zum ersten Male starb

Roman

von *Ethel Lina White*

*Aus dem Englischen
von Karl Siegfried Döhring*

Books on Demand
Norderstedt

Bibliografische Information der Deutschen Nationalbibliothek:
Die Deutsche Nationalbibliothek verzeichnet diese Publikation
in der Deutschen Nationalbibliografie; detaillierte bibliografische
Daten sind im Internet über http://www.dnb.de abrufbar.

Originaltitel: »The First Time He Died«,
veröffentlicht 1939 im Verlag *Collins & Son*, London.
Die vorliegende Übersetzung erschien 1939
im Verlag *A. H. Payne*, Leipzig.

© 2018 Christian Justen (für diese Ausgabe)
www.crime-classics.com

Gesetzt mit LuaLATEX aus der »Analogia«.

Herstellung und Verlag:
BoD – Books on Demand, Norderstedt
www.bod.de

ISBN 978-3-7481-2997-4

1 Alle Menschen müssen sterben

Fast alle Bewohner des Städtchens Starminster vernahmen Charlie Baxters Tod mit Bedauern. Bei den Frauen war er beliebt, und die Männer nannten ihn allesamt einen »netten kleinen Kerl«, wobei sie sich allerdings merkwürdig unrichtig ausdrückten, denn in Wirklichkeit war er überdurchschnittlich groß.

Als liebenswürdiger, anspruchsloser Mensch stahl er sich so unauffällig aus dem Leben, wie er es bisher beim Verlassen einer Gesellschaft zu tun pflegte – mit einem Nicken verabschiedete er sich von dem Gastgeber und verschwand aus dem Hause, ohne daß jemand etwas davon merkte. Es herrschte gerade eine Grippeepidemie. Eines Tages erwähnte jemand beiläufig, daß es auch Charlie gepackt habe. Die nächste Mitteilung über ihn traf die Leute im Billardraum des Hotels »Zur Traube« wie ein Donnerschlag:

»Der arme Baxter ist gestorben.«

»Der arme Kerl!« tönte es im Chor, denn Charlie mochte man gern. Er zahlte seine Rechnungen, beteiligte sich bescheiden an öffentlichen Sammlungen und hörte geduldig zu, wenn jemand Golfgeschichten erzählte. Er tat überall mit, und wenn er mit jemand spielte, so waren seine Leistungen immer etwas geringer als die seines Gegners; wurde eine Runde ausgeknobelt, so mußte er unweigerlich zahlen, aber er verlor mit heiterem Gesicht.

Niemand war daher wirklich überrascht, daß der Tod ihn nicht in bester Form gefunden und aus diesem Gebrechen Vorteil gezogen hatte.

»Wann ist er denn gestorben?« fragte jemand.

»Spät in der letzten Nacht«, erwiderte der Mann, der die Nachricht gebracht hatte.

»Vermutlich Grippe?«

»Ja. Plötzlicher Zusammenbruch. Er hatte ein schwaches Herz, wie ich gehört habe.«

»Nein, das stimmt nicht«, widersprach Acorn, der Versicherungsagent.

Dabei kreidete er seinen Billardstock ein und sah sich ohne rechte Hoffnung nach einem Opfer um, dem er eine Partie abgewinnen könnte. Er vermißte Charlie Baxter zuallererst.

»Es war ein böser Fehler, daß sie den unfähigen, alten Dubarry nahmen«, sagte er wütend. »Ein anderer Arzt hätte ihn wahrscheinlich durchgebracht.«

»Aber Mrs. Baxter schwört auf ihn«, bemerkte ein männliches Klatschmaul.

»Ja, das kann ich mir denken.«

Die anderen brummten beifällig. Es war eine allgemein anerkannte Tatsache, daß Dr. Dubarry ebensoviel Verstand hatte wie ein getrockneter Pilz und sich durch nichts in seinen eigenen Vergnügungen stören ließ. Zu seinen Gunsten mußte man jedoch zugeben, daß er seine Praxis kaum noch ausübte und nur dann einen Fall zur Behandlung übernahm, wenn man ihn persönlich dazu überredete.

Als die Damen der Stadt von Charlie Baxters Tod hörten, fügten sie dem Urteil über die Untüchtigkeit des Arztes eine weitere Anklage hinzu. Es waren Anspielungen darauf, daß Vera Baxter den Kranken zu nachlässig gepflegt habe. Man schüttelte den Kopf, und die Zungen kamen nicht mehr zur Ruhe.

»Immer hat er sie bedient. Es wäre doch einmal etwas ganz Neues für sie gewesen, ihn zu bedienen. Nur schade, daß sie keine geprüfte Krankenschwester hatten.«

»Aber Dr. Dubarry sagte doch, daß sie sich wunderbar benommen hat«, meinte eine etwas milder gestimmte Frau.

»Das ist ja selbstverständlich. Sie ist eine schöne Frau.«

Vera Baxter war, im Gegensatz zu ihrem Mann, in der Stadt nicht besonders beliebt. Sie war eine heitere, tüchtige, kleine Person mit einem Sinn für Ordnung, aber weder konnte sie Hockey spielen, noch wußte man genau, ob sie je auch eine richtige Schule besucht hatte.

Ihrer äußeren Erscheinung nach war sie eine schlanke, hübsche Blondine, elegant und dekorativ. Für eine verheiratete Frau wirkte sie eigentlich zu jung, solange man ihre wissenden blauen Augen noch nicht sah, die älter waren als alles andere an ihr.

Am meisten mißfiel den Leuten in der Stadt aber der dritte Bewohner von Jasmine Cottage – Puggie Williams. Seit mehreren Monaten hatte er sich dort festgesetzt und war noch immer eine geheimnisvolle Persönlichkeit. Er trug mit ausgezeichneter Haltung alte Kleider von tadellosem Schnitt, und seine Stimme verriet eine gute Erziehung, aber er hatte das aufgedunsene, von roten Adern durchzogene Gesicht eines Gewohnheitstrinkers, und wenn er seine Herkunft vergaß, benahm er sich geradezu abstoßend.

Es war offensichtlich, daß er das Leben in einer anderen gesellschaftlichen Sphäre begonnen hatte als seine Freunde. Vermutlich hatte er sie getroffen, als er nach unten glitt, während sie die Leiter emporklommen, und hatte sich ihnen als Bleigewicht an den Hals gehängt.

Mit Charlie schien er in bestem Einvernehmen zu stehen, und die drei waren allem Anschein nach in redlicher Freundschaft miteinander verbunden. Vera ließ ihn für sich arbeiten und beherrschte ihn ebenso wie ihren liebenswürdigen Mann, denn sie gehörte zu jener Art Frauen, die Männer als Fußmatten betrachten. Trotz alledem konnten die Leute in Starminster Puggies Anwesenheit in Veras Haus nicht so einfach hinnehmen; denn er war ein Mann.

Die Nachricht von dem Todesfall verbreitete sich wie ein Lauffeuer durch die Stadt. Es herrschte schrecklich schlechtes Wetter an diesem Tag. Die

Nacht über hatte es tüchtig geschneit, so daß am Morgen jedes Dach eine weiße Kappe trug und der Kirchturm wie ein Zuckerhut aussah.

Jetzt jedoch hatte es zu tauen begonnen. Durchweichte Schneemassen bedeckten das Pflaster und verstopften die Rinnsteine, und die Landstraßen wurden durch den Fahrverkehr in zähe, braune Moraststreifen verwandelt. Die Hügelketten hoben sich als eisige Silhouetten von dem grauen Himmel ab, die Straßen wirkten düster und niederdrückend. Die Gesichter der Menschen, die unter der Kälte gelitten hatten, erschienen jetzt schmutziggrau, so daß jede Frau, die etwas Rot aufgelegt hatte, sich um die Hebung der allgemeinen Stimmung verdient machte. Es war frostig und trübe und eigentlich keine Zeit, um an den Tod zu denken.

Aber trotzdem beherrschte er die Gedanken vieler Frauen. Charlie hatte sich zum letztenmal öffentlich bei einem Tanzfest am Primeltag gezeigt, als ein empfindlicher Mangel an Herren herrschte. Da er zu bescheiden war, um die anziehenden jungen Mädchen und Frauen aufzufordern, hatte er sich ausschließlich um die Mauerblümchen gekümmert.

Er war ein ausgezeichneter Tänzer, schwebte wie eine Feder, hatte einen elastischen Schritt und wiegte sich unermüdlich im Takt. Untersetzte Frauen, deren Männer mit hübschen Mädchen tanzten, schienen sich um Jahre zu verjüngen, wenn sie in Charlies Armen über das Parkett glitten. Überreife alte Jungfern, um die sich niemand mehr riß, und Schulmädchen, die noch zu unerfahren waren, fanden in ihm nicht nur einen Partner, sondern auch einen Mann, der sich ihnen mit Mitgefühl und Ehrerbietung widmete.

Zu diesen gehörte auch Miß Belson, eine unverheiratete Dame, die eine gewisse Stellung in der Gesellschaft einnahm. Wegen der politischen Bedeutung des Primeltages war sie gezwungen, an der Feier teilzunehmen. Sie saß wie festgeleimt auf einem harten Rohrstuhl und fand wenig Trost bei der Erinnerung, vor zwanzig Jahren eine so begehrte Tänzerin gewesen zu sein, daß sie die Nummern ihrer Karte hatte teilen müssen.

Sie war nun auch eine vorzügliche Partnerin, und Charlie vertraute ihr an, daß sich mit ihr am besten tanzen ließe. Er sprach mit ihr über sie selbst, während seine sanften braunen Augen ihr Komplimente machten, die er vorsichtigerweise nicht in Worten äußerte. Mit der ihm eigenen Bescheidenheit ließ er sie die Unterhaltung führen; die einzige Bemerkung über sich selbst war das Geständnis, daß er seinen Bart nicht aus künstlerischem Gehabe trüge, sondern um sich vor Erkältungen zu schützen.

»Und ich muß schon zugeben, daß ich mit Bart vorteilhafter aussehe als glattrasiert«, fügte er leise lachend hinzu. »Ich habe ein kleines Kinn, müssen Sie wissen.«

»Ich hasse starke Männer wie Mussolini oder Cromwell«, erklärte Miß Belson.

Charlie hatte die vertrocknete romantische Ader in ihrem Herzen zu neuem Leben erweckt, so daß sie sich schon überlegte, ob er in seiner Ehe glücklich sein könnte. Außerdem fiel ihr auf, daß Vera fast ausschließlich mit Puggie Williams tanzte ...

Sie war gerade in der Leihbibliothek, als sie von seinem Tode hörte; und es war ein furchtbarer Schlag für sie, als der Mann, der ihr zum Bewußtsein gebracht hatte, daß sie außer Steuerzahlerin auch noch eine Frau war, durch eine beiläufige Bemerkung der Bibliothekarin aus ihrem Leben gerissen wurde.

»Es ist doch zu schade um den armen Mr. Baxter!«

Miß Belson erkundigte sich, äußerlich vollkommen beherrscht, nach Einzelheiten. Aber statt eines Buches, das man ihr empfohlen hatte, entlieh sie diesmal einen Kriminalroman. Sie fühlte, daß sie etwas haben mußte, was ihre Gedanken von diesem schrecklichen Unglück abzulenken vermochte.

Auf dem Heimweg wurde sie von einem unwiderstehlichen Verlangen gepackt, nach Jasmine Cottage zu gehen und das Haus zu betrachten; denn es barg die sterbliche Hülle jenes Mannes, dem sie zu spät begegnet war. Mit durchnäßten Schuhen schleppte sie sich schwerfällig durch die matschigen Straßen und ging an weißbepuderten Lorbeerbüschen, die in den Vorgärten standen, vorüber, bis sie das kleine, cremefarben gestrichene Gebäude erreichte.

Es lag am äußersten Ende der Stadt, nur noch zwei Straßenlaternen trennten es von der vollkommenen Dunkelheit der Yorker Chaussee. Es brannte keine Lampe, obwohl die blaugrünen Vorhänge an den kleinen Fenstern nur teilweise zugezogen waren, so daß das flackernde Kaminfeuer in der Diele zu sehen war. Als Miß Belson stehenblieb, fuhr ein Wagen vorbei, und die Scheinwerfer erhellten den Raum für kurze Zeit.

Sie erblickte zwei Leute – Vera Baxter und Puggie Williams, die dicht nebeneinander saßen, als ob sie sich im Flüsterton unterhielten. Es lag etwas so Verstohlenes in ihrer Haltung, daß es Miß Belsons Aufmerksamkeit erregte. Sie sah Zähne und Augen aufblitzen und fragte sich ungläubig, ob die beiden lachten.

Obwohl sie nicht sicher war, daß sie recht gesehen hatte, ging sie, vor Empörung zitternd, nach Hause. Ihr Gefühl sagte ihr, daß Vera Baxter nicht um ihren Mann trauerte.

Miß Belson wohnte bei ihrer verwitweten Schwester, einer Lady Fry, die etwas unförmig war und an chronischem Husten litt. Als sie sich wieder in dem gutgeheizten Hause befand, erholte sie sich von der Kälte und dem Elend auf den Straßen, aber den Vorfall, den sie beobachtet hatte, konnte sie nicht vergessen. Er blieb in ihrem Gedächtnis haften und reizte sie wie ein Stachel, während sie mechanisch eine ausgezeichnet zubereitete Abendmahlzeit zu sich nahm und ihrer Schwester darin beipflichtete, daß der arme Charlie Baxter immer wie ein Mann ausgesehen hätte, den man »bemuttern« mußte.

Als sie später im Bett lag, las sie in ihrem Buch und hoffte, bald einzuschlafen. Aber der Kriminalroman brachte ihr nicht die erhoffte Ablenkung vom wirklichen Leben. Im Gegenteil, die Lektüre lenkte ihre Gedanken in eine neue grauenvolle Richtung.

Mord!

Wenn zwei Menschen einen dritten aus dem Wege schaffen wollten, würde es ein leichtes sein, dem Arzt eine Komödie vorzuspielen, besonders wenn dieser ein unfähiger Dummkopf war. Sie konnten dem Opfer doch Gift oder ein Betäubungsmittel beibringen, das im Verlauf einer ungefährlichen Krankheit zu einem Kräftezusammenbruch führen mußte, vor allem, wenn der Patient ein schwaches Herz hatte.

Miß Belson war vorsichtig. Sie wollte nicht einmal in Gedanken bestimmte Leute verdächtigen.

Plötzlich erinnerte sie sich daran, wie unermüdlich Charlie Baxter getanzt hatte. Niemals war er außer Atem gekommen, und nicht das geringste Anzeichen von Erschöpfung hatte man ihm anmerken können. Ihre Pulse hämmerten in den Schläfen, und sie fühlte kalten Schweiß auf den Händen, als sie aus dem Bett sprang.

»Wenn er nun tatsächlich ermordet wurde?« sagte sie zu sich. »Was könnte ich tun?«

In diesem Augenblick kam ihr zu Bewußtsein, wieviel seelischer Mut dazu gehört, sich an die Polizei zu wenden. In ihrem eigenen Fall war ihr jedoch klar, was sie tun mußte. Selbst angesichts von Widersprüchen wies sie den ungeheuerlichen Gedanken an Mord zurück.

»Wie entsetzlich, so etwas auch nur zu denken, wenn man nicht den geringsten Beweis hat. Allein dieses elende Buch ist daran schuld.«

Erbost warf sie den Band beiseite und drehte das Licht aus.

Trotz alledem bleibt eine Tatsache bestehen: hätte Dr. Dubarry, der jetzt im Blauen Expreß durch Frankreich dahinfuhr, nicht zuviel als selbstverständlich hingenommen, so würde er niemals einen Totenschein für Charlie Baxter ausgestellt haben.

2 Das Wunder

Bald nach Bekanntwerden der Trauernachricht traf die erste Blumenspende in Jasmine Cottage ein. Sie wurde von einer älteren Dame gebracht, der Charlies Tod so leid tat, daß sie gerne mehr über seine Krankheit gehört hätte.

Zu ihrem Erstaunen öffnete Puggie Williams die Haustür. Er trug einen rohseidenen Morgenrock, der die verschiedenen Schattierungen seines Gesichts nur noch mehr hervorhob. Er schien sich in althergebrachter Weise Mut angetrunken zu haben, denn er starrte verständnislos auf den Strauß weißer Veilchen, den die Besucherin brachte.

»Was soll ich damit?« fragte er.

»Es sind nur ein paar Blumen von meinem Fenster für – für die Aufbahrung«, erklärte die neugierige Frau.

»Ach, Charlie!« Puggies Augen leuchteten auf. »Donnerwetter, da wird sich der arme kleine Kerl aber freuen!« Er seufzte, dann verbesserte er sich. »Ich meine, er würde sich gefreut haben, wenn er das noch hätte sehen können.«

»Wie geht es denn Mrs. Baxter?«

»Ach, die ist vollständig erledigt. Ganz zusammengebrochen.« Puggie dämpfte die Stimme. »Sie hat das Mädchen fortgeschickt; denn sie kann niemanden mehr um sich haben. Nerven, verstehen Sie.«

»Kann ich ihr nicht irgendwie behilflich sein?«

»Nein, danke tausendmal. Ich bin ja hier immer zur Stelle. An mich hat sie sich so gewöhnt, daß ich gar nicht zähle.« Er steckte die kurze, dicke Nase in die weißen Blumen. »Dieser Duft ruft mir immer eine Erinnerung wach«, sagte er rührselig. »Eine regenfeuchte Landstraße und ein rothaariges junges Mädchen im Reitkleid. Wir waren von der Jagd zurückgekommen, und sie –«

Er brach ab und fügte dann hinzu: »Nun ja, Charlie ist jetzt auch nur noch eine Erinnerung. Herzlichen Dank für die Veilchen, Mrs. Er-Ah-Um. Sie werden Charlie gefallen.«

Etwas später wurde Puggie Williams zum erstenmal populär in Starminster, denn er war die offizielle Nachrichtenquelle. In einem dunklen Anzug, mit rotgeränderten Augen und ernstem Gesicht erschien er auf der High Street.

Er erzählte den Leuten, Mrs. Baxter sei äußerst dankbar für alle Anteilnahme, aber im übrigen zu angegriffen, um vor der Beerdigung Besuche zu empfangen.

»Ich beschleunige die Angelegenheit absichtlich«, erklärte er. »Übermorgen schon soll das Begräbnis stattfinden, wenn ich es durchsetzen kann. Tatsächlich hat Vera – Mrs. Baxter meine ich – krankhafte Anschauungen über den Tod. Ich kann sie nicht aus dem Sterbezimmer bringen. Aber wenn der Tote erst einmal aus dem Hause ist, wird sie auch wieder vernünftig werden. Außerdem will ich sofort wegziehen, wenn alles vorüber ist.«

Die Tatsache, daß Puggie auf Schicklichkeit hielt, ließ ihn in der allgemeinen Achtung steigen.

»Wird es eine große öffentliche Feier werden?« erkundigte sich jemand.

»Nein, die Beerdigung soll streng privaten Charakter haben. Wenn natürlich Freunde kämen, würde Mrs. Baxter es sicher zu schätzen wissen.«

»Wie steht es mit Blumenspenden?«

Puggie sah unschlüssig aus, während er mit seinen langen, aristokratischen Fingern eine Pustel aufkratzte.

»Blumen?« wiederholte er. »Sehen Sie, es ist so: die Witwe möchte keine haben. Aber Charlie glaubte ja, es würde den Blumenhändlern damit geholfen. Sie wissen doch, wie er war. Immer dachte er nur an andere.«

»Dann ahnte er also, daß er – sterben mußte?« fragte eine Frau heiser.

»Ja.« Puggie schluckte vor Mitgefühl. »Wir konnten es ihm nicht verheimlichen. Er wußte, daß es mit ihm zu Ende ging. Bis zum letzten Augenblick war er bei klarem Bewußtsein.«

Um nicht länger bei dem traurigen Gesprächsstoff zu verharren, fragte die Dame, die den Strauß weißer

Veilchen gebracht hatte, welche Pläne die Witwe für die Zukunft habe.

»Wird Mrs. Baxter in der Stadt bleiben?«

»Nein, bestimmt nicht«, entgegnete Puggie. »Allein der Gedanke, in welche Verhältnisse sie hier hineingeraten ist, würde sie schaudern machen. Vielleicht bleibt sie noch das nächste Vierteljahr hier, weil sie die Miete dafür bezahlt hat – aber jetzt muß ich weiter.«

Er grüßte ernst, machte sich auf den Weg nach dem Bestattungsinstitut von Mr. Brown und gab genaue, bis ins einzelnste gehende Anweisungen für die Beerdigung.

»Ich habe die Maße von Mr. Baxter mitgebracht. Die Witwe könnte es nicht ertragen, daß die Männer kommen, bis – bis zum letzten Augenblick, wenn sie ihn holen müssen. In welcher Zeit können Sie einen einfachen inneren Sarg fertigstellen?«

»Ich habe einen auf Lager, der zur Not ausreichen würde«, erwiderte der Inhaber. »Es herrscht so viel Krankheit in der Stadt, daß wir uns immer eindecken müssen.«

»Gut.« Puggie nickte. »Dann schicken Sie den morgen mittag um zwölf. Den äußeren Schmucksarg lassen Sie übermorgen Punkt halb zwei nach der Wohnung bringen. Die Beerdigung soll um zwei Uhr stattfinden.«

Da er alle anderen Anordnungen ganz dem Geschmack und der Umsicht von Mr. Brown überließ, verlief die weitere kurze Unterhaltung zu gegenseitiger Zufriedenheit.

»Sie müssen verstehen«, sagte Puggie beim Verlassen des Büros, »einfach, aber gut. Und niemand soll ungebeten nach Jasmine Cottage kommen. Wenn Sie etwas wissen wollen, rufen Sie mich an. Ich bin morgen den ganzen Tag zu Hause ... Und jetzt will ich mit dem Pfarrer sprechen.«

Nachdem er das Pfarramt verlassen hatte, mußte er noch verschiedene andere Besuche machen, so daß einige Zeit verging, bevor er nach Jasmine Cottage zurückkehren konnte. In der Diele kam ihm Vera entgegen.

Äußerlich glich sie nicht im mindesten einer trostlosen Witwe. Das angemessene schwarze Kleid, in dem sie so elegant aussah wie eine lebendig gewordene Modezeichnung, hatte sie nicht wegen der Trauer neu angeschafft, sondern schon den ganzen Winter über getragen. Es stand ungewöhnlich gut zu ihrem hellblonden Haar. Die Lippen hatte sie mit einem korallroten Stift nachgezogen, dessen Ton genau zu der Farbe ihrer Zigarettenspitze paßte.

In ihrem schmalen Gesicht zeigte sich jedoch ein scharfer Zug, als sie Puggies Bericht anhörte, und bei ihrer Antwort klang ihre Stimme kratzig wie eine Säge.

»Du Dummkopf! Warum hast du denn nicht alle Blumenspenden einfach abgelehnt? Nun kommen doch nur alle möglichen Leute her, die nichts hier zu suchen haben.«

»Ich dachte an den armen Charlie«, erwiderte Puggie ruhig. »Es ist eine Anerkennung für ihn, und schließlich sind wir ihm das doch schuldig, Vera.«

»Vielleicht.« Sie zuckte die Schultern. »Aber was ist bloß in den Idioten gefahren, Puggie, daß er dem Dienstmädchen fünf Pfund versprochen hat? Wo soll ich das Geld denn hernehmen? Glaubt er, daß Pfunde an einem Laternenpfahl wachsen?«

Puggie klopfte beruhigend auf ihre schmalen Schultern.

»Mach dir nicht zu viele Sorgen, liebes Kind«, riet er. »Nimm hübsch allmählich ein Hindernis nach dem anderen.«

Später, als sich das Dienstmädchen Minnie Reed im besten Sonntagsstaat in der Stadt zeigte, wurden noch nähere Einzelheiten über den Todesfall in Jasmine Cottage in Umlauf gesetzt.

»Ich habe eine Woche Urlaub bekommen«, erklärte sie. »Mrs. Baxter hielt sich sehr tapfer, aber als das Ende kam, verlor sie vollständig die Fassung und schrie, daß man sie allein lassen sollte. Obwohl ich alles getan habe, was in meinen Kräften stand, bin ich hinausgeworfen worden wie nutzloser Kram.«

Offensichtlich glaubte sie, man hätte sie um ein aufregendes Erlebnis betrogen, wenngleich man ihr gestattet hatte, sich von ihrem Herrn zu verabschieden.

Davon erzählte sie dafür um so eingehender.

»Kurz bevor es zu Ende ging, riefen sie mich ins Zimmer. Seine Kräfte nahmen schnell ab, sein Gesicht sah wachsbleich aus, und seine Finger waren eiskalt. Er gab mir die Hand, aber er konnte nicht mehr sprechen, nur noch flüstern. ›Leben Sie wohl, Minnie‹, sagte er. ›Haben Sie Dank für alle Freundlichkeiten, die Sie mir erwiesen haben. Ich kannte Sie noch nicht, als ich mein Testament machte, aber meine Frau wird Ihnen fünf Pfund geben, damit Sie mich in guter Erinnerung behalten.‹«

Unter den Leuten, die von Charlie Baxters Tod erfuhren, befand sich auch ein Schulmädchen, das während der Weihnachtsferien nach Hause gekommen war, ein gesundes, kräftiges Ding von sechzehn Jahren. Sie hatte ein kugelrundes Puddinggesicht, aber immerhin waren Anzeichen dafür vorhanden, daß sie später einmal hübsch werden würde. Sie kannte nur zwei Ziele: sie wollte ihr Examen in Cambridge machen und bei den Golfwettkämpfen der jüngeren Studenten den ersten Preis davontragen.

Als sie an einem regnerischen Nachmittag für ihre Mutter zur Stadtbibliothek gegangen war, ließ sie das Buch in den Straßenschmutz fallen. Charlie Baxter, der gerade vorüberkam, hatte es aufgehoben und die Flecken mit seinem sauberen Taschentuch abgewischt.

Sie war starr vor Staunen über solche Höflichkeit gewesen und hatte kaum sprechen können, während er das Buch für sie zur Bibliothek trug. Unterwegs machte er ihr ein Kompliment über einen guten Schlag bei einem der letzten Damen-Hockey-Kämpfe. Dann sprach er mit ihr über das Spiel im allgemeinen und über die Form, die sie dabei gezeigt hatte, im besonderen.

Sie war mit dem Gefühl nach Hause gegangen, daß jede einzelne Zelle ihres Körpers eine chemische Veränderung durchgemacht hatte. Zum erstenmal mußte sie den chaotischen Aufruhr der Natur erleben. Bisher war sie wie ein Junge gewesen, und sie hätte ein Mädchen, das sich auf dem Hockeyfeld sentimental aufführte, am liebsten umgebracht.

Eine Woche lang trug sie ihr Geheimnis still bei sich, rieb ihr Gesicht nachts mit fetthaltiger Creme ein und sah sich rührselige Filme an, wobei sie Tränen vergoß. Sie idealisierte Charlie zu einem Ritter aus König Artus' Tafelrunde. Und dann hörte sie plötzlich mitten in ihrer erwachenden Verzückung und Begeisterung von seinem Tod.

Sie saß gerade im Wohnzimmer beim Nachmittagstee. Sie zeigte keinerlei innere Erregung und hielt nicht inne, eine Menge Gebäck zu knabbern. Aber sie sagte kein Wort. Ihr starkes Selbstbewußtsein zwang sie, ihre Gefühle zu verbergen. Niemand durfte etwas von ihrer heimlichen romantischen Liebe erfahren.

Erst als ihr die Wahrheit nach und nach klar wurde, konnte sie das Weh in ihrem Herzen und die Bitterkeit des Verlustes nicht ertragen. Schnell trank sie die letzte Tasse aus und eilte in ihr kleines Zimmer, das in der Mansarde lag.

Unbekümmert um die kalte Witterung stand sie lange Zeit am offenen Fenster und starrte auf das Gewirr der Dächer nieder, die teilweise noch von halbgeschmolzenem Schnee bedeckt waren und scheckig aussahen. Die weißen Hügel, der bleigraue Himmel und das sinkende Licht des Tages mahnten sie an die hoffnungslose Düsternis eines Lebens ohne Liebe.

Als plötzlich in ihrer Erinnerung wieder das Gesicht mit dem dunklen Bart, den sanften braunen Augen und den starken weißen Zähnen, die beim Lachen aufblitzten, vor ihr stand, fühlte sie ein beinahe erstickendes Würgen in der Kehle. Es kam ihr zum Bewußtsein, daß sie erst sechzehn Jahre alt war und ein langes, einsames und trauriges Leben vor ihr lag.

Die Last des Schmerzes war zu groß, als daß sie sie tragen konnte. Seitdem sie außerhalb der Stadt eine höhere Schule besuchte, hatte sie ihre kindliche Gewohnheit, öffentlich zu beten, aufgegeben, wenn sie auch oft unter der Bettdecke die Hände faltete und ihre Wünsche an den Himmel richtete.

Aber jetzt sank sie auf die Knie, und während die Tränen hemmungslos über ihre Wangen strömten, ergoß sich die Sehnsucht ihrer Seele in einem verzweifelten Gebet um das Unerreichbare.

»Gott, gib ihn mir zurück. Mache ihn wieder lebendig, laß ihn nicht tot sein.«

Man sagt, daß Glaube Berge versetzen kann. Aber dieses Schulmädchen erreichte das Unmögliche offenbar ohne den geringsten Glauben und vollbrachte so ein noch größeres Wunder.

Während sie schluchzte und betete, saß Charlie Baxter in der Küche von Jasmine Cottage und rauchte seine Pfeife.

3 Anfängerglück

Als Charlie Baxter zum ersten Male starb, wurde er aufrichtig gerührt von den Anzeichen seiner Beliebtheit. Er litt beharrlich an einem Minderwertigkeitskomplex, weil ihm in seiner Jugend die hübschen Mädchen aus dem Wege gegangen waren. Im übrigen stand er auch nicht gut mit seiner Familie, da er beständig die Pläne für seinen zukünftigen Beruf geändert hatte.

Nacheinander wurde ausgemacht, daß er Arzt, Rechtsanwalt, sodann Auktionator werden sollte. Im Grunde hatte er nichts gegen jeden anständigen Beruf, nur die Prüfungen, die man vorher ablegen mußte, waren ihm zuwider.

Er hatte jedoch andere Wege entdeckt, um Geld zu gewinnen – und zu verlieren –, ohne ein Gehalt zu beziehen. Er ging zu Pferde- und zu Hunderennen. Außerdem war er nicht zu stolz, irgend etwas Lohnendes zu unternehmen, und wenn er keinen Schilling hatte, um sich Zigaretten zu kaufen, beteiligte er sich an den Kinder-Preisausschreiben in den Zeitungen.

Trotz aller verächtlichen Behandlung und Vernachlässigung, die ihm zuteil wurde, zeigte er große Anhänglichkeit an sein Elternhaus und kehrte immer wieder zurück, wenn ihm die Mittel ausgingen. Niemals wurde er willkommen geheißen, aber er blieb freundlich, liebenswürdig und ein bezaubernder junger Mann.

Die Baxters hatten eine reiche Verwandte, eine verwitwete Tante, deren Verkehr Charlie besonders pflegte. Bei ihrem Tode erfuhr die Familie mit Erstaunen, daß ihr schwarzes Schaf als einziger Angehöriger etwas geerbt hatte. Charlie heiratete darauf sofort Vera, eine hübsche Blondine, die in Revuetheatern durch ihre »persönliche Erscheinung«, wie man es wahrheitsgemäß beschreiben könnte, Eindruck auf die Leute machte. Sie war ein vernünftiges, anständiges Mädchen und viel zu schade für Charlie. Aber die Baxters waren hochmütig und wollten sie nicht als Mitglied in ihre Familie aufnehmen, da sie altmodisch dachten und viel mehr Kleider trugen als der Durchschnitt der anderen Menschen. Wieder wies man Charlie die Tür. Er verließ die Stadt, und diesmal kehrte er nicht zurück.

Solange die beiden Geld hatten, führten sie ein ausgelassenes Leben. Sie reisten an die Riviera und traten dort in bescheidenen Grenzen elegant auf. Vera war eine glänzende Schauspielerin und verstand es, sich in Szene zu setzen, bis sie jeden Sinn für die Wirklichkeit verlor. Die ganze Welt war ihre Bühne, und sie spielte die Rolle eines Stars. In dieser theaterhaften Umgebung von blauem Meer, Palmen und vergoldeten Rohrstühlen wurde sie eine Abenteurerin, wie sie in Romanen beschrieben werden. Sie trug große Pelze und behing sich mit unechten Perlen.

Aber tief im Innern blieb sie unter all der Aufmachung die sparsame, ehrliche Seele, die mehr und mehr von ihren Kleidern und ihrem Schmuck aufgab, je weniger Geld sie hatten, um ihre Wirtin zu bezahlen. Oft machte sie sich Vorwürfe, daß sie nicht darauf bestanden hatte, selbst die Kasse zu verwalten. Sie würde bescheidener und sicherer gewirtschaftet haben.

In dieser Zeit lernten sie die verschiedensten Leute kennen, darunter auch Puggie Williams. Er war es, der zu dem Versicherungsbetrug riet, als das ererbte Geld zur Neige ging. Damals ließ er sich von ihnen mit durchfüttern, und so verkaufte er ihnen seine klugen Einfälle in der Voraussetzung, daß sie später den Gewinn mit ihm teilen würden.

Sie folgten seinem Rat und zogen in eine kleine Landstadt, wo man billig leben konnte. Dort mieteten sie ein möbliertes kleines Haus von einem gewissen Major Blake, schränkten ihre Ausgaben ein, als ob sie bescheidene Einkünfte zu verzehren hätten, und gaben sich für Leute aus, die Muße, guten Geschmack und eigenes Geld hatten und ein zurückgezogenes Leben führen wollten.

Puggie Williams hatte Charlie vor allem angewiesen, nicht zu einem Versicherungsagenten zu gehen, sondern es so einzurichten, daß dieser sich an ihn wandte.

»Du mußt überall mitmachen und dich mit den Leuten gut stellen«, lautete sein Rat.

Und er hatte recht mit seiner Vorhersage. Eines Tages nahm Mr. Acorn, der in der Stadt ansässige Vertreter einer großen Versicherungsgesellschaft, die Gelegenheit wahr, als Charlie bei einer Runde Golf zugab, nicht versichert zu sein. Es dauerte nicht lange, bis Mr. Baxter sein Leben für eine Jahresrate von achtzig Pfund versicherte, damit seine Witwe nach seinem Tode die Summe von fünftausend Pfund erhalten sollte.

Er zahlte zwei Raten – dann starb er.

Sie hatten dabei Anfängerglück, denn in Doktor Dubarry fanden sie einen Arzt, der sich leicht beschwindeln ließ. Er hatte ein kleines Vermögen geerbt, und nun besuchte er höchstens noch die eine oder andere der alten Damen, die wegen seiner freundlichen Behandlung der Patienten wie Blutegel an ihm hingen.

Vera tat ihr Äußerstes, um ihn für sich zu gewinnen. Sie ließ ihn zu sich kommen, weil sie angeblich an einem nervösen Zusammenbruch oder einem ähnlich theatralischen Zustand litt, wobei sie sich malerisch auf einem Diwan ausstrecken konnte. Als er zu ihr gerufen wurde, sollte er etwas mehr tun als nur ihren Puls fühlen und heimlich ihr entzückendes cremefarbenes Negligé mit dem Straußenfederbesatz bewundern.

Es war daher selbstverständlich, daß Vera nach ihrer Genesung darauf schwor, daß er der einzige Arzt der Stadt sei, dem sie ihr Vertrauen schenken könnte.

Die drei warteten ungeduldig auf eine außergewöhnliche Grippeepidemie, bei der die Ärzte sich die Beine abrennen mußten und Krankenschwestern nicht für Geld und gute Worte zu haben waren. Die Hauptgefahr für sie bestand darin, daß Doktor Dubarry nicht in England bleiben würde, denn um diese Jahreszeit fuhr er gewöhnlich an die Riviera.

Als er gerade abreisen wollte, wandte Vera sich unter Tränen an ihn. Sie war verzweifelt. Charlie war schwer an Grippe erkrankt und Doktor Dubarry der einzige, der ihn durchbringen konnte.

Gegen seinen Willen schob Doktor Dubarry seine Reise auf, bezwungen von Veras geheimer Charakterstärke. Täglich machte er seinen Besuch in Jasmine Cottage, wo er wenig von dem Kranken, aber um so mehr von Vera sah. Seit Jahren hatte er keine medizinische Zeitung mehr gelesen, aber er konnte den Fall nach den Symptomen beurteilen, die Charlie ihm beschrieb, und nach dem Stand des Fieberthermometers.

Er bemerkte nicht, daß Vera stets seine Aufmerksamkeit von dem Bett ablenkte, wenn Charlie das Thermometer »erhitzte«. Während der kurzen Dauer seines Medizinstudiums hatte Charlie gelernt, die Skala mit einem Blick abzulesen, was einem Laien im allgemeinen schwerfällt. Er hatte auch genau ausprobiert, wie lange er das Thermometer in die heiße

Kartoffel unter seinem Kissen stecken mußte, um das gewünschte Ergebnis zu erzielen.

Außerdem wußte er, was er dem Arzt zu sagen hatte. Plötzlich bekam er eine hohe Temperatur, und sie stieg allmählich bis zu einem solchen Grade an, daß Doktor Dubarry ernst dreinschaute. Er machte den Vorschlag, einen zweiten Arzt zu Rate zu ziehen und eine geprüfte Krankenschwester zu nehmen. Aber Vera schluchzte und erklärte ihm unter Tränen, daß sie ihm bedingungslos vertraue, und daß sie es nicht ertragen könne, ihren Mann einem fremden Arzt auszuliefern.

Doktor Dubarry gab nach, denn er wußte, wie schwer es war, einen zweiten Arzt und eine Krankenschwester zu bekommen. Schließlich war es ein klarer Fall ohne weitere Komplikationen, und Charlie wurde nach der anerkannten Methode behandelt.

Inzwischen warteten die Verschwörer ängstlich auf den Schnee, der in der Wettervorhersage prophezeit war. Als die ersten Flocken fielen, schoß Charlies Temperatur in die Höhe wie eine Rakete und machte dann einen angsterregenden Sturzflug. Sein Herz wurde schwach und schlug unregelmäßig, da er große Mengen von Tabakasche mit Tee eingenommen hatte.

Doktor Dubarry hielt es für seine schmerzliche Pflicht, die arme kleine Frau vor der drohenden Gefahr zu warnen. Schonend brachte er ihr bei, daß Charlies Leben verlöschen könnte, wenn es nicht gelang, ihn bei Kräften zu halten.

»Er kämpft auch gar nicht«, beklagte der Arzt. »Man möchte fast denken, daß er schon jeden Lebenswillen verloren hat.«

Vera brach zusammen und schluchzte an Doktor Dubarrys Schulter.

»Ach, lieber Doktor, das ist ganz und gar Charlie!« rief sie. »Ich kenne ihn durch und durch, seine besten und seine schlechtesten Seiten. Und ich liebe ihn, wie er ist ... aber er hat niemals eine große Willensanstrengung vollbringen können.«

In der folgenden Nacht fiel tiefer Schnee. Am Morgen schaute Doktor Dubarry, der weit draußen auf dem Lande wohnte, aus seinem Fenster auf die weiße Landschaft hinaus. Während er sich ankleidete, wurde er ans Telefon gerufen. Puggie Williams teilte ihm stockend und bewegt mit, daß der arme Baxter während der Nacht verschieden sei. Bei dem schrecklichen Wetter hätten sie nicht nach ihm geschickt, da ja doch nichts mehr getan werden konnte.

Doktor Dubarry dankte ihnen dafür, daß sie soviel Rücksicht auf ihn genommen und ihn nicht aus dem warmen Bett geholt hatten, lediglich damit er ihnen sagen könne, was sie bereits wußten. Selbstlos erbot er sich, sofort hinüberzufahren.

Aber Williams wollte dieses Opfer nicht annehmen. Die Straßen wären in einem schrecklichen Zustand, erklärte er, und Mrs. Baxter wolle auch nichts davon hören.

»Sie sagt, Sie wären dann der nächste, der an schwerer Grippe erkrankt, und sie würde es sich niemals verzeihen, wenn Ihnen etwas zustoßen sollte. Vielleicht schicken Sie den Totenschein. Weiter ist ja nichts nötig.«

Doktor Dubarry zögerte ... Am anderen Ende der Leitung standen die drei Verschwörer und hielten den Atem an. Wenn er sich nun entschließen sollte, zu kommen oder einen anderen Arzt an seiner Stelle zu schicken, mußten sie eine aufsehenerregende Auferstehung des Toten inszenieren und den Zusammenbruch ihrer wohlvorbereiteten Pläne in Kauf nehmen.

Es kam ihnen zustatten, daß Doktor Dubarry bequem und nervös war. Sein gesunder Menschenverstand sagte ihm, daß dieser klare Fall erfahrungsgemäß verlaufen war, und daß sich der Zusammenbruch praktisch nicht hatte vermeiden lassen.

Statt eine lange Fahrt über Land nach Starminster zu machen und dabei vielleicht im Schnee steckenzubleiben, konnte er auf der Hauptstraße die nächste größere Stadt erreichen und dort den ersten Schnellzug nach London nehmen. Es stimmte, daß er auf dieselbe Weise ebensogut nach Starminster hätte kommen können. Aber die Riviera lockte.

Er warf noch einen Blick auf die Schneelandschaft und die langsam fallenden Flocken, die sich wie kleine dunkle Bälle vom Himmel abhoben. Dann kam er zu der Überzeugung, daß es seiner Frau und seiner Familie gegenüber seine Pflicht wäre, das eigene kostbare Leben nicht aufs Spiel zu setzen.

So folgte er der verführerischen Sonne des Südens und schickte den Totenschein durch besonderen Boten nach Jasmine Cottage. Mit dem Eintreffen dieser Urkunde war Charlie Baxters Tod amtlich bestätigt.

Vera und Puggie schüttelten sich die Hände, nachdem sich die Haustür hinter dem Boten wieder geschlossen hatte.

»Wir haben gewonnen!« jubelte Vera.

Aber Puggie sah ernst drein.

»Nein, wir stehen erst am Anfang«, erklärte er. »Bis jetzt haben wir nur das übliche Anfängerglück gehabt. Nun kommen – die Schwierigkeiten.«

4 Das erste Hindernis

Während Charlie noch seine Pfeife rauchte und dankbar die Füße vor dem warmen Idealofen ausstreckte, war die erste Schwierigkeit bereits unterwegs. Er hörte das Klingeln, dann eine längere, leise geführte Unterhaltung. Schließlich wurde die Haustür wieder geschlossen, und Puggie Williams kam mit einem Kranz in die Küche.

Er warf ihn auf den Tisch, sank auf einen Stuhl und wischte sich die Stirn.

»Hallo, was machst du denn hier?« sagte er. »Hat Vera dich von der Kette gelassen?«

»Vor ein paar Minuten bin ich heruntergekommen«, erklärte Charlie. »Da ich die Miete für das Haus zahle, habe ich nicht erst um Erlaubnis gefragt.«

»Ich mache dir ja auch keinen Vorwurf, alter Junge. Aber ich werde noch verrückt, bevor wir mit der Sache durch sind. Weißt du, wer das war? Der Pfarrer. Und wen wollte er sehen? Dich!«

»Mich?« stammelte Charlie. »Weiß er denn nicht, daß ich tot bin?«

»Das ist es ja gerade. Er wollte neben deiner Leiche niederknien und ein Gebet für das Heil deiner Seele sprechen.«

Charlies braune Augen wurden verdächtig feucht.

»Das war aber wirklich freundlich von ihm. Ich – ich – weiß das zu schätzen. Hast du ihm auch ordentlich dafür gedankt?«

»Nein. Ich wurde energisch. Ich sagte, du wimmeltest nur so von Bakterien. Das übrige kannst du dir ja denken.« Puggie zog sein Notizbuch heraus und schrieb »Desinfekionsmittel« hinein.

»Tut mir leid, daß ich so unhöflich sein muß, aber ich muß dafür sorgen, daß nicht alle Leute hierherkommen und herumlungern. Außerdem können wir mit der Ansteckungsgefahr am besten das schnelle Begräbnis erklären.«

Charlie hörte nicht zu. Er schien das Beleidigende an Puggies Vorschlag nicht wahrzunehmen, ebensowenig ihre gefährliche Lage. Als er den Kranz aufnahm, glichen seine Augen denen eines Hundes, der ein Paket seiner Biskuite im Marktkorb sieht.

»Für mich?« fragte er.

»Ja, vom Bürgermeister.«

»Ach! Rosen – um diese Jahreszeit! Die kosten allerhand. Die Leute müssen doch viel von mir halten.«

»Ja, du scheinst dich allgemeiner Beliebtheit erfreut zu haben.«

»Erzähle mir doch, was man über mich gesagt hat.«

Charlie lauschte eifrig, als Puggie liebenswürdigerweise sein Gedächtnis anstrengte. Er nickte, als dem anderen nichts mehr einfiel, und schließlich runzelte er die Stirn.

»Man kann einen Mann erst richtig beurteilen, wenn er tot ist«, meinte er. »Ich wünschte nur, meine Familie hätte etwas davon gehört. Aber warum hat der Oberst gesagt, ich wäre ein kleiner Sportsmann und ein Gentleman gewesen? Wie kommt er denn darauf, zu sagen, daß ich klein bin? Ich bin doch größer als —«

Er brach plötzlich ab, als die Tür aufgestoßen wurde und Vera hereintrat. Der Blick ihrer Augen wurde hart, als sie ihren Mann sah.

»Du Dummkopf! Was ist denn in dich gefahren, daß du herunterkommst?«

»Ich habe oben im Dachgeschoß zu sehr gefroren.«

»Tote sind im allgemeinen steif und kalt«, erinnerte ihn Puggie. »›Ach, ist es nicht herrlich, in Jugendfrische zu strahlen, obwohl man mausetot ist‹?«

Vera war am Ende ihrer Nervenkraft, so schimpfte sie weiter.

»Du mußt einfach wahnsinnig sein! Stelle dir doch nur vor, wenn jemand hier hereinkommt.«

»Ich wollte mich ja nur ein wenig aufwärmen«, bat Charlie.

»Du hast oben eine Wärmflasche und eine dicke Decke.«

»Aber ich kann meinen Atem sehen. Warum wollt ihr denn nicht oben den Ofen anheizen?«

»Das Petroleum könnte riechen, und die Leute möchten sich wundern, warum wir die Dachkammer benützen. Begreifst du denn nicht? Es darf nichts Außergewöhnliches geschehen. Wir wollen die Menschen nicht auf dumme Gedanken bringen.«

»Ja, ich verstehe. Ich gehe auch sofort wieder nach oben, wenn ich etwas aufgetaut bin. Aber – als ich oben ganz allein in der Dunkelheit saß, dachte ich immer daran, wie schön es wäre, wenn ich etwas heißen Toast und Tee bekommen könnte.«

Er sah sie mit großen bittenden Augen an wie ein Hund, aber auf Vera machte das keinen Eindruck. Sie fuhr mit den Fingern durch ihre blonden Locken; dann wandte sie sich wieder an ihn.

»Und wer soll denn Toast für dich rösten? Du weißt doch, daß das Mädchen nicht mehr hier ist.«

»Gewiß, aber ich habe ihn doch oft für dich gemacht. Im Handumdrehen kann ich mir welchen rösten.«

»Nein.« Veras Stimme klang schrill. »Du gehst jetzt sofort in die Dachkammer. Ich habe es wirklich satt mit dir. Wir haben alle Sorgen und Aufregungen und müssen an alles denken, und du hast weiter nichts zu tun, als dich oben ruhig zu verhalten. Hör zu: du kannst ganz gut auch ein paar Unannehmlichkeiten in Kauf nehmen. Es dauert ja nicht lange. Und die Sache ist es wert.«

Puggie hörte mit einem boshaften Lächeln zu. Da er Vera bewunderte, besaß er genügend natürliche Eifersucht, um sich an dem Unbehagen ihres Mannes zu freuen. Zu gleicher Zeit aber regte sich in ihm der männliche Instinkt, der weibliche Vorherrschaft nicht zulassen wollte. Sein Mitgefühl galt Charlie, als dieser sich niedergeschlagen aus dem Sessel erhob.

»Schon gut. Ich gehe nach oben.«

Im selben Augenblick klingelte es so laut, daß alle nervös zusammenzuckten.

»Bleibe, wo du bist, du Esel«, zischte Vera ihren Mann an und packte ihn am Arm. »Man kann dich sehen, wenn du hinaufgehst.«

Wieder klingelte es. Offenbar war der Besucher nicht gewöhnt, zu warten.

»Mach sofort auf, Puggie«, befahl Vera.

»Sehr wohl, Mylady«, erwiderte Williams und salutierte.

Charlie und Vera lauschten angestrengt und hörten eine hohe, klare Stimme. Sie erkannten daran, daß die große Lady aus der Nachbarschaft ihnen die Ehre antat, in ihrem Luxuswagen vor Jasmine Cottage zu halten.

»Ich kenne Mrs. Baxter nicht«, erklärte die Dame, »aber bitte übermitteln Sie ihr meine tiefste Teilnahme. So ein liebenswürdiger, netter kleiner Mann – woran ist er denn gestorben? ... Ach, wirklich? ... Ja, ja. Aber ich habe ihn immer für etwas zart gehalten. Diese künstlerisch veranlagten Menschen müssen ganz besonders gut gepflegt werden, sonst schwinden sie dahin.«

»Ja«, mischte sich nun auch eine Mädchenstimme ein. »Man konnte sofort sehen, wie empfindsam und feinfühlig er war, wenn man mit ihm tanzte. Er wußte rein gefühlsmäßig, was man tun würde, bevor man es ausführte.«

Sie ließen ihre Karten zurück, und der Luxuswagen rollte wieder davon.

»Wahrscheinlich wurde der arme Mann von dieser greulichen blonden Frau vernachlässigt«, sagte die Lady zu ihrer Tochter, während Puggie zur Küche zurückkehrte.

»Das waren Lady Warren und ihre dicke Tochter in Abendkleidern«, erklärte er grinsend. »Wahrscheinlich waren sie auf dem Weg zu einer Gesellschaft. Beide schienen sehr traurig zu sein, besonders das junge Mädchen.«

»Ich habe bei dem Wohltätigkeitsball für das Krankenhaus mit ihr getanzt«, erwiderte Charlie. »Es war dasselbe, als ob man versuchen wollte, einen davonrollenden Traktor zu bändigen. Aber sie tat mir so leid. Haben sie keine Blumen für mich gebracht?«

»Natürlich nicht. Die haben nur große Wiesen auf ihren Ländereien. Die Luft ist jetzt rein, Charlie, also, verschwinde.«

»Nein«, entschied Vera plötzlich. »Wenn er schon einmal hier ist, soll er auch seinen Tee bekommen, damit er sich aufwärmen kann.«

Ein leichtes Lächeln spielte um Charlies Mund, als er zusah, wie seine schöne blonde Frau sich in der Küche zu schaffen machte. Mit raschen, geschickten Bewegungen schnitt sie Brot und füllte den Kessel mit Wasser.

»Du vergißt doch auch nicht, morgen die Vögel zu füttern?« erinnerte er sie. »Ich bin wie Mussolini. Der ist auch so ein großer Vogelfreund.«

Vera achtete nicht auf ihn. Ihr Gesicht glich einer von vielen Linien durchzogenen Landkarte, als sie ihm den gerösteten Toast brachte.

»Also, hier hast du etwas zu essen, Liebling.«

»Danke. Ich würde auch gerne etwas rauchen.«

Sie holte eine Zigarette und steckte sie für ihn an. Während er Ringe zur Decke blies, lag das trostlose Schulmädchen in dem kalten Schlafzimmer noch immer auf den Knien.

»Laß ihn doch wieder leben«, flehte sie in Abständen, denn sie war schon ganz erschöpft von ihrem Schmerz.

Charlie beobachtete ruhig das Feuer.

»Wenn ich erst zu meinem Geld komme, werde ich den Armen mehr geben. Man muß erst selbst gefroren und gehungert haben, um die Leiden der anderen verstehen zu können.«

»Du hast bei der letzten Kollekte nicht einen Cent gegeben«, erinnerte ihn Vera.

Charlie änderte das Thema schnell.

»Willst du nicht auch Tee trinken?« fragte er.

Sie schüttelte den Kopf, als sie sich eine Zigarette an ihrem alten Stummel anzündete.

»Ich bin beunruhigt.«

»Warum?«

»Weil alles so leicht gegangen ist. Viel zu leicht. Haben wir noch was vergessen?«

Sie wandte sich an Puggie.

»Was hat dir der Mann damals auf dem Dampfer alles gesagt? Denke einmal gründlich nach.«

Puggie zog die Stirn in Falten, um seine Gedanken zu sammeln, während Charlie in blindem Vertrauen auf die beiden anderen seinen Tee trank und sich die Knie wärmte.

»Ich habe alle Hinweise von einem Mann«, sagte Puggie, »der wirklich ein sehr anständiger Kerl war. Ich lernte ihn auf einem Afrikadampfer kennen. Damals fuhr ich einmal in meinem Leben nicht im Zwischendeck. Er war Versicherungsbeamter. Als ich ihn fragte, ob es eigentlich leicht sei, eine große Gesellschaft zu betrügen, hat er mir eine ganze Menge erzählt.«

»Was?«

»Nun – er sagte, die Gesellschaft würde einen glaubwürdigen Beweis für den Tod des Versicherten verlangen. Das heißt so viel, daß man den Totenschein, die Begräbnisbescheinigung und eventuell einen Geburtsschein beibringen muß, um das Alter festzustellen, wenn dieser nicht bei Abschluß der Lebensversicherung der Gesellschaft vorgelegt worden war ...«

»Das geht bei uns alles in Ordnung«, bemerkte Vera. »Was gab es denn noch für Schwierigkeiten?«

»Die könnten nach den Angaben des Mannes entstehen durch den Arzt, den Inhaber des Beerdigungsinstitutes, Dienstboten, Verwandte, Freunde und Gläubiger.«

Vera nahm sich die einzelnen der Reihe nach vor.

»Erstens der Arzt. Den haben wir erledigt. Der Inhaber des Beerdigungsinstitutes. Vor dem wollen wir uns in acht nehmen. Das Dienstmädchen haben wir fortgeschickt, und Charlie hat hier weder Freunde noch Gläubiger. Bleibt also nur noch seine Familie übrig.«

»Ich habe keine Familie«, erklärte Charlie. »Ich mußte zwischen ihr und dir wählen. Und ich habe meine Frau gewählt.«

»Sei ruhig, Liebling. Puggie, die Familie muß von seinem Tod benachrichtigt werden. Aber die Leute dürfen den Brief erst erhalten, wenn es zu spät für sie ist, noch zur Beerdigung zu kommen.«

»Sie würden für mich sowieso das Fahrgeld nicht ausgeben«, sagte Charlie bitter. »Sie haben mich immer hinausgeworfen, wenn ich nach Hause kam.«

»Wenn sie auftauchen sollten, bevor er begraben ist«, fuhr Vera fort, »wären wir erledigt. Aber wir müssen sofort schreiben, sonst sieht die Sache sonderbar aus. Auf keinen Fall dürfen sie argwöhnisch werden, so daß sie am Ende noch eine Ausgrabung der Leiche beantragen. Strengt doch einmal euren Verstand an, ihr beiden. Was sollen wir tun?«

Schließlich fand sie selbst eine Lösung.

»Ich weiß es. Sie sind doch nach dem Tode deines Vaters umgezogen?«

»Ja, zweimal«, erwiderte Charlie. »Erst in ein kleineres Haus, dann in eine kleine Wohnung.«

»Dann haben wir ja wieder einmal Glück. Wir schicken den Brief an die alte Adresse. Man kann von mir nicht erwarten, daß ich von ihren Umzügen etwas weiß, nachdem sie mir niemals geschrieben haben.«

»Aber die Post sendet doch Briefe nach«, widersprach Puggie.

»Nur eine Zeitlang. Und wenn du dann zu schnell wieder umziehst, nimmt man an, daß sie von der zweiten Adresse weitergeschickt werden. Auf jeden Fall gibt es dadurch eine gewisse Verzögerung, und wenn es auch nur ein Tag sein sollte. Du mußt sofort schreiben, Puggie.«

»Gut«, brummte Williams. »Ich werde sagen, daß du ein gefallenes Mädchen bist. Hier, bleibe ruhig.«

Er stieß Charlie in den Stuhl zurück, als dieser mit rotem Gesicht und geballten Fäusten aufspringen wollte.

»Du hast meine Frau beleidigt«, schrie Charlie. »Sie ist eine anständige Frau. Sie ist verheiratet.«

»Ach, sei doch still!« rief Vera, obwohl ihre Augen aufblitzten, als sie zu Puggie hinübersah. »Er wollte nur sagen, daß ich ein gefallener Engel bin. Das beweist, daß er doch in Eton war.«

»Ja, warst du dort auf der Schule?« fragte Charlie und starrte den geheimnisvollen Mann neugierig an.

»Nein, ich habe nur die Abendschule besucht ... Tut mir leid, und so weiter.«

»Gut, aber rede nicht wieder solchen Unsinn.« Charlie hatte seinen Ärger vergessen. Er rieb sein Kinn, und plötzlich lächelte er.

»Morgen werde ich dieses furchtbare Gebüsch endlich los. Was will ich froh sein, wenn ich wieder mein
altes Gesicht im Spiegel sehen kann!«

»Du wirst mehr Freude daran haben als ich an dem
meinen«, sagte Puggie. »Als ich der junge Lord im
Herrenhaus war, sah ich gesund und frisch aus, weiß
und rosig wie zarter, durchwachsener Speck.«

»Puggie, wer bist du eigentlich?« fragte Vera.

»Habe ich dir das noch nicht erzählt? Gut, da wir
heute abend alle gerührt sind über seinen Tod, will ich
euch in strengstem Vertrauen sagen –«

»Daß du ein gewisser Smith aus London bist«, er-
gänzte Vera verächtlich.

Aber noch während sie lachte, erstarrten ihre Züge
in einer Grimasse.

»Was ist denn los?« fragte Charlie.

»Wir haben den entsetzlichsten Fehler gemacht.
Bei Charlies Bart fällt mir ein, was wir vergessen haben.«

5 Totenkerzen

Als die beiden Männer sie verblüfft ansahen, schlug Vera sich ungeduldig gegen den Kopf.

»Wie konnte ich nur eine solche Idiotin sein!« rief sie. »Und jetzt ist es zu spät, um noch etwas daran zu ändern. Zwei Jahre zu spät!« Sie zeigte auf Charlie. »Er hätte niemals mit einem Bart hierherkommen dürfen. Hinterher, wenn alles geglückt war, hätte er ihn in London wachsen lassen sollen. Das hätte ihm ein anderes Aussehen gegeben.«

Charlie preßte eigensinnig die Lippen aufeinander. In diesem Punkt war er unnachgiebig gewesen: er wollte in seinem zweiten Leben nicht als ein bärtiger Papa herumlaufen.

»Ich habe ja nichts dagegen, mir ein so schreckliches Ding für Starminster zuzulegen«, hatte er eingewilligt. »Das bedeutet, daß mich zwei Jahre lang jedesmal ein Schauder packt, wenn ich mein Bild im Spiegel sehe. Aber wenn ich erst einmal ›tot‹ bin, nehme ich den Bart sofort ab.«

Damals hatten sie nichts dagegen gehabt. Selbst Vera erkannte die Bedeutung erst, als sie jetzt die kritischen Stationen bei ihrem Betrugsmanöver erreichten.

»Seht ihr es denn nicht ein?« fragte sie, aufgebracht über die beiden verständnislosen Gesichter. »Wenn er den Bart abnimmt, wird er wahrscheinlich alle Bewohner von Starminster täuschen können, falls sie ihm zufällig in London begegnen. Für die mag er eine ganz andere Person geworden sein. Aber gleichzeitig wird er sein altes Aussehen wiederbekommen. Sicher wird seine Familie eine Todesanzeige in die lokale Zeitung setzen. Nehmen wir nur einmal an, er trifft jemand, der ihn in seiner Vaterstadt gekannt hat – was dann?«

»Die werden nur denken, daß es eine verblüffende Ähnlichkeit ist«, erwiderte Puggie. »Man starrt ja wohl einmal einen Menschen an, der einem in der Untergrundbahn gegenübersitzt; aber man klopft ihm doch nicht gleich auf die Schulter und sagt: ›Sind Sie denn nicht John Jones, der im vergangenen Jahr starb?‹ Außerdem ist Charlie inzwischen älter geworden – er sieht sicher anders aus als früher.«

»Nein, das stimmt nicht«, warf Charlie eifrig ein. »Bei der Untersuchung für die Versicherung sagte der Arzt, er hätte niemals einen Mann gesehen, der sich für sein Alter so jung gehalten hätte.«

»Das hast du dir natürlich gemerkt«, entgegnete Vera bitter. »Diese Untersuchung ist das einzige Examen, das du jemals bestanden hast. Aber du brauchst dich gar nicht so zu brüsten, mein Lieber. Wir sind hier nicht auf einer Schönheitskonkurrenz. Wenn irgend etwas geschieht, das unseren Plan vereitelt, kannst du verhungern.«

»Ich könnte doch arbeiten.«

»Ach, von dieser komischen Sache hast du tatsächlich auch schon gehört? Glaube ja nicht alles, was man dir sagt, mein Schatz. Da du noch niemals versucht hast, zu arbeiten, wollen wir das von vornherein außer acht lassen ... Die Frage ist: Wie können wir dein Aussehen jetzt ändern?«

Sie steckte sich eine andere Zigarette an und ging mit ihren gefährlich hohen spanischen Absätzen auf den unebenen Steinfliesen der Küche auf und ab. Wie gewöhnlich überließen es die beiden Männer ihr, eine Lösung für die Schwierigkeit zu finden, und sahen sie erwartungsvoll an.

Sie sollten auch nicht in ihrem guten Glauben enttäuscht werden, denn plötzlich warf sie den Zigarettenstummel fort und lachte. Sie ging zur Anrichte hinüber, öffnete eine Schublade und nahm ein Brillenfutteral heraus.

»Setze die einmal auf«, befahl sie ihrem Mann. »Das sind die Gläser, die ich auf der Dampferfahrt trug. Sie sind nur leicht gefärbt. Auf jeden Fall wurde ich damit auf dem Schiff alle Männer los, die mir zuerst so eifrig nachstellten.«

Charlie freute sich wie ein Junge, als er sich in dem kleinen Wandspiegel betrachtete.

»Ich sehe geradezu intelligent aus«, sagte er. »Wie ein richtiger Schriftsteller.« Er wandte sich an Vera. »Nun, wie gefällt dir dein literarischer Gatte?«

»Ich habe überhaupt keinen. Ich bin mit den Männern fertig. Gott sei Dank bin ich eine Witwe.«

»Wie ... wie meinst du das?«

»Sie meint, daß sie einen gewissen Charlie Baxter heiratete«, erklärte Puggie grinsend. »Und der arme Kerl starb leider vorige Nacht.«

Er war tot. Das war kein angenehmer Gedanke für Charlie, um sich damit zu Bett zu legen.

Ihre jetzige Wohnung sah zwar malerisch aus, war aber nicht gemütlich. Das kleine, unbequeme Haus war aus zwei Gebäuden zusammengesetzt, hatte winzige Räume, enge, gewundene Treppen und mit Steinfliesen belegte Gänge. Die einzigen Zugeständnisse an modernen Luxus fand man in dem Idealofen in der Küche und einem Badezimmer.

Veras Vorsichtsmaßnahmen waren nicht übertrieben; denn die meisten Geräusche konnte man im ganzen Haus hören, einschließlich einiger Laute, die keine sichtbare Ursache hatten. Als Charlie nachts wach in seinem Bett lag, hörte er Leute, die nicht vorhanden waren, die Treppe heraufschleichen und in Ecken miteinander flüstern.

Er war ganz allein, denn er lag noch in dem kalten Totenzimmer. Vera zog es vor, im Ankleideraum zu schlafen, wo sie sich mit ihren Sachen recht gemütlich eingerichtet hatte. Er war in höchstem Grade nervös und fand keine Ruhe, weil er an den schweren Tag dachte, der ihm morgen bevorstand.

Eine Leiche mußte er spielen. Vera hatte ihm versichert, daß es nur kurze Augenblicke dauern würde, aber unbedingt notwendig sei, Mr. Brown zu täuschen. Am meisten fürchtete er einen Streich, den die

Natur ihm spielen mochte, zum Beispiel ein unwillkürliches Zusammenzucken oder Niesen.

Vera hatte ihm zur Genüge die schrecklichen Folgen ausgemalt. Wenn er sich irgend etwas zuschulden kommen ließ, würde er ohne Gnade ins Gefängnis wandern.

»Das ist eine Anstalt, wo sie dich zum Baden zwingen«, erklärte Puggie. »Aber Badesalz und dergleichen gibt es dort nicht. Und wenn du die französische Küche nicht liebst, hat es keinen Zweck, dich bei der Kellnerin zu beschweren. Das Leben dort taugt nicht für dich, mein Junge.«

Charlie dachte über das Gefängnis nach, als er am nächsten Morgen steif in seinem Bett aufgebahrt lag. Er fror, war hungrig und fühlte sich unbehaglich nach den umständlichen Vorbereitungen. Vera hatte ihn mit größtem Geschick zurechtgemacht und auch die Beleuchtung mit richtiger Bühnentechnik angeordnet.

»Du siehst großartig aus«, sagte sie, als sie fertig war. »Puggie, komm einmal hierher und sieh ihn dir an. Es ist doch ein großer Vorteil, daß er einen Bart hat, der seine Lippen verdeckt. Die würden ihn am ersten verraten.«

Puggie betrachtete ihn mit kritischen Blicken.

»Er dampft«, sagte er dann.

Vera unterdrückte einen Fluch. Die Kälte im Raum war unheimlich, da sie nicht versucht hatte, ihn zu heizen. Ihrem Mann hatte sie gesagt, das müsse er eben aushalten. Es lag ihr vor allem daran, ihn wie in einem Kühlraum zu halten, damit er seine totenbleiche Gesichtsfarbe nicht verlor.

Ärgerlich sah sie den feinen Hauch, der beim Atmen von Charlies Nase und Lippen aufstieg.

»Wenn Mr. Brown ins Zimmer kommt, mußt du den Atem anhalten«, sagte sie zu Charlie.

»Aber dann ersticke ich ja.«

»Untersteh dich nur! Mach keine Dummheiten. Du mußt dich eben zusammennehmen.«

Trotzdem zog sie eine Schublade auf, nahm ein großes Taschentuch heraus und legte es auf das Bett.

»Damit deckst du sofort sein Gesicht zu, wenn der Mann sich ihn angesehen hat, wie es sein Beruf vorschreibt«, wies sie Puggie an. »Was du auch immer tust, vergiß das nicht. Und macht mir keine Fehler! Das gilt für euch beide. Ich wünschte nur, ich könnte alles allein tun. Wenn man sich auf andere verläßt, ist man meistens verlassen.«

Aus bitteren persönlichen Erfahrungen heraus wollte Vera von Männern nichts wissen.

»Willst du denn nicht dabei sein?« fragte Charlie und sah die kleine schlanke Frau bittend an, weil er den Schutz ihrer Gegenwart brauchte.

»Nein, mein Schatz. Man wird mich hören, aber nicht sehen.«

Die Schauspielerin in Vera frohlockte bereits über eine wirkungsvolle Rolle. Sie bedauerte nur, daß sie nicht zu gleicher Zeit auch noch die Leiche darstellen konnte. Schließlich warf sie einen Blick auf ihre Armbanduhr.

»Es ist kurz vor zwölf. Der innere Sarg muß jeden Augenblick gebracht werden ... Komm mit nach draußen, Puggie.«

Sie verließen das Zimmer und schlossen die Tür. Es war etwas Verstohlenes und Heimliches in der Art, wie sie hinausgingen, und das schlummernde Mißtrauen regte sich wieder in Charlie. Während der letzten Tage hatte er den Verdacht nicht loswerden können, daß man ein Spiel mit ihm trieb.

Er war davon überzeugt, daß die beiden sich irgendwie miteinander verständigt hatten. Obwohl Puggie freundlich zu ihm tat, konnte er doch Charlie nicht leiden, weil dieser Veras Mann war. Er hätte sie nicht geheiratet, als sie noch in den Revuetheatern auftrat. In Charlie stieg immer noch heftige Empörung auf, wenn er an den Ausdruck »gefallenes Mädchen« dachte. Er hatte die vorbereitenden Schritte für Puggie getan, und nun, nachdem er aus einer achtbaren Frau eine Witwe gemacht, konnte niemand mehr etwas gegen sie sagen.

Den schlimmsten Teil bei dem Geschäft hatte er gewählt. Die lustigen Verse von Lewis Carroll, die seine älteste Schwester Emily ihm als kleinem Jungen öfter vorgelesen hatte, kamen ihm wieder ins Gedächtnis:

An einem Garten ging ich vorbei und
    bemerkte mit einem Auge,
wie Panther und Eule eine Pastete sich
    teilten.

Der Panther fraß die knusprige Kruste,
Soße und Fleisch,
die Eule durfte den Teller abschlecken.

Die Fabel paßte nur zu gut auf ihn selbst. Er war die
Eule. Vera und Puggie waren mit ihm wie mit einer
Puppe umgegangen; sie hatten gelacht und sich in
heimlichen Ecken über ihn lustig gemacht, während
er schmähliche Behandlung und größtes Unbehagen
erdulden mußte.

Und nun befand er sich vollkommen in ihrer Gewalt, denn amtlich war er tot.

Es gefiel ihm nicht, tot zu sein. Er konnte sich zu
viele Möglichkeiten ausmalen, wenn es um seine eigenen Empfindungen ging. Die Kälte, die steife Haltung, der Geruch von Desinfektionsmitteln, der sich
mit dem Duft von Maiglöckchen mischte, waren ihm
äußerst zuwider.

Um seine körperlichen und seelischen Qualen noch
zu steigern, kam ihm voll zum Bewußtsein, wie hilflos er war. Sie hatten seine Arme fest an den Rumpf
gebunden und die Beine zusammengeschnürt, um seiner Gestalt die nötige starre Umrißlinie zu geben. Vor
Angst schlug sein Herz heftig, denn er hatte eine zu
große Menge von Tabakasche und Tee zu sich genommen, als er den Zusammenbruch vortäuschte.

Plötzlich erinnerte er sich an die Worte der Lady Warren, daß Menschen seiner Art leicht dahin-
schwänden. Seit der ärztlichen Untersuchung für die
Versicherung hatte sich vielleicht ein schleichendes

Leiden bei ihm eingenistet. Wenn er sich hier bei dieser Nordpoltemperatur erkältete und starb, würden die beiden anderen auf Rosen gebettet sein. Sie brauchten ja nur eine echte Leiche vorzuzeigen, dann konnte ihnen niemand etwas anhaben.

Argwöhnisch überlegte er, ob der Mann vom Beerdigungsinstitut wirklich kommen würde. Es war schon nach zwölf. Dieses ganze Theater mochte vielleicht nur irgendein hinterlistiger Plan sein, um seine Lebenskräfte zu schwächen.

Seine großen Augen weiteten sich in panischem Schrecken, und er versuchte gerade, sich von dem Bett herunterzurollen, als er draußen vor dem Fenster Stimmen hörte. Gleich darauf klingelte es an der Haustür. Bei dem Geräusch hämmerte sein Herz, als ob es zerspringen wollte. Der Verdacht, den er gegen Vera gehabt hatte, war verschwunden, aber nun stand Charlie der wirklichen Gefahr gegenüber.

Er hörte schlürfende Schritte auf der Treppe, und an jeder Ecke ein schreckliches Stoßen gegen Geländer und Wand, als ob etwas in das Obergeschoß getragen würde.

»Ruhig, Leute!« sagte Puggie in heiserem Flüsterton zu den Männern. »Mrs. Baxter soll nichts davon hören.«

Aber offenbar wußte die Witwe doch schon davon, denn aus dem nächsten Zimmer ertönte unterdrücktes, herzzerreißendes Schluchzen. Dann hörte Charlie Puggies Stimme plötzlich laut und deutlich aus nächster Nähe.

»Setzen Sie das Gestell hierher an das Fußende des Bettes. So, das ist richtig.«

Charlie wußte nun, daß Mr. Brown mit seinen Leuten im Zimmer war und ihre Blicke sich natürlich auf ihn richten würden. Er hielt den Atem an, bis er glaubte, eine Ewigkeit wäre vergangen.

Als Mr. Brown über die Schwelle trat, sah er sich in dem Zimmer um. Schwere Vorhänge waren vor die Fenster gezogen, so daß nur der Schein der vier Kerzen den Raum erhellte. Zwei brannten zu Häupten, zwei zu Füßen. Bei dieser schwachen Beleuchtung konnte er nur die wachsbleiche Stirn und Nase des verstorbenen Charles Baxter sehen. Der Bart verdeckte den anderen Teil des Gesichtes.

Mr. Brown bemerkte auch mißbilligend, daß abweichend von der Gewohnheit kein Strauß auf dem Herzen des Toten lag, obwohl das Bett mit Blumen bestreut war. Außerdem waren die Hände unter der Decke verborgen.

»Er sieht sehr gut aus«, sagte er schließlich.

»Gut?« wiederholte Puggie, zu Tode erschrocken. »Wie meinen Sie das?«

»Er ist eine schöne Leiche«, erklärte Mr. Brown. »Sieht viel größer und würdevoller aus. Ich war erstaunt, als Sie mir seine Maße gaben, denn ich hatte ihn immer für einen kleinen, schmächtigen Mann gehalten.«

Er gab seinen Leuten einen Wink. Als sie gerade auf das Lager zutreten wollten, sah Puggie zu seinem

Entsetzen, daß ein feiner Hauch von Charlies Lippen aufstieg.

In diesem Augenblick verlor er den Kopf vollständig. Verzweifelt sah er sich nach dem Taschentuch um, konnte es aber nicht entdecken und griff nach dem nächsten Gegenstand, einem Stück Seidenpapier, worin Blumen eingewickelt gewesen waren.

»Eine Fliege!« erklärte er, als er es auf das wachsbleiche Gesicht legte, bevor er den Leuten ein Zeichen gab, zurückzutreten. »Nein, rühren Sie den Ärmsten nicht an. Das ist meine Sache. Die Witwe wünscht nicht, daß er von fremden Händen berührt wird.«

»Aber sind Sie denn auch stark genug dazu?« wandte Mr. Brown ein.

»Ja, natürlich. Er hat während seiner letzten Krankheit furchtbar abgenommen. Und seine Frau wird mir helfen und ihn an den Füßen fassen.«

Gerade als ob eine Schauspielerin auf ihr Stichwort gewartet hatte, ertönte wieder das rührende, unterdrückte Weinen aus dem Nachbarzimmer.

Mr. Brown sah mitfühlend in die Richtung.

»Ja, ich verstehe das«, sagte er.

Er gab seinen Leuten ein Zeichen, und sie schlichen auf Zehenspitzen hinaus. Puggie fühlte sich nun in gehobener Stimmung, da seiner Meinung nach die Gefahr vorüber war, und wandte sich vertraulich an Mr. Brown.

»Er ist nicht der erste, den ich zu Bett gebracht habe«, sagte er, »besonders nach einem Essen beim Regimentstreffen.«

»Gehen Sie immer noch zu solchen Feiern?«

»Dabei würde ich unter keinen Umständen fehlen. Die alten Kriegskameraden sind doch die einzigen anständigen Kerle.«

»Hm. In welchem Regiment waren Sie denn?«

Zu Charlies Entsetzen begannen die beiden eine Unterhaltung. Puggie hatte in irgendeinem Winkel seines Gehirns die unklare Vorstellung, daß das besonders tüchtig von ihm sei. Er wollte jeden Zweifel daran beseitigen, daß er etwas zu verbergen hätte, und er sagte sich, daß sie vollkommen sicher waren, nachdem er Charlies Gesicht zugedeckt hatte.

Es kam ihm nicht zum Bewußtsein, daß er gerade das getan hatte, was am ersten zu einer Katastrophe führen mußte. Das dünne Papier wurde bei jedem Atemzug, den Charlie tat, feuchter, und als er in Angstschweiß ausbrach, fühlte er, wie das Seidenpapier weich wurde und sich an sein Gesicht schmiegte wie ein nasser Schleier.

Mit jeder Sekunde wuchs seine Qual. Er erinnerte sich an ein Erlebnis beim Zahnarzt, der einen Abdruck seines Kiefers genommen hatte, um eine Brücke anzufertigen. Die weiche Masse schien unter seinem Gaumen anzuschwellen, bis er glaubte, alle Luftwege wären ihm versperrt, und Erstickungsanfälle bekam.

Nun merkte er an den Anzeichen, daß ihm dasselbe wieder drohte. Ein einleitendes Kitzeln in der Kehle sagte ihm, daß er diesen Zustand nicht länger ertragen konnte. Seine Lungen barsten schon fast unter der Anstrengung, den Atem anzuhalten.

Als er dann auf die Katastrophe wartete, malte er sich ein Bild des Gefängnislebens in den dunkelsten Farben aus. Entsetzlich rauhe Kleidung. Ein Bad aus Zementmörtel, mit lauwarmem, schmutziggrauen Wasser gefüllt, in dem schon andere sich gesäubert hatten. Wassersuppen und trocken Brot.

Seine Phantasie fügte noch weitere Schrecken hinzu: Ratten, die über ihn wegliefen, und Insekten, nicht die schillernden, schönen Arten, die tanzend in der Luft herumschwirrten, sondern häßliches Ungeziefer, das an den Mauern klebte.

Bei diesem Gedanken kam es zur Explosion. Der Reiz in der Kehle nahm zu; Charlie glaubte, einen harten Kloß im Hals zu fühlen, und schluckte heftig, um das Hindernis zu beseitigen – aber es war vergeblich.

Plötzlich ließ sich zu seinem Schrecken der Atem nicht mehr unterdrücken, und Charlie stieß ein halbersticktes Röcheln aus.

6 Der Besuch

Charlie hatte das Gefühl, daß nun alles verloren sei, und war gerade dabei, die Augen zu öffnen, als Puggies gelähmtes Gehirn plötzlich wieder arbeitete. Er klatschte in die Hände und machte einige heftige Schritte auf eine dunkle Ecke zu.

»Willst du wohl machen, daß du hinauskommst!« rief er.

Dann wandte er sich wieder an Mr. Brown. »Jetzt ist doch diese verdammte Katze wieder hereingeschlichen! Es war das Lieblingstier des armen Toten. Er liebte Tiere überhaupt leidenschaftlich. Wenn Sie nichts dagegen haben, gehen wir nun hinaus und machen die Tür zu.«

»Aber meinen Sie denn nicht, daß das Tier noch hier ist? Wir schauen doch besser noch einmal nach.«

»Nein, ich habe gesehen, wie es zur Treppe gesprungen ist.«

Die Tür hatte sich kaum hinter den beiden geschlossen, als Charlie erkannte, daß die Gefahr noch nicht vorüber war. Wieder überkam ihn ein Gefühl, als ob ihn jemand hinten im Hals mit einer Feder kitzelte. Er keuchte und schluckte abwechselnd, während ihm

Tränen in die Augen traten und über seine Wangen liefen.

Es ist ja schon gesagt worden, daß das Haus sehr hellhörig war. Während er die Schritte noch vernehmen konnte, bekam er plötzlich einen heftigen Hustenanfall.

Es war ihm unmöglich, den Lärm durch Vorhalten der Bettdecke zu dämpfen, denn er konnte seine Arme nicht freimachen. Mit großer Anstrengung gelang es ihm, sich herumzudrehen, so daß er auf dem Gesicht lag. Aber nun entdeckte er, daß er in dieser Lage keine Luft bekam.

Als er mit all seinen Fesseln versuchte, sich umzuwenden, fiel er nur in seine alte Lage zurück, so daß sein Mund wieder von dem Kissen bedeckt wurde. Entsetzt über seine Hilflosigkeit war es ihm nun ganz gleich, welche Geräusche er machte, solange er nur die Aufmerksamkeit der anderen auf sich lenkte.

Mr. Brown, der bereits an Puggies Seite den mit Steinen belegten Gartenweg entlang ging, hörte diese beunruhigenden Laute. Er blieb stehen, wandte sich um und sah erstaunt nach dem Totenzimmer hinauf, aus dem dieses qualvolle Husten zu kommen schien.

Aber er erkannte seinen Irrtum, als er Mrs. Baxter am Fenster des nächsten Raums stehen sah. Sie hatte den blonden Kopf über ihr Spitzentuch geneigt; denn sie wurde von einem heftigen Hustenanfall geschüttelt.

»Sie muß sich furchtbar erkältet haben«, dachte er bei sich. »Sie wird die nächste sein, die wir zu Grabe tragen, wenn sie sich nicht in acht nimmt.«

Er war so abgelenkt, daß er sich nicht einmal darüber wunderte, warum sie in dem Trauerhaus die Jalousie hochgezogen hatte.

Vera hustete wie ein Walroß weiter, bis Mr. Brown das Gartentor geschlossen hatte und um die Straßenbiegung verschwunden war. Dann stürzte sie mit zornblitzenden Augen in das Sterbezimmer.

Puggie hatte gerade die Fesseln von Charlies Gliedern gelöst und klopfte ihm auf den Rücken.

»Der arme Kerl hat eine entsetzliche Angst ausgestanden. Er war gekentert wie ein Boot, weil er sich nach der verkehrten Seite umgedreht hatte, und –«

Er brach plötzlich ab, als er Veras wütendes Gesicht sah.

»Du Idiot!« platzte sie stürmisch heraus. »Du wahnsinniger Schafskopf, warum hast du diesen Menschen nicht sofort wieder aus dem Zimmer geführt, wie ich es dir gesagt hatte? Was fällt dir ein, große Reden über den Krieg zu halten?«

»Nun ja«, antwortete Puggie lahm, »wir haben doch beide auf derselben Seite gekämpft. Ich dachte, es wäre eine ganz gute Taktik, ein wenig mit ihm zu reden. Außerdem hatte ich Charlies Gesicht zugedeckt, so daß man seinen Atem nicht sehen konnte.«

»Ja, das hat er getan«, meldete sich nun auch Charlie erbittert. »Ein Stück Seidenpapier hat er mir direkt in den Mund gestopft.«

»Konntest du nicht auch noch Federn finden?« fragte Vera. »Dann hättest du die ganze Sache noch besser verraten.«

»Beinahe wäre ich erstickt«, sagte Charlie. »Die Todesangst war einfach grauenhaft.«

Er hielt sich selbst für den beleidigten Teil und glaubte, einen besonderen Anspruch auf Entschädigung zu haben. Deshalb war er höchst erstaunt, als Vera sich nun gegen ihn wandte.

»Kannst du denn nicht die geringste Kleinigkeit aushalten? Bist du ein Mann oder ein Wickelkind, das immer schreien muß? Es war weiter nichts, als daß deine Nerven versagt haben – ich bin mit euch beiden fertig.«

Puggie bot ihr hastig eine Zigarette an, und Charlie beeilte sich, ein Feuerzeug zu holen. Beide beobachteten sie ängstlich, während sie erregt rauchte. Als ihre Züge sich wieder entspannten, wußten sie, daß der Wutanfall vorüber war.

»Tut mir leid, daß ich mich so habe hinreißen lassen«, sagte sie und lachte wieder so hell wie früher. »Ach, Kinder, was ist das für ein Leben! Wenn wir die Geschichte erst hinter uns haben, werde ich nicht einmal mehr auf der Eisenbahn mogeln!«

»Wir sind über eine weitere gefährliche Brücke glücklich hinübergekommen«, triumphierte Puggie und klopfte ihr auf die Schulter.

»Es kommt noch der morgige Tag«, erinnerte ihn Charlie. »Ich erkälte mich hier bestimmt und hole mir

Husten und Schnupfen. Am besten bleibe ich unten in der Küche.«

»Natürlich, das würde ich an deiner Stelle auch tun«, erwiderte Vera. »Jeder, der durch die Hintertür hereinkommt, kann dich durch das Fenster sehen. Das wäre ja ein Spaß für die Leute ... Nein, du verrücktes Huhn, du bleibst oben, bis es dunkel ist und die Fenstervorhänge zugezogen sind.«

Als Charlie gehorsam die Leiter hinaufstieg, die nach dem Dachboden führte, zog sie ihn zurück.

»Vergiß nicht, daß du dich heute noch für einen neuen Namen entscheiden mußt. Wenn du zu keinem Entschluß kommen kannst, werde ich einen für dich finden, der dir nicht gefällt.«

Als Charlie, in eine Reisedecke gehüllt, oben im Dachboden saß und die Füße auf eine Wärmflasche stellte, überlegte er, daß es wirklich außerordentlich schwierig war, ein zweites Leben zu beginnen. Kleinigkeiten, die sich im normalen Verlauf einer Geburt leicht und natürlich regeln lassen, drohen bei einer Wiederverkörperung schwere Verwicklungen oder selbst Gefahren hervorzurufen.

Eins stand jedoch für ihn fest. Er wollte einen schönen Namen haben, mit dem er Puggie Williams übertrumpfen konnte. Schade war es nur, daß er seine Lieblingsnamen nicht wählen durfte. Vera hatte ihm erklärt, daß der neue Name dieselben Anfangsbuchstaben haben müsse wie der alte.

»Sonst müssen wir zuviel an deinen Sachen ändern«, sagte sie ihm.

»Und abgesehen davon«, fügte Puggie hinzu, »könntest du einmal vergeßlich sein und mit deinen alten Anfangsbuchstaben zeichnen. Mir ist es selbst oft so gegangen.«

Charlie zermarterte sein Gehirn, bis das Licht allmählich schwächer wurde und er kaum noch durch das kleine, efeuumrankte Fenster sehen konnte, das in dem schrägen Dach angebracht war. Den ganzen Tag über hatte es ununterbrochen an der Haustür geklingelt. Wahrscheinlich wurden Blumen und Kränze für ihn gebracht. Diese Beweise seiner allgemeinen Beliebtheit waren Balsam für ihn und ließen ihn seine kalte Nasenspitze vergessen.

Plötzlich hatte er eine Eingebung.

»Chester Beaulieu.«

Er konnte den Namen im Geiste schon in den Fremdenbüchern der Hotels und in Zeitungen sehen. Rasch sprang er auf und warf einen Blick durch das kleine Fenster.

Die Straßenlaternen brannten bereits. Als er es für dunkel und sicher genug hielt, nach unten in die Küche zu gehen, schlich er sich die enge Treppe hinunter und den Gang entlang. Unter der Tür konnte er einen Lichtschimmer sehen. Das bedeutete so viel, daß die Vorhänge zugezogen waren. Er hörte auch Stimmen.

Plötzlich kam ihm der Verdacht, daß sie über ihn sprachen, und er blieb stehen, um zu lauschen.

»Das eine weiß ich«, erklärte Vera. »Wenn ich mein Leben noch einmal beginnen könnte, würde ich denselben Fehler nicht zum zweitenmal machen.«

»Doch, das würdest du tun«, erwiderte Puggie.
»Aber mit einem anderen Mann.«

Da es draußen zu zugig war, um lange zu warten,
stieß Charlie die Tür auf. Er wurde nicht gerade willkommen geheißen, auch stand kein heißer Tee für
ihn bereit. Die Küche sah trostlos aus; denn auf dem
Fußboden lagen Stroh und Leinenstreifen, die von
einem alten Laken abgerissen waren.

Vera und Puggie waren äußerst nervös und abge-
spannt. Sie hatten geglaubt, daß sie mit Leichtigkeit
eine Ersatzpuppe herstellen könnten, auch wenn sie
erst in elfter Stunde damit anfangen würden. Aber was
sie dabei in Wirklichkeit erlebten, hatte sie beinahe
zur Verzweiflung getrieben. Allein all die Bleigewich-
te richtig zu verteilen, die Charlies Schwere ersetzen
mußten, stellte sie vor eine nahezu unlösbare Schwierigkeit.

Charlie war taktlos genug, beim Anblick des auf-
geschwollenen mißgestalteten Bündels laut zu lachen.
Es wirkte doppelt komisch durch eine Maske, die an
einer Seite des vermeintlichen Kopfes angebracht war.

»Wenn das wie ein menschlicher Körper aussehen
soll, so mögt ihr mir auf meine eigenen Kosten ein
Telegramm schicken«, sagte er ihnen. »Soll ich das
etwa sein?«

»Er hat recht«, stimmte Puggie zu, stieß die Puppe
beiseite und trat mit dem Fuß gegen die metallene
Füllung. »Der Kerl hier hat schon zuviel Eingeweide.
Mehr können wir nicht in ihn hineinstopfen. Wir
wollen den Rest der Gewichte so in den Sarg legen.«

»Dann klappern sie doch, du Dummkopf!« fuhr Vera ihn ärgerlich an.

»Wir können sie ja in Stoff einnähen.«

»Dann rutschen sie womöglich, und das Gewicht verlagert sich, wenn der Sarg aufgehoben wird.«

»Ach, das müssen wir eben in Kauf nehmen. Laß uns jetzt damit Schluß machen.«

»Nein. Es muß alles ordentlich und richtig sein.«

»Na, ich bin jedenfalls damit fertig. Nähen ist keine Männerarbeit.«

Puggie richtete sich auf und steckte seine Pfeife an zum Zeichen, daß er sich gegen weitere Befehle auflehnte. Charlie setzte sich ans Feuer und wärmte seine Knie, und Vera blieb nichts weiter übrig, als die Puppe allein fertigzumachen.

»Strengt euch bloß nicht zu sehr an, ihr beiden«, riet sie ihnen in überzuckert giftigem Ton.

»Soll ich dir helfen?« bot Charlie sich an.

»Kannst du nähen?«

»Ich weiß es nicht, aber ich werde es versuchen.«

»Dann bleibe nur, wo du bist.«

Vera kamen bittere Gedanken, als sie wütend den rauhen Stoff zusammenheftete. Ihr Rücken schmerzte, ihr Kopf drohte zu zerspringen, und ihre Finger taten ihr weh von den Stichen, die sie sich beim Nähen beibrachte. Jetzt, da sie allein arbeitete, empfand sie die nervenzermürbende Aufregung, die ein Wettlauf mit der Zeit verursacht. Irgendeine Puppe, die Mr. Brown täuschen sollte, mußte am nächsten Nachmittag bei dem Begräbnis in die Erde gesenkt werden.

Sie gelobte sich, nie wieder vom rechten Wege abzuweichen und stets auf der sicheren Seite zu bleiben, wenn sie erst einmal ihre augenblickliche schwierige Lage überwunden hätte. Sie wollte nicht mehr hoch hinaus, sondern nur noch ein stilles Leben auf dem Lande führen. Nachdem sie eine unruhige Jugend in erniedrigenden Verhältnissen und dann das tolle, abenteuerliche Zwischenspiel an der Riviera erlebt hatte, sehnte sie sich nach Frieden und Ruhe.

Männer taugten nichts, und Charlie war nur ein Bleigewicht. Als sie sich dies eingestand, schlüpfte der Teufel durch einen kleinen Spalt in ihr Gehirn und erinnerte sie daran, daß sie in den Augen der Welt frei war. Wenn sie erst die Versicherungssumme in der Hand hatte, konnte nichts sie hindern, einfach ins Blaue zu verschwinden, wo sie Breeches tragen, Kohl in ihrem Garten ziehen und einen Streit mit der Pfarrersfrau anfangen konnte.

Im nächsten Augenblick war sie wütend auf sich selbst, daß sie auch nur daran denken konnte, schmählichsten Verrat an ihren Kameraden zu begehen. Sie jagte den Teufel mit Schimpf und Schande davon.

Aber der ließ sich durch das Ergebnis seines Versuches nicht entmutigen. Zum mindesten hatte er festgestellt, daß die Tür ihrer Seele nicht dicht genug verschlossen war, um nicht doch hineinzukommen, und er wußte, daß er ihr beim nächsten Wiedersehen nicht mehr so häßlich erscheinen würde.

»Was denkst du eigentlich?« fragte Charlie.

»Das ahnst du nicht.«

»Nun, ich dachte jedenfalls an dich. Es wird sehr einsam für jeden von uns werden, wenn ich mir ein möbliertes Zimmer nehmen muß. Ich werde die Tage zählen, bis ich dich wiedersehe.«

»Bist du meiner denn so sicher? Woher weißt du denn, daß ich nicht die Gelegenheit benütze, mich von dir freizumachen?«

Charlie lachte schon über die bloße Anspielung, daß sie ihn verraten wollte.

»Ich bin jetzt wirklich begeistert von dieser ganzen Geschichte«, sagte er. »Oben auf dem Dachboden habe ich ›Die Statue und die Büste‹ gelesen. Der Major muß verrückt gewesen sein nach Gedichtbüchern. Unter all dem Kram fand ich einen Band von Browning. Einfach großartig. Darin steht, daß die einzige Sünde die Unentschlossenheit ist. Man muß mutig bei seiner Meinung bleiben, ganz gleich, ob man gewinnt oder verliert.«

»Ich tue das nicht«, brummte Puggie. »Ich halte es mit meinem Schillingstück mit den beiden Köpfen.«

Charlie achtete nicht auf die Unterbrechung.

»Das hat mich wieder mit der Tatsache ausgesöhnt, daß ich ein Dieb bin.«

»Wir sind aber keine Diebe«, widersprach Vera. »Wir stehlen keinem Menschen etwas. Ich habe immer bezahlt, was ich schuldig war, und bin ehrlich gewesen. Es ist etwas ganz anderes, wenn man einer Versicherungsgesellschaft Geld abnimmt.«

»Es ist ein Verbrechen, das bestraft wird. Aber nachdem ich das gelesen habe, kommt es mir nicht darauf an, irgend etwas zu tun, solange es nicht grausam ist. Es ist mir unbegreiflich, wie ein Mann seine Frau umbringen kann.«

Er sah auf die gelbverputzten, zum Teil schadhaften Wände, zwischen denen schon so viele Generationen gelebt hatten, als ob er sie zu Zeugen seiner nächsten Worte anrufen wollte: »Ich könnte einfach nicht grausam gegen eine Frau sein.«

»Aber ich könnte grausam gegen einen Mann sein«, erklärte Vera, als ihr die Nadel wieder in den Daumen fuhr. »Klettere einmal von deinem hohen Sitz herunter, Charlie, und sage mir, ob du dir einen Namen gewählt hast.«

»Ja, das habe ich getan.« Charlie erhob sich und verneigte sich tief. »Chester Beaulieu. Zu Ihren Diensten.«

»Wenn man es richtig ausspricht, heißt das ›Bjulie‹«, warf Puggie ein.

Charlie machte ein langes Gesicht.

»Warum verderben sie nur immer die feinen alten englischen Namen durch eine so schreckliche Aussprache? Auf die Weise klingt es natürlich nicht französisch. Ich muß mir einen anderen Namen suchen.«

Er sah so niedergeschlagen aus, daß Vera zu ihrem Erstaunen die Neigung verspürte, ihn vor Puggies Spott in Schutz zu nehmen.

»Selbst ›Bjulie‹ ist ein besserer Name als der deine«, sagte sie zu ihm.

»Welcher Name?« fragte Puggie. »Ach, du meinst natürlich Williams.«

Charlie warf ihm einen neidischen Blick zu, da er sich wieder über das Geheimnis von Puggies Persönlichkeit wunderte. Der Mann war womöglich aus einer alten Adelsfamilie ausgestoßen worden. Bei dem Gedanken sprach Charlie schnell von etwas anderem.

»Sind noch mehr Blumen für mich gekommen?«

»Eine verwünschte Menge – viel zuviel. Ich bin den ganzen Tag unterwegs gewesen, nur um sie anzunehmen.«

»Die muß ich sehen ... es ist wirklich ein Jammer, daß man erst sterben muß, um zu erkennen, wieviel die Welt von einem hält.«

»Aber du weißt doch, warum du so allgemein beliebt bist?« fragte Puggie. »Weil dadurch Vera wieder frei wird. Die Wrights haben inzwischen angerufen und sie eingeladen, eine Woche bei ihnen auf dem Lande zu verbringen, anstatt in ihr leeres Haus zurückzukehren. Du kannst dich darauf verlassen, daß diese Aufforderung nicht von Lady Wright ausging.«

Charlies Wangen brannten, als er sich an Vera wandte.

»Du hast doch nicht etwa angenommen?«

»Natürlich habe ich das getan«, erwiderte sie kurz. »Wenn bekannt wird, daß das Haus gleich nach der Beerdigung abgeschlossen wird, treibt niemand sich hier herum, während du deinen Bart abrasierst und dich für dein Verschwinden vorbereitest.«

»Aber das will ich nicht haben. Dieser dicke alte Wright wird dich zerdrücken, wenn er vorgibt, dich zu trösten.«

»Mach dir nur keine Kopfschmerzen deshalb.« Veras Lachen klang spitz. »Ich weine meinen Schmerz nicht an Papa Wrights Schulter aus. Vorläufig habe ich genug von den Männern. Danke.«

Sie fuhr fort, die Puppe mit großen Stichen zusammenzunähen, bis sie ihrer Meinung nach gut genug war. Als sie sich schließlich aus ihrer gebückten Haltung aufrichtete, sah sie wie eine bedauernswerte kleine Krabbe aus. In ihrem Gesicht zeigten sich die Spuren der Erschöpfung, als sie eine blonde Locke zurückschob, die ihr in die Augen hing.

»Bringt das Ding jetzt sofort nach oben«, befahl sie. »Und sprecht ein Stoßgebet, daß währenddessen niemand zur Haustür kommt.«

Die Überführung des Strohmannes war ein gefährliches Abenteuer. Die Puppe wog soviel wie ein Mensch, sackte zusammen und bauschte sich in der Mitte auf, als sie die enge Treppe hinaufgezerrt wurde. Charlie und Puggie standen sich gegenseitig im Wege, und jeder erteilte dem anderen Ratschläge oder Befehle, wodurch Veras Kunstwerk übel mitgenommen wurde. Als sie es gerade oben auf das Podest ziehen wollten, platzte die Naht an einer schwachen Stelle auf. Ein Gewicht fiel heraus und rollte von Stufe zu Stufe auf den Gang hinunter.

Charlie eilte ihm nach, aber plötzlich erstarrte er wie die anderen zu Stein, als es laut an der Haustür klingelte.

Wie den gefürchteten Schatten eines Haifisches konnten sie einen schwarzen Umriß durch die Preßglasscheiben sehen, und bei diesem Anblick verloren sie die Nerven vollkommen. Schuldbewußtsein machte sie feige. Sie waren davon überzeugt, daß diese dunkle Gestalt ihre verdächtige Tätigkeit beobachtet hatte.

Charlie floh in die Küche, Vera eilte hinter ihm her und überließ es Puggie, die Sache auszubaden.

Und nun, im Augenblick der höchsten Gefahr, wurde er plötzlich ein anderer. Er stieß die Puppe weiter den Gang entlang, zog die heruntergerutschten Socken in die Höhe und stieg dann in unbekümmerter Haltung die Treppe herunter, bereit, selbst dem Teufel die Haustür zu öffnen.

Der Besuch war eine Dame. Sie war groß und hager und hatte die rauh modellierte Gestalt und das Gesicht einer Rodin-Skulptur. Obwohl sie gut gekleidet war, schien sie doch in aller Eile aufgebrochen zu sein, denn ihr borstiges weißes Haar war eine wirre Masse über den brennenden Augen.

Wie eine Höhlenfrau sah sie aus, die man gewaltsam in ihre besten Kleider gepreßt hatte. Ihr nördlicher Dialekt wurde nur oberflächlich durch eine später in der Schule gelernte Aussprache verdeckt.

Ihre Stimme klang so laut und metallisch, daß Charlie und Vera jedes Wort hören konnten.

»Mix Baxter. Ich bin hierhergekommen, um meinen toten Bruder zu sehen.«

7 Die Höhlenfrau

Puggie starrte Miß Baxter fassungslos an, denn er konnte sich nicht erklären, wie sie hergekommen war. Er wußte doch genau, daß er an Charlies alte Adresse geschrieben hatte. »Eton Lodge« hatte er gut behalten, weil ihm »Eton« von seiner Jugend her so vertraut war.

»Das ist aber schnell gegangen!« sagte er. »Wann haben Sie denn meinen Brief erhalten?«

»Heute morgen«, entgegnete sie. »Durch reinen Zufall. Er wurde an die alte Adresse gesandt.«

»Aber – wie –?«

»Ein früheres Dienstmädchen von mir hatte gerade bei der neuen Herrschaft dort Stellung genommen. Sie las die Adresse, und da sie wußte, wo mein Bruder wohnte, rief sie mich an. Ich ging gleich hin, um den Brief zu holen.«

Obwohl sie deutlich und verständlich sprach, klang ihre Stimme unruhig und erregt. Wieder hatte man den Eindruck eines rauhen Materials, das breit gehämmert oder zwischen Rollen gewalzt wurde.

»Heute morgen«, wiederholte Puggie, der noch immer die Stirn runzelte. »Aber wie sind Sie denn so schnell hierhergekommen?«

»Ich bin geflogen – den größten Teil des Weges.«

»Donnerwetter!« Er sah sie mit aufrichtiger Bewunderung an. Eine energische Frau, der es auch nicht darauf ankam, einen Autobus anzurufen. »Das war wirklich eine Leistung. Aber die Beerdigung findet erst morgen statt.«

»Dazu bin ich nicht hergekommen. Ich möchte niemand treffen. Ich will nur meinen toten Bruder sehen.«

Unwillkürlich schnitt Puggie eine schreckliche Grimasse, als er an die scheußliche in Leinen eingenähte Puppe dachte, die oben im Gang lag. Die Treppe war nur kurz. Er warf einen Blick auf Miß Baxters lange Beine und erkannte, daß sie mit zwei langen Sätzen oben sein könnte, wenn sie sich wirklich Mühe gab.

Er war der Lage nicht gewachsen, und so überließ er in wenig tapferer Gesinnung Vera die Lösung.

»Ich werde Mrs. Baxter sagen, daß Sie hier sind.«

»Bitte, tun Sie das nicht.« Miß Baxters Stimme klang streng. »Ich wünsche nicht, mit einem Fremden über Familienangelegenheiten zu sprechen; aber ich muß Ihnen offen erklären, daß nichts auf der Welt mich dazu bringen kann, diese Frau kennenzulernen.«

Jedes Wort, das sie sagte, konnte man in der Küche verstehen, wo Charlie und seine Frau einander furchtsam ansahen. Als Vera das hörte, wurde sie rot im Gesicht und sprang zur Tür.

»Sie *wird* mich kennenlernen«, sagte sie.

Charlie, dessen Knie vor Schrecken zitterten, zog sie zurück.

»Geh nicht hinaus, Vera. Es ist Emily. Du kennst sie nicht. Die macht Hackefleisch aus dir. Wir können sie unmöglich aussperren.«

Vera biß heftig auf ihre Unterlippe.

»Wird sie mitmachen?« fragte sie.

»Nein, in der Beziehung ist sie komisch. Sie gibt sogar das Geld zurück, wenn sich der andere beim Wechseln geirrt hat. Sie wird mich zwingen, der Versicherung die Summe zurückzuzahlen.«

»Du hast sie ja noch gar nicht ... Ruhe.«

Vera strengte sich an, um zu verstehen, was Puggie gerade sagte, aber sie hörte nur, daß er irgendwie widersprach. Dann ertönte wieder Miß Baxters Stimme laut wie ein Trompetenstoß.

»Lassen Sie mich bitte vorbei. Ich gehe hinauf, um meinen Bruder zu sehen.«

»Bitte, tun Sie das nicht«, versuchte Puggie sie in seiner liebenswürdigen Art zu überreden. »Ich verstehe Ihre Gefühle wirklich, und ich versichere Sie meiner tiefsten Anteilnahme. Ich möchte Sie doch nur vor einer peinlichen Szene bewahren. Wenn Sie jetzt hinaufgehen, treffen Sie oben Mrs. Baxter. Sie wollte den armen Charlie nicht allein lassen. Bitte, kommen Sie mit ins Wohnzimmer.«

Charlie und Vera hielten den Atem an, während sie warteten. Wenn Miß Baxter jetzt ihren Weg die Treppe hinauf erzwang, waren sie in wenigen Sekunden bloßgestellt.

Aber sie hatten wieder Glück, und die unmittelbare Gefahr wurde abgewendet.

»In diesem Fall muß ich warten, bis sie heruntergekommen ist«, erwiderte Miß Baxter.

Trotz ihrer Trauer erkannte die vornehme Dame in ihr doch den früheren Gentleman in Puggie, und sie ging ebensosehr auf seine Persönlichkeit wie auf seine Gründe ein. Rücksichtsvoll reichte er ihr den Arm und führte sie ehrerbietig in das Wohnzimmer, wo er das Licht einschaltete.

Er sah, daß Miß Baxter zurückschauderte, denn das kalte Zimmer war ein Abbild von Ungemütlichkeit und Vernachlässigung. Vera hatte, nachdem sie das Mädchen fortgeschickt, zuviel zu tun gehabt, um hier aufzuräumen. Im Kamin lag noch Asche.

Im besten Falle konnte man es einen unruhigen Raum nennen, denn der Major hatte sich nicht nur als Sammler betätigt, sondern war auch viel auf Reisen gewesen. Jeden Schritt seiner Wanderungen konnte man hier verfolgen, und ebenso zeigten sich die einzelnen Stadien auf dem Weg allmählicher Verarmung. Wertvolle Familienerbstücke standen neben Nippsachen von Woolworth und Kuriositäten aus aller Welt.

»Sie müssen furchtbar frieren nach Ihrer Reise im Flugzeug, nach dieser plötzlichen Aufregung und allem anderen«, sagte Puggie. »Kann ich Ihnen nicht einen Tropfen – möchten Sie Tee haben?«

»Nein – danke.«

»Wenn Sie also Platz nehmen wollen – dies ist der bequemste Sessel – werde ich nach oben gehen. Ich bin gleich wieder zurück.«

Polternd wie eine anfahrende Dampfwalze stieg Puggie die Treppe hinauf. Aber sie hörten nicht, wie er auf Strümpfen wieder herunterschlich, und schraken zusammen, als er plötzlich mit den Schuhen in der Hand in der Küchentür erschien.

»Ich habe die Puppe ins Schlafzimmer getragen und die Tür abgeschlossen«, sagte er. »Das mag sie einige Zeit zurückhalten, aber es wird verdammt verdächtig aussehen, wenn wir sie nicht hineinlassen.«

»Überlasse sie nur mir«, erwiderte Vera.

Sie sahen, daß sie vor Wut kochte und auf einen Kampf brannte. Bevor die beiden sie zurückhalten konnten, war sie schon ins Wohnzimmer geeilt.

Die Theaterdirektoren hatten einst Vera die Kleider ausgezogen und sie dadurch auf den feststehenden Typus eines Revuegirls heruntergedrückt. Es war, vor allem in finanzieller Hinsicht, daher bedauerlich, daß sie jetzt keine Gelegenheit hatten zu sehen, wo die eigentliche Begabung dieser Frau lag. Den Zeitpunkt ihres Erscheinens hatte Vera gut gewählt, und sie machte Eindruck mit ihrem Auftreten. Obwohl sie innerlich vor Erregung zitterte, gelang es ihr, ruhige Würde zu zeigen. Eine hervorragende schauspielerische Leistung.

Sie verneigte sich vor der hageren Frau, die sofort aufsprang. Der wilde Schmerz in Miß Baxters Augen stand im Gegensatz zu dem hochmütigen Ausdruck ihrer zusammengepreßten Lippen.

»Wenn Sie uns jetzt einen Besuch machen wollen, Miß Baxter, kommen Sie genau fünf Jahre zu spät.«

Miß Baxter verneigte sich auch, obwohl sie beim Anblick dieser wasserstoffgefärbten Blondine beinahe erstickte. Sie würde dieses passende Eigenschaftswort nicht von dem Hauptwort getrennt haben, selbst wenn sie gewußt hätte, daß Veras blondes Haar naturfarben war und nur gelegentlich mit Kamille gewaschen wurde.

»Ich habe Ihrem Freunde bereits erklärt, daß mein Besuch nicht Ihnen gilt, sondern meinem Bruder. Ich werde Ihre Zeit nicht in Anspruch nehmen.«

Miß Baxter ging zur Tür, aber Vera bewachte den Ausgang.

»Es tut mir leid«, sagte sie, »daß ich Ihnen wehe tun muß, aber Sie können Charlie nicht sehen. Das war sein Wunsch.«

»Es tut mir ebenfalls leid – aber das kann ich nicht glauben.«

»Warum denn nicht? War das nicht natürlich? Sie wissen doch, wie feinfühlig er war. Die Behandlung, die er von seiner Familie erfuhr, schmerzte ihn tief. Es schnitt ihm ins Herz, daß er immer wie ein Aussätziger betrachtet wurde.«

In der Küche schluckte Charlie vor Rührung, daß seine Frau so temperamentvoll für ihn eintrat, während Puggie beifällig grinste.

»Ich will gehängt werden, wenn ich wüßte, auf welche von beiden ich wetten sollte«, flüsterte er und öffnete behutsam die Tür, damit ihm ja nichts von dem Wortwechsel entging.

»Entschuldigen Sie«, sagte Miß Baxter, »aber ich möchte über diese Sache nicht weitersprechen. Bitte, lassen Sie mich nach oben gehen.«

»Nein.« Veras Stimme klang heftig. »Sie müssen ihm Gerechtigkeit widerfahren lassen, selbst wenn es zu spät ist. Sie haben ihn verstoßen, weil er mir treu war. Können Sie einen Mann tadeln, wenn er zu seiner Frau hält? Selbst eine Ratte würde der Gefährtin die Treue halten.«

»Laß bloß die Zoologie aus dem Spiel«, murmelte Puggie, »sonst bist du verloren.«

Aber Miß Baxter war in diesem Augenblick jedem wissenschaftlichen Fehler gegenüber blind und taub. Flammen sprühten aus ihren glühenden Augen. Bis jetzt hatten die beiden die Regeln des Anstands eingehalten. Die höfliche Redensart: »Es tut mir leid« bewahrte sie davor, sich gegenseitig die Augen auszukratzen. Aber wilder Haß loderte unter dieser dünnen Tünche. Vera war in höchster Not, Miß Baxter in der Stimmung einer Löwin, der man das Junge geraubt hat, wenn es sich dabei auch nur um einen Pflegling handelte.

Da Charlie nun nicht mehr lebte, war er nicht länger das schwarze Schaf der Familie, sondern der kleine Junge, den sie großgezogen hatte. Auf dem Wege nach Starminster waren alte Erinnerungen in ihr aufgetaucht. Sie lächelte wieder über die Kühnheit des kleinen Burschen, der ihr Nachtgewand anzog, damit auf den Balkon lief und den Leuten auf der Straße predigte. Damals war sie stolz gewesen auf diesen Kobold, der den Geistlichen so großartig nachgeahmt hatte, wenn sie auch mit aller Inbrunst hoffte, daß niemand gemerkt haben möchte, wem das Nachtgewand gehörte.

Sie zog einen Handschuh nach dem anderen aus.

»Also, hören Sie.« Ihre Stimme klang wie ein Befehl. »Ich habe Charlie großgezogen. Ich habe ihn geliebt, und er hat mich gern gehabt. Dann sind Sie gekommen und haben ihn aus meinem Leben gerissen.«

»Das habe ich nicht getan«, schrie Vera. »Das war nur Ihr niederträchtiger Stolz. Ich war nicht gut genug für Ihre Familie. Ich war eine Schauspielerin!«

»Ach nein, dafür haben wir Sie nicht angesehen.«

Veras Finger begannen sich zu Krallen zu biegen.

»Sie meinen, ich trug keine Kleider?« fragte sie schrill. »Nun, er wußte wenigstens, was er bekam, und das war mehr, als er bei einer Frau von *Ihrer* Art hätte erwarten können.«

Miß Baxter bemühte sich, die Haltung zu bewahren.

»Ich – ich will hier keine Szene machen. Wenn ich meinen Bruder verletzt habe, dann will ich ihm – jetzt sagen, daß es mir leid tut, und ihn bitten, mir zu – zu verzeihen.«

Als sie begann, ihre Augen zu wischen, wurde Vera sanfter.

»Aber Sie würden ihn nicht mehr wiedererkennen«, sagte sie hoffnungsvoll. »Er hat sich einen Bart wachsen lassen, und er sieht um Jahre älter aus.«

Einen Augenblick schwankte Miß Baxter. Sie stellte sich vor, daß ein ihr fremder Mann an Charlies Stelle im Sarg läge. Aber dann zwang sie sich zu einem Lächeln.

»Ich werde meinen Jungen trotzdem erkennen. Lassen Sie mich zu ihm gehen.«

Charlie saß in der Küche und grub die Nägel in die Handflächen. Schweißtropfen traten auf seine Oberlippe. Puggie, der seinem Charakter treu blieb, dachte an Erpressung.

»Hat sie ein Geheimnis?« fragte er.

»Nein«, flüsterte Charlie.

»Nicht irgendeine Liebesgeschichte?«

»Du hast sie doch gesehen.«

Puggie mußte das zugeben. Hoffnungslos schüttelte er den Kopf.

In der folgenden Pause hörten sie, daß Miß Baxter um einige Töne lauter sprach. Der natürliche mütterliche Instinkt in ihr brach sich gewaltsam Bahn und drängte nach Betätigung.

»Gehen Sie mir aus dem Weg.«

Ein Handgemenge entstand; dann verriet ein dumpfer Fall den beiden Lauschern, daß Miß Baxters größeres Körpergewicht den Streit entschieden hatte. Sie hörten schnelle Schritte auf der Treppe, gefolgt von dem Klappern der hohen Absätze Veras, die der anderen nachstürzte.

Oben kam es zu einem weiteren Zusammenstoß. »Schließen Sie die Tür auf!« schrie Miß Baxter.

»Das tu' ich nicht!« brüllte Vera.

»Dann bringe ich den ersten Polizisten her, der mir begegnet, und sage ihm, was hier los ist. Ich bin überzeugt, daß Sie etwas verbergen.«

Das war ein Schuß ins Ungewisse, aber Vera zuckte zusammen und verlor die Sprache. In der Küche packte Puggie Charlie und schüttelte ihn.

»Denke nach!« knurrte er.

Aber die rauhe Behandlung brachte nur eine geringfügige Erinnerung in Charlies Gedächtnis zurück.

»Einmal habe ich sie getroffen, als sie aus der dunklen Geschirrkammer herauskam – mit dem jungen Pfarrer.«

Kaum hatte er diese Worte ausgesprochen, als Puggie sie bereits auf ein ausgerissenes Blatt seines Notizbuches kritzelte. Als er damit die Treppe hinaufeilte, tat er so, als ob er von der aufgeregten Verfassung der beiden Frauen nichts bemerkte.

»Ach, ich bitte um Entschuldigung, daß ich störe.« Bei dieser landläufigen Redensart überreichte er Vera den Zettel. »Diese dringende Nachricht ist eben gekommen.«

Sie warf einen Blick darauf.

»Sagen Sie dem Boten, er braucht nicht auf Antwort zu warten«, erwiderte sie dann in befehlendem Ton.

Sie wartete, bis Puggie nach unten gegangen war, bevor sie sich wieder an Miß Baxter wandte. Ein neuer Hoffnungsstrahl schimmerte in ihren blauen Augen.

»Ich habe versucht, Ihnen einen Schmerz zu ersparen«, begann sie sanft. »Sie sagten vorhin, daß Sie Charlie liebten, aber er mochte Sie nicht leiden. Er verachtete Sie, weil er Sie für eine Heuchlerin hielt. Sie verurteilten es, wenn andere einen lockeren Lebenswandel führten, erzählte er mir, während Sie selbst heimlich dasselbe taten. Aber Sie waren ja eine Dame.«

Das Blut wich aus Miß Baxters Lippen.

»Öffnen Sie die Tür«, erwiderte sie heiser, »und wiederholen Sie diese Lüge vor meinem toten Bruder – wenn Sie das wagen!«

»Das ist keine Lüge.« Vera ließ sich nicht einschüchtern. »Er hat mir Ihr Geheimnis verraten. Ich werde Ihnen wörtlich wiederholen, was er sagte. Er erzählte mir, daß er gewußt hätte, was in der dunklen Geschirrkammer unter der Treppe zwischen Ihnen und dem jungen Pfarrer vorging.«

Vera erschrak über die Wirkung ihres Angriffs. Miß Baxters Gesicht verzerrte sich, als ob heftiger Schmerz sie durchzuckte, und sie griff nach dem Geländer, um sich zu stützen.

»Das – hat er gesagt – das!« flüsterte sie.

»Ja. Ich konnte es doch wohl nicht erfinden?«

»Nein. Er hat es Ihnen gesagt.«

Gebeugt wie eine alte Frau tastete sich Miß Baxter die Treppe hinunter.

»Wohin gehen Sie?« fragte Vera.

»Nach Hause«, entgegnete Miß Baxter versteinert. »Nachdem ich das gehört habe, will ich ihn nicht wiedersehen – weder tot noch lebendig.«

Die Tür schlug zu, und die Frau verschwand in der Dunkelheit.

Vera stand regungslos und konnte noch nicht an ihren Sieg glauben. Der Feind hatte sich zu plötzlich und zu vollständig ergeben. Miß Baxter hatte von ihrem Bruder gesprochen, als ob sie nicht an seinen Tod glaubte.

»Weder tot noch lebendig.« Dieser Ausdruck setzte sich bei Vera fest wie ein Stachel, obwohl sie sich nicht auf alles besinnen konnte, was gesprochen worden war. Ihre Gedanken wirbelten durcheinander, und nur eins stand fest:

Miß Baxter war ihre Gegnerin. Sie hatte sich zurückgezogen – nur um zurückzukommen. Und wenn sie wieder erschien, würde sie nicht allein sein.

8 Das Damoklesschwert

Im Gegensatz zu den Männern konnte Vera ihre Sorgen für sich behalten. Sie war daran gewöhnt, sich nur auf sich selbst zu verlassen, und sie sah keinen Sinn darin, nur zu ihrem eigenen Trost die Moral ihrer Verbündeten zu schwächen. Aber als sie sich jetzt auf die oberste Treppenstufe kauerte, sah ihr kleines, rotgeschminktes Gesicht geradezu spitz vor Angst aus.

Es war klar, daß sie einer wirklichen Gefahr gegenüberstanden. Obwohl man der hageren Frau mit den groben Zügen kaum eine Jugendliebelei zutrauen konnte, gab es doch keinen Zweifel an der Ursache ihrer Aufregung. Eine fremde Hand hatte plötzlich den Mantel der Wohlanständigkeit von ihr gerissen, so daß sie – in übertragenem Sinne – nackt in die Nacht hinausgeflohen war.

Aber Vera wußte, daß die Frau nicht umsonst einen so harten, strengen Mund hatte. Wenn Miß Baxter erst einmal die Scham über die Bloßstellung überwunden hatte, würde ihr Verstand wieder arbeiten: sie würde auf ihre erste Beschwerde zurückkommen – die Tatsache, daß man ihr verwehrt hatte, ihren toten Bruder noch einmal zu sehen.

Der Vorwand, einen Wunsch des Toten zu befolgen, konnte doch nicht die verschlossene Tür erklären. Miß Baxter war durch Überrumpelung abgewiesen worden, aber es war nichts geschehen, um ihren Verdacht zu entkräften.

»Sie wird den Polizisten schon finden«, dachte Vera.

Soweit sie wußte, hatte er nicht die Berechtigung, ohne ihre Erlaubnis das Haus zu betreten, aber der Vorfall konnte eine Folge haben, die sie am meisten fürchtete: die Öffentlichkeit würde sich damit beschäftigen. Es würden Gerüchte auftauchen, die man sofort übertrieb, und alle Leute würden einen Skandal wittern.

Während Vera noch auf die Milchglasscheiben der Haustür starrte und erwartete, daß jeden Augenblick der gefürchtete Schatten eines Helms auftauchte, rief jemand von unten.

»Vera, wo bist du?«

»Ich komme.«

Sie sagte sich, daß sie bei dem trostlosen Matsch auf den Straßen nicht mit sofortigen Vergeltungsmaßnahmen zu rechnen brauchte. Obwohl ihre Nerven durch das qualvolle Warten auf die nächsten Ereignisse noch in Aufregung waren, ging sie anscheinend in bester Stimmung in die Küche und pfiff.

Wie sie vermutet hatte, beglückwünschten sich die beiden Männer gegenseitig.

»Das war entschieden eine Eingebung, alter Junge«, erklärte Puggie und klopfte Charlie liebevoll auf den Rücken.

»Nein, du warst es doch, der erst etwas daraus machte«, erwiderte Charlie bescheiden und schüttelte den Kopf. »Wer hätte das von Emily gedacht? Es ist wirklich niederschmetternd. Ich bin meiner Familie keine Rücksicht schuldig, aber ich glaubte doch wenigstens, daß meine Schwestern anständig wären.«

»Du darfst sie nicht verurteilen, alter Junge. Sie ist wirklich ein lieber, guter Kamerad.«

Vera war wütend und sagte, daß er Miß Baxter womöglich noch wegen dieser Enthüllung einer alten Geschichte bewundere. Wie bei vielen Frauen, die sich mit ihrer Wohlanständigkeit brüsteten, sei ihr Urteil über andere, die nicht so viele Hemmungen hätten, doch nur durch Neid getrübt.

Außerdem sei es eine bedrückende Mahnung an das Ende von Jugend und Liebe.

Ein lautes Klingeln an der Haustür ließ sie zusammenfahren.

»Wer ist das?« fragte sie scharf.

»Es werden wieder Blumen für mich kommen«, erwiderte Charlie erwartungsvoll.

»Ach, deine verdammten Blumen!« brummte Puggie, als er zögernd die Pfeife hinlegte und hinausging, um aufzumachen.

Während Vera wartete, preßte sie die rotgefärbten Fingernägel gegen die Zähne. Sie konnte die Spannung nicht länger ertragen, eilte aus der Küche und hätte Puggie beinahe umgeworfen, als sie am Ende des Flurs mit ihm zusammenstieß.

»Was war das?« fragte sie atemlos.

»Nur die Post«, antwortete er. »Ein Brief für dich.«

Er bemerkte, daß ihre Finger zitterten, als sie den Umschlag aufriß, und nahm die Gelegenheit wahr.

»Du siehst richtig verdonnert aus, liebes Kind«, sagte er. »Wie wäre es, wenn wir einen kleinen Schluck genehmigten?«

Zu seiner Überraschung ging sie sofort darauf ein.

»Ein guter Gedanke! Das bringt uns wieder auf die Höhe. Wir müssen sowieso heute abend noch alles in Ordnung bringen. Morgen ist keine Zeit mehr dazu. Und denke daran, daß wir uns nach der Beerdigung nicht mehr sehen.«

Nachdem sie ein kleines Glas Kognak getrunken hatte, fühlte sie sich etwas besser und las ihren Brief. Er kam von Lady Wright, die das Telefongespräch bestätigte. Der Stil war etwas geschäftlich und zeugte davon, daß ihr Mann diktiert hatte.

Sir Horace war ein aufdringlicher Mensch, der die »kleine Mrs. Charlie«, wie er sie nannte, äußerst anziehend fand. Stets lud er die Gäste ein, da seine Frau nicht die nötige Entschlußkraft hatte. Sie war liebenswürdig, aber etwas langweilig, und folgte immer seinen Anregungen beim Bridgespiel, ob sie nun gut oder schlecht waren.

»Ich soll gleich nach der Beerdigung im Wagen mit ihnen fortfahren«, erklärte Vera. »Sie wollen nichts davon hören, daß ich in ein leeres Haus zurückkehre. Eine Woche möchten sie mich bei sich haben.«

»Und ich schwirre sofort nach der ›Traube‹ ab und bleibe dort, bis es Zeit ist, ihn abzuholen«, sagte Puggie. Er warf einen Blick auf Charlie und fügte hinzu: »Können wir dem einfältigen Kerl auch trauen, wenn er ganz allein in dem Hause ist?« Vera begann sofort, ihrem Mann genau vorzuschreiben, was er zu tun hatte.

»Bevor du etwas anderes anfängst, mußt du dich rasieren. Mache dich sofort daran, wenn wir aufbrechen, denn du brauchst Tageslicht dazu. Du kannst genug durch das durchscheinende Fenster sehen, wenn du ins Badezimmer gehst.«

Charlie hörte nicht hin und wandte sich an Puggie. »Du mußt mich jetzt nicht mehr ›Charlie‹ nennen. Ich habe mir einen neuen Namen ausgesucht. In Zukunft heiße ich ›Chester Beaverbrook‹.«

»Den Namen hast du in der Zeitung gelesen«, erwiderte Puggie.

»Er ist ganz gut«, erklärte Vera. »Aber ich warne dich. Dabei bleibt es nun auch. Hast du gehört, daß ich dir gesagt habe, du sollst dich zuerst rasieren?«

Sie hatte ihre Furcht vergessen ... Und es war gut für ihren Seelenfrieden, nicht zu wissen, daß große Füße in Dienststiefeln auf dem Weg nach Jasmine Cottage durch den Matsch wateten.

In glücklicher Unbekümmertheit gab Vera weitere Befehle.

»Laß dir genügend Zeit beim Rasieren. Den Bart abzunehmen ist nicht so leicht, wie einer Banane die Schale abzuziehen. Wenn du damit fertig bist, ziehst du dich um. Darauf packst du deinen Koffer. Denke daran: nur Strümpfe, Hemden und Kleinigkeiten. Du nimmst vor allem keinen deiner Anzüge mit.«

»Aber ich würde doch lieber meine alten Kleider in London tragen«, widersprach Charlie. »Die sitzen gut. Der Tweedanzug, den Puggie mir besorgt hat, steht mir nicht. Darin sehe ich aus wie ein Prolet.«

»Das ist ein Kompliment für Beaverbrook«, erwiderte Puggie und grinste zynisch. »Wir müssen doch dafür sorgen, daß du ganz anders aussiehst.«

»Ach, das ist eine sinnlose Vorsichtsmaßnahme.«

»Durchaus nicht«, entgegnete Vera. »Also, höre zu, was Mama dir sagt, mein kleiner Junge: wir kennen nicht alle Leute unserer Stadt dem Aussehen nach. Nun nimm einmal an, daß ein hiesiger Schneidergeselle die Eigenart hat, die Knöpfe in besonderer Weise anzunähen, oder sonst etwas. Womöglich kommt er nach London und sitzt dir eines Tages in einem Eckrestaurant gegenüber. Wenn er deinen Rock betrachtet – Schneider tun das immer – dann sagt er sich: ›Hallo, das ist ja ein Anzug aus unserer Werkstatt.‹ Das nächste ist dann, daß er dich genauer anschaut.«

»Ach, das ist viel zu weit hergeholt. Und er wird mich doch nicht erkennen.«

»Vielleicht. Aber ich will nicht die geringste Gefahr auf mich nehmen.«

»Außerdem verkauft Vera all deine alten Anzüge hier in der Nachbarschaft«, warf Puggie ein.

»Ja, das tut eine Witwe immer.« Vera nickte.

»Und noch etwas«, fuhr Puggie fort, dessen Gehirn durch den Kognak geölt war. »In Zukunft darfst du auch nicht mehr deine Uhr und deine Krawattennadel tragen, ebensowenig deinen Ochsen und Esel, noch alles, was dein ist.«

»Was meinst du damit?«

»Ich meine, alter Junge, daß deine Witwe sie mir schenkt als eine persönliche Erinnerung an meinen teuren verstorbenen Freund. Wenn ich deine Uhr trage, werde ich mich immer an dich erinnern.«

»Unter den Umständen geht es dir ja sehr gut«, sagte Charlie ruhig.

Er ärgerte sich auch über die tausend Pfund, die Puggie für seinen Anteil an dem Betrug erhalten sollte. Es schien, als ob die leichenfressenden Dämonen bereits an der Arbeit wären, den Kirchhof zu entweihen, ihn aus dem Grabe auszuscharren und seine Leiche zu zerfleischen.

»Ihr solltet euch lieber darin üben, mich ›Chester‹ zu nennen, anstatt euch auszudenken, was ihr alles von mir erben könnt.«

»Ich werde dich ›Liebling‹ nennen«, erklärte Vera. »Das paßt auf alle, und ich brauche mich dann nicht umzugewöhnen, wenn wir uns getrennt haben.«

Obwohl sie immer noch jedesmal zusammenfuhr, wenn es an der Haustür klingelte, faßte sie allmählich wieder Zuversicht. Eine ganze Reihe von Aufregungen wußte sie nun schon hinter sich, und jede hatte sich als ein falscher Alarm erwiesen. Wenn sie sich auch große Mühe gegeben hatten, in Starminster mit keinem Menschen in nähere Verbindung zu treten, um die Ausgaben für Gesellschaften zu vermeiden, waren sie schließlich doch bekannt geworden. Die Folge davon war eine Flut von Beileidsbriefen für Vera.

Sie fuhr fort, Charlie die Pflichten einzupauken, die er nach seinem Tode zu erfüllen hatte.

»Du mußt den Gasherd benützen, wenn du dir eine Tasse Tee machen willst. Ich lasse den Idealofen morgen ausgehen. Denke daran, daß die Leute annehmen, das Haus sei leer. Wenn irgendein Neugieriger Rauch aus dem Schornstein aufsteigen sieht, versucht er womöglich, hereinzukommen und nachzusehen, ob irgendwo Feuer ausgebrochen ist. Auf jeden Fall kann man das als Vorwand benützen, um hier nachzuspionieren.«

»Schon gut«, stimmte Charlie zu.

»Und du darfst kein Licht anstecken. Es könnte durch irgendeine Spalte ein Schein nach draußen dringen.«

»Aber soll ich denn stundenlang in Dunkelheit und Kälte sitzen?«

Puggie nahm die Partei des unterdrückten männlichen Geschlechts, obwohl er sich an Charlies Mißbehagen freute.

»Nein, Vera, das geht zu weit. Alle Jalousien sind doch zum Zeichen der Trauer heruntergelassen.«

»Na, schön. Er stößt sonst schließlich noch einen Kessel im Dunkeln um und macht einen fürchterlichen Spektakel. Immerhin ist es mir ein Rätsel, warum er sich auflehnt. Er scheint überhaupt nicht zu begreifen, daß er ins Gefängnis gesteckt wird, wenn die Sache herauskommt, während er viertausend Pfund einsacken kann, wenn alles gut abläuft.«

»Ich begreife es vollkommen, Liebling«, protestierte Charlie. »Wann soll ich denn aus dem Hause gehen?«

»Genau um halb sieben«, antwortete Puggie. »Es wird schon vorher dunkel sein. Aber je später wir uns treffen, desto weniger Leute werden auf der Straße sein. Ich meine Geschäftsleute, Wagen und so weiter ... Sieh dich erst gut um, bevor du die Gartentür öffnest. Wenn jemand dich beobachtet, sind wir verloren.«

»Ja, ja. Wann willst du mich denn abholen?«

»Ich werde um drei Viertel sieben aus der ›Traube‹ fortgehen. Dann kannst du noch nicht weit gekommen sein. Passe gut auf, damit du das Geknatter der alten Kaffeemühle auch hörst. Wir wollen nur hoffen, daß sie nicht zusammenbricht, bevor wir nach York kommen ... Zum Kuckuck, schon wieder das verdammte Klingeln.«

»Zweimal«, sagte Vera. »Das ist die Paketpost. Ich werde hingehen.«

Im Vertrauen darauf, daß es kein Besucher sein würde, eilte sie den schwachbeleuchteten Gang entlang und riß die Tür auf.

Um so größer war ihr Entsetzen, als sie sah, daß die dunkle Gestalt eines Polizisten den Eingang versperrte.

9 Chester Beaverbrook tritt auf

»Ist Mrs. Baxter zu Hause?« fragte der Beamte und schaute etwas unsicher auf die schlanke, hellblonde junge Dame nieder, die in der Tür stand.

»Ich bin Mrs. Baxter«, antwortete Vera zitternd.

Mit Mühe unterdrückte sie ein Schluchzen. Aber im nächsten Augenblick hatte sie sich wieder gefaßt. Der Selbsterhaltungstrieb besiegte jede andere Regung, und sie war bereit, sich mit allen Mitteln zu wehren. Zum Glück hatte jedoch ihr Verhalten tiefen Eindruck auf den Polizisten gemacht, der nun ehrerbietig und mitfühlend mit ihr sprach.

»Es tut mir leid, daß ich Sie störe, Mrs. Baxter, aber ich habe mit Ihrem Mädchen, Miß Reed, gesprochen. Sie hat mir gesagt, daß dieses Haus etwa eine Woche lang leerstehen wird. Wenn ich Ihnen einen Rat geben darf, stellen Sie das Wasser ab, falls wir Frost bekommen, ziehen alle Jalousien hoch und öffnen die oberen Fenster einen Spalt. Wenn ein Haus ganz zugesperrt aussieht, weiß jeder gleich, daß die Familie fort ist.«

»Ach, ich danke Ihnen, Inspektor.« Vera atmete erleichtert auf und gab ihm den höchsten Titel, der ihr im Augenblick einfiel.

Aber Dank und Komplimente schienen auf den Mann wenig Eindruck zu machen.

»Natürlich werde ich alles tun, was in meinen Kräften steht, um das Haus für Sie zu bewachen.«

Vera reichte ihm eine Zehnschillingnote, dann kehrte sie frohlockend zur Küche zurück, um von der neuesten Entwicklung zu berichten.

»Nun mußt du doch im Dunkeln warten«, sagte sie rücksichtslos zu ihrem Mann. »Puggie, du mußt zurückgehen, wenn der Sarg hinausgeschafft ist, und alle Jalousien hochziehen. Wenn wir das nicht tun, schnüffelt der Polizist womöglich selbst hier herum.«

Sie war in ausgezeichneter Stimmung, denn nun begann sie sich wirklich sicher zu fühlen. Nachdem soviel Zeit vergangen war, sagte sie sich, daß Miß Baxter nicht im Ernst die Absicht hatte, ihre Drohung wahrzumachen.

»Hole das Bankbuch, Charlie«, befahl sie. »Wir müssen alles Geschäftliche heute abend noch erledigen.«

Charlie sah sie schuldbewußt an.

»Das liegt auf der Bank. Aber ich schreibe immer auf den Scheckabschnitt auf, wieviel Geld wir noch haben, wenn ich etwas abhebe. Ich werde mein Scheckbuch bringen.«

Als sie nachsahen, bekamen sie einen Schrecken, denn es zeigte sich, daß ihre Mittel geringer waren, als sie angenommen hatten.

»Nun, das macht nichts«, sagte Vera. »Wir haben ja meine Pelze. Charlie ist der einzige, der bares Geld braucht. Was ist die geringste Summe, mit der du auskommen kannst, Kleiner?«

Die geldliche Auseinandersetzung, die nun folgte, glich einer holländischen Auktion. Charlie fürchtete, daß er ohne Geld in London stranden könnte, und verlangte vorsichtshalber mehr. Sie handelte davon herunter, bis sie sich schließlich auf vier Pfund für eine Woche einigten.

Vera, die immer dazu neigte, möglichst klare Verhältnisse zu haben, war bereit, ihm das Geld sofort auszuzahlen. Im letzten Jahr hatten sie mehr von der Bank geholt, als sie brauchten, weil sie nicht im letzten Augenblick durch Abhebung einer zu großen Summe Verdacht erregen wollten.

Die Augen der beiden Männer leuchteten auf, als Vera einen Stoß Banknoten zum Vorschein brachte und sie zu zählen begann.

»Wie lange muß er aushalten?« fragte sie.

»Am besten lesen wir einmal die Bedingungen der Versicherungspolice nach«, riet Puggie.

Vera folgte seinem Rat, aber sie bekam doch etwas Furcht. Am Ende würden sie eine Klausel finden, die sie bisher übersehen hatten. Trotz all ihrer Energie und Entschlossenheit konnte sie sich nicht von der Vorstellung freimachen, daß in letzter Minute noch ein verhängnisvolles Hindernis auftreten würde. Ihr gesunder Menschenverstand sagte ihr, daß man fünftausend Pfund nicht so leicht abheben konnte, wie Puggie ihr das immer klarzumachen suchte.

»Also hört einmal diesen Absatz«, sagte sie. »›Bevor der Anspruchsberechtigte eine Zahlung aus diesem Versicherungsvertrag erhalten kann, müssen dem Hauptbüro der Gesellschaft in London diese Police und einwandfreie Nachweise eingereicht werden, die sich auf folgende Punkte beziehen:

a) Das Ereignis, auf Grund dessen die Versicherungssumme gezahlt werden soll;

b) die Art des Leidens beziehungsweise die Ursache, die zu dem Ableben des Versicherten führte;

c) das Alter des Versicherten, wenn dies der Gesellschaft nicht früher schon durch Vorlage der Geburtsurkunde angegeben wurde;

d) den Rechtsanspruch der Person, der die Versicherungssumme ausgezahlt werden soll.‹«

Veras Gesicht sah hager aus, als sie die beiden Männer anblickte. Es war klar, daß Charlie träumte und nicht zugehört hatte. Aber Puggie nickte zuversichtlich.

»Das scheint alles in Ordnung zu sein«, sagte er. »Du brauchst weiter nichts zu tun, als dich um die Sache zu kümmern. Da du die einzige Erbin und Testamentsvollstreckerin bist, mußt du dir die Erbschaft vom Gericht bestätigen lassen. Wenn dir irgend jemand einen Rat geben will, dann sage ihm nur, daß ich dir schon alles klargemacht habe.«

»Wie lange wird es wohl dauern, bis die Gesellschaft auszahlt?« fragte Vera.

»Das hängt ganz davon ab: du bekommst vom Gericht eine Urkunde, daß das Testament anerkannt ist. Die mußt du der Gesellschaft einschicken. Außerdem hast du den Nachweis zu führen, daß du berechtigt bist, das Geld in Empfang zu nehmen. Das dauert alles einige Zeit. Aber wenn die Leute keinen Verdacht schöpfen und die Zahlung nicht hinausschieben, um erst Nachforschungen anzustellen, sollte es meiner Meinung nach nicht zu lange dauern.«

»Wie lange?« wiederholte Vera mit Nachdruck. xo

»Ich möchte sagen – zwei Monate, wenn wir Acorn ein wenig drängen. Sage ihm, er soll die Sache beschleunigen, da du sie vor deinem Wegzug erledigt haben möchtest.«

»Acorn – mit dem werde ich schon fertig.«

Charlies Augenlider zuckten, als sie so geringschätzig von dem Mann sprach.

»Es macht sich nicht immer bezahlt, wenn man ruhige Menschen zu leicht nimmt«, sagte er.

Ohne auf die Warnung zu achten, reichte Vera ihm ein dickes Kuvert.

»Ich habe dir für drei Monate Geld gegeben, damit du dich etwas freier bewegen kannst«, erklärte sie. »Es sind fünfzig Pfund. Vergiß nicht: je weniger du ausgibst, desto länger kommst du aus. Und wenn du etwas sparst, kannst du mich nachher ausführen, um den Sieg zu feiern.«

»Danke, Vera.«

»Charlie, das ist das einzige, worauf du dich verlassen kannst. Es mag sein, daß wir uns erst spät treffen können.«

Seine sanften braunen Augen blickten beunruhigt von einem zum anderen. Obwohl er seiner Sache nicht sicher war, glaubte er doch, daß die beiden anderen einen schnellen Blick getauscht hatten.

»Ich habe die Adresse einer Pension aus der Zeitung ausgeschnitten, wo du wohnen kannst«, fuhr Vera lebhaft fort. »Acre Lane in Brixton. Wenn du dich bei einer Familie einmieten würdest, könnte die Sache etwas billiger werden. Aber dann ist wieder die Gefahr zu groß, daß du redest.«

Charlie widersprach nicht. Schweigend nahm er den Zeitungsausschnitt und legte ihn sorgfältig in seine Brieftasche. Innerlich aber bäumte er sich dagegen auf, daß er weiter nichts als eine Figur auf dem Schachbrett sein sollte. Er hatte das Geld gegeben, daß der Plan ausgeführt werden konnte, und er hatte all die persönlichen Unannehmlichkeiten auf sich genommen, aber nun bestand wenig Unterschied zwischen ihm und der Puppe, die ihn bei seiner Beerdigung vertreten sollte.

»Wenn du in Schwierigkeiten kommst«, sagte Vera, »benachrichtigst du Puggie.«

»Ich würde es aber doch vorziehen, direkt an meine Frau zu schreiben.«

»Sei doch nicht ein so einfältiger Tropf! Nimm einmal an, daß der Brief verloren geht und in falsche Hände kommt. Einer solchen Gefahr dürfen wir uns nicht aussetzen. Denke doch daran, daß wir beobachtet werden können, weil wir uns irgendwie verdächtig gemacht haben.« Veras Befürchtungen flatterten um sie her wie Seemöven, die gegen die Scheiben eines Leuchtturms stoßen. »Die Versicherungsgesellschaft kann der Post den Auftrag geben, unsere Briefe zu öffnen. Also höre: bis wir uns wiedertreffen, ist jede Verbindung zwischen uns abgeschnitten.«

»Aber kannst du denn nicht an mich schreiben?«

»An meinen toten Mann? Unter welcher Adresse? Himmel oder Hölle?«

»Du könntest an Chester Beaverbrook schreiben.«

»Und dadurch die Leute auf die Spur bringen? Womöglich fällt es Ihnen ein, sich den Herrn dieses Namens einmal genauer ansehen zu wollen. Hast du denn gar keinen Verstand? Wenn wir jetzt einen einzigen Fehler machen, bedeutet das – Gefängnis.«

Hätte ein Tugendrichter in dem Augenblick ihre ängstlichen Gesichter und ihre gehetzten Blicke sehen können, so vermochte er eine wertvolle Schlußfolgerung auf das Maß der Strafe zu ziehen, die auf Betrug stand. Aber dann lachte Vera, um die Stimmung der anderen wieder zu heben, und sprang auf.

»Ich werde jetzt das Abendbrot zurechtmachen«, sagte sie.

»Aber wie steht es denn bei dir mit der Pinke, Vera?« fragte Puggie.

»Ach, ich komme schon durch. Ich habe noch etwas von dem Aufgesparten zurückbehalten, und ich brauche ja jetzt nicht bar zu zahlen.«

»Frage bloß nicht bei der Bank um einen Kredit nach – die verlangt eine Sicherheit.«

»Mit der Bank ist alles in Ordnung«, mischte Charlie sich ein. »Ich habe selbst den Geschäftsführer darauf aufmerksam gemacht, daß mein Konto allmählich kleiner wird, und gesagt, daß ich demnächst eine Summe von einem meiner anderen Bankkonten überweisen lassen würde. Da ich nun aber tot bin, und Vera fortzieht, wird er erwarten, daß das Konto aufgelöst und nicht aufgefüllt wird.«

Puggie stellte keine weiteren Fragen. Sie waren so daran gewöhnt, Vera alle Schwierigkeiten zu überlassen, daß sie niemals an ihrer Nervenkraft zweifelten. Charlie warf ihr flehende Blicke zu, als sie in der Küche umherwirbelte und eine Bratpfanne schwang.

»Du vergißt doch nicht, die Vögel zu füttern?« fragte er.

»Nein«, erwiderte sie ungeduldig.

Als er bei ihrem Versprechen lächelte, sah er wie der gütige, freundliche Mann aus, den ein Schulmädchen zu einem Ritter aus König Artus' Tafelrunde erhoben hatte. Die Küchenwände bewahrten ja auch seine feierliche Erklärung, daß er einer Frau gegenüber nicht grausam sein könnte.

Und doch hatte er kurz vorher eine Tat von höchster seelischer Grausamkeit begangen. Gefühllos hatte er seiner Schwester, die im Leben keine Hoffnungen mehr kannte, die einzige glückliche Erinnerung vergällt.

Als Vera ihr sagte, Charlie habe ihr Geheimnis verraten, überkam die ältliche Frau das Gefühl, mit Schmutz bespritzt zu werden. Immer hatte sie ein Leben voll Achtbarkeit und Selbstverleugnung geführt, während sie ihren verwitweten Vater betreute. Wie ein richtiger alter Türke mochte er nicht zugeben, daß junge Leute in seinem Hause verkehrten, aber seine Töchter waren erfinderisch, und alle – mit Ausnahme von Emily – verstanden es, sich heimlich mit ihren Verehrern zu treffen, und sie hatten sich auch verheiratet.

Aber auch sie hatte eine Erinnerung. Eines Nachmittags hatte der junge Hilfsgeistliche sie beim Geschirrspülen überrascht und darauf bestanden, das Teeservice abzutrocknen. Dieses Erlebnis beglückt sie mehr als ein Kuß; denn es erschien ihr wie ein Vorspiel auf ein späteres häusliches Zusammenleben. Als Charlie sie aus der Geschirrkammer herauskommen sah, hatte sie ihm zugelächelt, im Vertrauen auf sein Verständnis, da auch er gezwungen war, seinen Liebesabenteuern in heimlichen Ecken und Winkeln nachzugehen.

Der Hilfsgeistliche wiederholte den Versuch nie wieder, und sie machte ihm daraus auch keinen Vorwurf. Er war ein großer, schlanker Mann gewesen und hatte sich bücken müssen, da die Geschirrkammer von einem Architekten aus der Zeit der Königin

Victoria entworfen worden war, der entsprechende Ansichten über den geringen Wert weiblicher Hausarbeit hegte.

Aber sie glaubte, daß ihr Geheimnis ein Bindeglied zwischen ihr und Charlie sei ... Nun hatte er sie nicht nur an diese wasserstoffgefärbte Blondine verraten, sondern auch ein zartes romantisches Erlebnis zu einem billigen Liebesabenteuer gemacht.

Als verzogener kleiner Junge hatte Charlie mit Fäusten nach ihr geschlagen, und als Toter versetzte er ihr nun noch vom Grabe aus einen Hieb.

Während sie durch die schmutzigen Straßen trottete, bildete sich die erste Schutzhaut über ihre Wunde. Am nächsten Blumenladen blieb Emily Baxter stehen, bestellte einen Kranz und gab den Auftrag, ihn nach Jasmine Cottage zu schicken. Sie wählte eine Unterlage von Lorbeerblättern, ein Gebinde grauvioletter Orchideen und eine dunkelrote Schleife.

Dazu schrieb sie auf eine ihrer eigenen Karten eine letzte Botschaft: »Dem unvergeßlichen Charlie in liebevoller Erinnerung von seiner Schwester.« Diese Handlung stellte ihre Selbstachtung wieder her und half ihr, die Kälte und die Anstrengungen einer Nachtfahrt dritter Klasse in einem Bummelzug zu ertragen.

Während sie krampfhaft aufrecht im Wagen saß und die Lippen zusammenpreßte, sprach Charlie mit größter Freundlichkeit von ihr. Dabei ließ er sich Bratwürste und Kartoffelbrei schmecken.

»Ich bin wirklich gerührt, daß Emily mit dem Flugzeug hierhergekommen ist. Das ist tatsächlich ein

schweres Opfer für sie ... Es muß schließlich doch
etwas an mir sein.«

Vera und Puggie sahen ihn mit Verachtung an.

»Es ist ihr vornehmer Charakter, nicht der deine«,
sagte seine Frau.

»Nein«, widersprach Charlie ruhig, aber hartnäckig. »Ihr habt sie ja gesehen. Sie läßt sich nicht so
leicht etwas vormachen. Und außerdem, betrachtet
doch nur all die Kränze. Blumen sind teuer um diese
Jahreszeit, und niemand kann als Entgelt dafür etwas
von mir erwarten. Ich muß der Welt entschieden etwas gegeben haben, sonst würden die Leute nicht so
traurig sein, daß ich gestorben bin.«

Als Puggie einen Blick auf Vera warf, bemerkte er,
daß sie Charlie erstaunt anstarrte und die Stirn runzelte, als ob ihr seine Begründung einleuchtete. Um alle
Zweifel über den wirklichen Charakter ihres Mannes
zu beseitigen, fing er an, ihn bloßzustellen.

»Du bist schon immer ein schmutziger Betrüger
gewesen, Charlie. Denke doch nur an die armen
Kinder, denen du die Belohnung von zweieinhalb
Schilling bei dem Preisausschreiben abgeschwindelt
hast.«

Zu seiner Überraschung sah Vera ihn mit einem
tadelnden Blick an. Als Charlie ihnen davon erzählt
hatte, war sie gerade nicht begeistert davon gewesen.
Da es sich aber um ein freiwilliges Geständnis handelte, schien es nicht anständig, es ihm später vorzuhal-
ten.

Charlie zeigte sich unbekümmert.

»Ich habe mir nichts vorzuwerfen«, erklärte er mit Überzeugung. »Tatsächlich war ich doch der einzige, der ehrlich war.«

»Wieso denn?« fragte Puggie.

»Als ich eine Erklärung unterschrieb, die Lösung ohne Hilfe gefunden zu haben, entsprach das der Wahrheit. Die Kinder aber logen, weil sie sich von ihren Eltern hatten helfen lassen.«

»Woher willst du das wissen?«

»Das müssen sie getan haben, sonst hätten sie die Preisaufgaben nicht lösen können. Einige der versteckten Worte waren wirklich schwer zu finden und brachten mich selbst beinahe in Verlegenheit ... Und jetzt werde ich etwas Tee machen.«

Als Charlie in die Spülküche ging, um den Kessel an der Wasserleitung zu füllen, packte Puggie Vera plötzlich am Handgelenk.

»Vera«, flüsterte er, »du darfst niemals zulassen, daß er dir über den Kopf wächst.«

»Warum?« fragte sie, erstaunt über seine aufrichtige Besorgnis.

»Weil man dem Menschen nicht trauen kann. Wir haben nun – etwas begonnen. Es ist möglich, daß wir später die Kontrolle darüber verlieren.«

Er brach ab, als Charlie in die Küche zurückkam, der eine Serviette um die Weste gebunden hatte, um seine Hose zu schonen. Die beiden anderen lachten spöttisch auf, und gutmütig stimmte er ein.

Aber trotzdem hatte Puggie eben den ersten flüchtigen Blick in Chester Beaverbrook getan.

10 Trauerfeier

Als Charlie Baxter zum ersten Male starb, wurde er nicht begraben.

Der Tag seiner Beisetzung war ungewöhnlich düster. Während der Nacht war die Temperatur etwas angestiegen, so daß am Morgen Nebel die aufgehende Sonne vollkommen verschleierte. Das ungenannte Schulmädchen, das um seine Auferstehung gebetet hatte, frühstückte bei Lampenlicht; denn es mußte zeitig von Hause fortgehen, um einen Zug zu erreichen.

Seine Ferien waren vorüber, so daß es doppelten Grund hatte, traurig zu sein, während es auf dem nassen Bahnsteig stand und darauf wartete, daß das Einfahrtssignal gegeben wurde. Starminster sah grau wie Asche aus, als der Zug abfuhr. Von den Dächern tropfte es, und die ganze Welt schien zu weinen.

Obwohl die Kleine sich beim Abschied mit dem nötigen Gleichmut wappnete, fühlte sie doch ein Würgen in der Kehle, als der Zug durch einsames Land fuhr, wo dunkle Erdfurchen aus dem Schnee ragten. Sooft sie an Charlie Baxter dachte, der in seinem Sarge lag, schluckte sie so heftig, daß ihr Hals schmerzte.

In York traf sie wie gewöhnlich mit anderen Mädchen zusammen, die ihre marineblaue Schulkleidung mit dem weinroten Mützenband und der Krawatte trugen. Als sie sich unter sie mischte, hob sich ihre Stimmung zu ihrem Erstaunen bedeutend, und als sie dann zusammen in ein gutes Restaurant gingen, um das Ende der Ferien zu feiern, waren alle Schatten der Trauer verflogen.

Charlie Baxter entschwand in das Nebelland der Phantasie. Sie aß Kuchen mit Schlagsahne und sprach mit den anderen über die Aussichten beim Hockey. Ihre Rechnung wurde immer größer, und ihre Stimme klang am lautesten von allen. Denn dieses besondere Schulmädchen gehörte nicht zu denen, die dauernd romantischen Träumen nachhingen.

Wie Vera vermutet hatte, gab es in letzter Minute bei den Vorbereitungen in Jasmine Cottage noch eine große Hetze. Als es galt zum Aufbruch zu rüsten, stellte sich heraus, daß Charlie seinen Koffer nicht allein packen konnte. Dauernd klopfte es an der Tür, und Vera und Puggie mußten immer auf dem Sprung sein, um den Verstorbenen in sein Versteck zu schieben. Er war tief enttäuscht, daß er bei seinem eigenen Begräbnis nicht zugegen sein durfte, und in seinem Verlangen, nichts von dem aufregenden Schauspiel zu versäumen, verlor er jeden Sinn für Vorsicht.

Er schlich sich in den Gang und wollte jedesmal vorstürzen, wenn ein neuer Kranz gebracht wurde, um die beigefügte Karte zu lesen. Als er einmal gerade mit knapper Not entkommen war, schimpfte ihn Vera mit schärfster Zunge aus.

Zu ihrem Erstaunen erlebte sie, daß gegen alle Gewohnheit auch er sie anschnauzte.

»Ich bin tatsächlich zu nachsichtig dir gegenüber gewesen, Vera. Liebenswürdigkeit und Rücksichtnahme sind bei dir einfach verschwendet. Du brauchst einen brutalen Mann, der dir tüchtig Bescheid sagt. Wenn ich noch einmal mit dir zusammenziehen sollte –«

»Du wirst ja von neuem dazu Gelegenheit haben«, erinnerte Puggie ihn.

Charlie sah ihn verwirrt an, als er unterbrochen wurde.

»Ja, das stimmt«, sagte er sanft. »Daran hatte ich nicht gedacht.«

»Nun, was willst du dann tun?« fragte Vera spöttisch.

»Ich – ich –« Er brach ab und beendete den Satz ziemlich lahm. »Ich werde – anders sein.«

Vera drehte sich nur auf ihren hohen Absätzen um und verschwand eilig in der Küche, um belegte Brote für ihn zu machen. Sorgfältig wählte sie die zartesten Fleischstücke und strich die Butter dick auf, denn sie wollte ihm Appetit machen, auch wenn sie innerlich über sein idiotisches Verhalten fluchte.

»Er hat überhaupt kein Verantwortlichkeitsgefühl«, beklagte sie sich bei Puggie, der neben ihr stand und sie mit einem traurigen Ausdruck in den wässerigen Augen beobachtete.

»Erstes Glockenzeichen«, sagte er und warf einen Blick auf die Uhr. »Der Vorhang geht gleich auf.«

»Mein Gott! Nun müssen wir uns zusammennehmen.«

»Machst du schlapp, liebes Kind?«

»Ja.« Sie schauderte. »Wenn ich die Uhrzeiger zurückdrehen könnte –«

Sie brach ab und zwang sich zu einem Lächeln.

»Es ist jetzt Zeit, Lebewohl zu sagen, Puggie. Ich werde dir den Scheck zuschicken. Kannst du dich auch durchschlagen?«

»Bestimmt. Mach dir nur keine Sorgen.«

»Wie?«

»Ich habe noch einen Gesellschaftsanzug.«

Sie schlang die Arme um ihn und küßte ihn.

»Hole jetzt meinen Herrn und Gebieter.«

Während Vera bei der Erkenntnis zitterte, daß sie zum erstenmal in ihrem Leben außerhalb des Gesetzes stand, war Charlie wieder in bester Stimmung. Er hatte ein Quecksilbertemperament, das auf jede Schicksalsschwankung reagierte.

Er war ebenso stolz und gutgelaunt, wenn der kleine Charlie Baxter – angeblich zehnjährig oder innerhalb der vorgeschriebenen Altersgrenze – fünf Schilling für die richtige Lösung eines Kreuzworträtsels erhielt, oder wenn beim Rennen ein Außenseiter gewann, auf den er gesetzt hatte.

Er begrüßte Vera, als sie mit den Schminktöpfen zu ihm kam, um ihn für sein letztes öffentliches Auftreten in Starminster zurechtzumachen. Sein Vertrauen auf sie nahm ihm die Furcht vor etwa möglichen schlimmen Folgen. Er brauchte ja nicht an der anstrengenden Begräbnisfeier teilzunehmen, sondern blieb im Hause zurück; er hatte fünfzig Pfund in der Brieftasche, und London wartete auf ihn.

Er plauderte und lachte, während Vera ihn ausschimpfte, weil er den Kopf nicht ruhig hielt. Ihre Nerven waren zum Zerreißen angespannt wie die einer großen Schauspielerin vor einer Uraufführung.

Alles ging schief. Ihre Finger zitterten, so daß sie nicht die richtige Wirkung erzielen konnte. Sie wußte, der Vorhang würde aufgehen, bevor sie fertig war. Wenn ihr Stichwort fiel, würde ihr die Sprache versagen, und sie würde sich nicht rühren können. Das Gartentor kreischte, als es geöffnet wurde, und sie hörte Schritte und Stimmen im Garten, als sie gerade Charlie im Sarg in die richtige Stellung brachte.

Mr. Brown stieg die schmale Treppe hinauf und hörte, wie die Witwe hustete. Er glaubte, daß ihre Erkältung sich verschlimmert hätte. Als er den spärlich erhellten Raum betrat, beugte Vera sich über den Sarg. Sie hatte eine Wattelage zurückgeschlagen und küßte die wachsbleiche Stirn ihres Mannes.

Im nächsten Augenblick deckte sie sein Gesicht wieder zu und drehte sich flehend nach den Leuten um.

»Sind Sie schon gekommen? Ach, bitte, schenken Sie mir noch fünf Minuten Alleinsein mit ihm.« Sie wandte sich an Puggie. »Du hast es mir versprochen.«

Puggie faßte Mr. Brown am Arm und zog ihn buchstäblich aus dem Zimmer, ebenso die anderen Männer, die mit ihm gekommen waren.

»Es sind seine Liebesbriefe«, erklärte er. »Sie will sie noch in den Sarg legen. Wirklich rührend, nicht wahr? Kommen Sie alle herunter ins Eßzimmer und trinken Sie ein Gläschen. Das ist gut gegen die Kälte.«

Die Aussicht, später in dem unangenehmen Wetter auf dem Kirchhof stehen zu müssen, machte die Einladung willkommen, und schwerfällig polterten die Leute die Treppe wieder hinunter.

Als ihre Schritte schwächer wurden, zog Vera in größter Aufregung ihren Mann aus dem Sarge.

»Sei vorsichtig, du Idiot«, warnte sie ihn. »Du wirfst noch das ganze Ding um!«

Sie packte den Sarg, als er gefährlich auf die Seite kippte, dann ließ sie sich auf die Knie nieder und half, die Puppe unter dem Bett vorzuziehen. Die war anscheinend schwerer geworden, und sie hing in der Mitte durch, als ob sie wie ein Knallbonbon auseinanderplatzen würde. Die beiden machten erst mehrere vergebliche Versuche, sie aufzuheben, bevor es ihnen gelang, sie in den Sarg zu stopfen. Schließlich lag sie gekrümmt darin, und das himbeerfarbene Gesicht aus Pappe grinste Charlie und Vera höhnisch an.

Als sie jedoch richtig der Länge nach ausgestreckt und mit den Wattelagen bedeckt war, nahm sie merkwürdigerweise die nötige würdige Haltung an und machte den gewünschten Eindruck. Stirn, Nase und Kinn zeichneten sich als steife Erhebungen ab, wäh-

rend Veilchen und Schneeglöckchen auf einem Kaliko-
herzen lagen, das sich durch kein verdächtiges Klopfen verriet.

Als die Leute sich unten gestärkt hatten und wieder
nach oben kamen, wandte Puggie sich vertraulich an
Mr. Brown.

»Sagen Sie Ihren Leuten, daß sie schnell machen
sollen. Sie hat eine furchtbare Erkältung, und sie ist so
schwach, daß sie nicht mehr viel aushält. Schließlich
bricht sie uns noch am Grabe zusammen.«

»Reden Sie ihr doch gut zu, daß sie zu Hause bleibt«,
schlug Mr. Brown vor.

»Nein, das ist hoffnungslos«, erwiderte Puggie und
verzog das Gesicht zu einer Grimasse.

Vera brach bei ihrem Anblick erneut in heftiges
Schluchzen aus, das sie mit äußerster Willensanstrengung fortsetzte. Ängstlich beobachtete sie unterdessen,
wie der innere Sarg in den äußeren gesetzt wurde. Sie
atmete auf, als der Deckel aufgeschraubt wurde, hustete aber trotzdem ununterbrochen, weil sie fürchtete,
Charlie könnte irgendwie explodieren.

Glücklicherweise hatte er sich aber in der Gewalt.
Er fühlte sich sicher bei dem Solohusten, den Vera
zum besten gab. Außerdem ärgerte ihn seine unwür-
dige Lage so sehr, daß er kein Kitzeln in der Kehle
spürte.

Vera aber stand Folterqualen aus, als der Sarg aufgehoben und die enge Treppe hinuntergetragen wurde.
Sie grub die Nägel in die Handflächen, während sie
oben stand und sich jedes Schwanken und Neigen des

Sarges bei dem gefährlichen Abstieg ausmalte. Jetzt, da es zu spät war, bereute sie bitter ihre leichtsinnigen langen Stiche. Wie ein Alpdruck lastete die Vorstellung auf ihr, daß sich Gewichte lösen und im Sarge nach unten rollen oder gegen den Deckel stoßen könnten.

Nach einer Ewigkeit erschien Puggie auf der Schwelle. Er grinste und drehte die Daumen nach oben.

»Alles in Ordnung. Sie warten auf dich.«

Blitzschnell puderte Vera ihre Nase, dann schob sie die Kosakenkappe etwas mehr auf die Seite, so daß die goldblonden Haarwellen besser zu sehen waren. Ohne ein Wort zu Charlie zu sagen, der wie der Liebhaber in einer französischen Posse noch unter dem Bett lag, ging sie mit Puggie aus dem Zimmer.

Als sie unten in den Flur kamen, steckte sie ihm ein Kuvert in die Hand. Es enthielt den Rest ihrer Ersparnisse – vier Fünfpfundnoten. Er fühlte das Rascheln der Scheine, und seine Augen wurden feucht.

»Kannst du es auch entbehren?« fragte er.

»Dummkopf.«

»Gott segne dich dafür, liebes Kind.«

Er brachte sie an den Wagen und eilte dann nach dem Hause zurück, wo er von einem Raum zum anderen rannte, Vorhänge zur Seite schob und Jalousien hochzog. Als er in die Nähe von Charlies Versteck kam, hatte er keine Zeit, sich aufzuhalten. Hastig rief er ihm zu: »Komm heraus!« lief geräuschvoll die Treppe hinunter und verließ eilig Jasmine Cottage, nachdem er die Haustür hatte einschnappen lassen.

Nach allgemeiner Ansicht stand die kleine Villa nun für eine Woche leer.

Der Trauergottesdienst für Charlie wurde in der St.-Johannis-Kirche abgehalten. Das war ein neues, gutgeheiztes Gebäude, durch dessen farbige Glasfenster das Licht nur gedämpft nach innen drang. Die meisten Bänke waren besetzt – ein weiteres Zeichen für Charlies Beliebtheit.

Als Vera eintrat, gestützt auf Puggies Arm, bot sie ein bemitleidenswertes Bild. Sie trug einen langen Mantel, der wie schwarzer Persianer aussah, und eine Kappe aus demselben Material. Die Blicke der Frauen folgten ihr teilnehmend, bevor sie sich traurig dem Sarge zuwandten, der für einen so kleinen Mann unerwartet lang war. Zwei Kränze lagen darauf – der eine von der Witwe, der andere von Miß Baxter.

Außer dem vorgeschriebenen Ritual sprach der Pfarrer noch einige Worte über den Charakter des Verschiedenen, wobei er auch einige Verse von Browning anführte. Sie begannen:

> »Aber es versagten aller Menschen rauhe
>   Hände,
> Es gelang den Daumen nicht und nicht
>   den Fingern ...«

Und sie endeten:

> »Alles, was ich niemals konnte sein,
> Was die Menschen immer übersahn in
>   mir,

Alles das sprach jetzt für mich bei Gott,
Auf dessen Töpferscheibe der Krug
    Gestalt gewann.«

»Er hat Charlie überschätzt«, flüsterte Puggie Vera zu.

Ihre Lippen zitterten, als sie zuhörte.

Die unterdrückte schauspielerische Begabung in dem Pfarrer kam zum Durchbruch, als er die Verse sprach. Er hatte sie gewählt, weil er Charlie für einen liebenswürdigen Mann von bescheidenem, unaufdringlichen Wesen hielt, den die Welt nicht beachtete. Obwohl die außergewöhnlich große Zahl der Trauernden in der Kirche dem Sinn der Verse eigentlich widersprach, wollte er sie doch nicht weglassen, weil er ein großer Freund der Dichtkunst war.

Unter den Klängen von Chopins Trauermarsch, die klagend von der Orgel tönten, wurde die Strohpuppe wieder hinausgetragen, auf den Wagen gebettet und nach dem Kirchhof gefahren.

Nur ein paar Leute waren bei der Feier am Grabe zugegen. Puggies Stimmung wurde immer besser, da jede Minute den Abschluß eines erfolgreichen Betruges näherrückte. Aber diese letzten Förmlichkeiten brachten Vera keine Erleichterung.

Als sie den feierlichen Worten lauschte, packte sie Entsetzen über das begangene Verbrechen. Während Puggie zynisch grinste, als die Strohpuppe der Erde übergeben wurde, »in der sicheren und gewissen Hoffnung auf eine glorreiche Auferstehung«, hatte sie eine furchtbare Vision. Sie sah die grinsende Maske aus Pappe am Jüngsten Tage auferstehen, um Zeugnis gegen sie abzulegen.

Um diese grauenhafte Vorstellung loszuwerden, preßte sie die Lippen aufeinander und dachte entschlossen an die große Versicherungssumme. Aber während sie mit harten Blicken vor sich hinstarrte, ahnte sie nicht, daß einer der Anwesenden ihren Gesichtsausdruck in dem einen kritischen Moment erstaunt beobachtete.

Er war empört über den rücksichtslosen, selbstsüchtigen Charakter, der sich in dem harten Blick dieser blauen Augen offenbarte. Nicht das geringste Anzeichen von Trauer um den toten Mann war darin zu erkennen. Da er selbst ein vorbildliches Familienleben führte, stellte er hohe Anforderungen an eine glückliche Ehe. Wenn Liebe oder Kameradschaft fehlten, war seiner Meinung nach der Mann nur dazu da, für den Unterhalt der Frau zu sorgen. Und in solchem Fall kam er freilich vorteilhafter weg, wenn er eine Haushälterin für sich wirtschaften ließ.

Irgendwie hatte Vera für ihn immer zur Klasse der Ausbeuterinnen gehört, teils weil er ungerechterweise durch Anita Loos' Haltung gegen Blondinen eingenommen war, teils weil er eine herzliche Zuneigung für Charlie empfunden hatte, die sich auf gleichartige menschenfreundliche Anschauungen gründete.

Vera kam nicht eher zum Bewußtsein, daß sie seine Feindschaft heraufbeschworen hatte, als bis der Sarg ins Grab gesenkt wurde. Sie zeigte sich diesem feierli-

chen Augenblick gewachsen, indem sie ein Schluchzen unterdrückte, sich abwandte und das Spitzenta-
schentuch gegen die Lippen preßte.

Dabei begegnete sie dem durchdringenden Blick
desjenigen Mannes, den sie am meisten zu fürchten
hatte.

Es war William Acorn – der Versicherungsagent.

11 Ein Andenken

Unter den vielen namenlosen Frauen, die um Charlie Baxter trauerten, nahm Miß Belson eine Ausnahmestellung ein, weil sie zuerst den Verdacht schöpfte, daß bei den Vorgängen in Jasmine Cottage etwas nicht stimmte. Obwohl sie mit der Annahme eines Mordes weit übers Ziel hinausschoß, beherrschten sie am nächsten Morgen beim Erwachen zwei Empfindungen – tiefes Mißtrauen gegen Vera und unendliches Mitleid für Charlie.

Den ganzen kurzen Wintertag hindurch mußte sie dauernd an ihn denken. Dabei erwies sich die Unzuverlässigkeit ihres Gedächtnisses. Miß Belson vergaß, daß er nur ein verständnisvoller Tanzpartner gewesen war, um den sie ihren letzten Traum gesponnen hatte. An seine Stelle setzte sie einen Fremden mit freundlichem, vornehmen Wesen, bedrückt von dem Bewußtsein eines verfehlten Lebens und erfüllt von scheuer Sehnsucht nach dem Glück, das an ihm vorübergegangen war.

Es wurde ihr zur Gewißheit, daß seine Ehe wie viele andere eine heimliche häusliche Tragödie gewesen war. Vera war, auf das Seelische übertragen, eine Menschenfresserin; sie hatte ihm nicht nur jedes Anrecht auf Persönlichkeit geraubt, sondern ihn auch im Hintergrund gehalten, bis niemand etwas anderes als Mißerfolg von ihm erwartete.

Allmählich steigerte Miß Belson sich in eine unglückliche sentimentale Stimmung hinein, die ans Unwirkliche grenzte. Eine fieberige Erkältung verstärkte diesen Zustand noch. Obwohl die Krankheit fast ihren Höhepunkt erreicht hatte, bestand Miß Belson darauf, zu dem Trauergottesdienst in die St.-Johannis-Kirche zu gehen. Als ihre Schwester, Lady Fry, Bedenken äußerte, schnupfte sie laut in ihr Taschentuch.

»Ich nehme ein Taxi, und in der Kirche ist es warm. Ich – ich – möchte persönliche Anteilnahme zeigen.«

Ihre Schwester zog das sanfte, runzelige Gesicht in Falten, aber schließlich nickte sie zustimmend.

»Solange du dich keiner Gefahr aussetzt«, sagte sie.

»Ich verspreche dir, meinen Pelzmantel und meine Überschuhe anzuziehen.«

Die beiden Schwestern lebten bequem und behaglich. Sie waren typische Vertreterinnen einer Klasse und Generation, die zwar den Zorn der jüngeren Dramatiker erregt, England aber zu einem Lande macht, in dem man gerne wohnt. Sie besaßen alle Fehler und Vorzüge ihrer Art. Da sie am Jüngsten Tag selbst blinde Bettler sein würden, gaben sie jedem blinden Bettler auf der Straße.

Miß Belson fuhr in einem Wagen zur Kirche. Sie war warm angezogen und hatte sich stark parfümiert, um die anderen Teilnehmer vor Ansteckung zu schützen. Aber sie besaß keinen Schutz vor den Überfällen ihrer eigenen lebhaften Phantasie.

Die schwermütige Musik, die Schönheit und Feierlichkeit des Gottesdienstes und die allgemeine Trauerstimmung vereinigten sich, um ihr den Eindruck des Unwirklichen zu geben. Ihre Welt mit den Empfängen an jedem ersten Donnerstag im Monat und den Nachmittagsteegesellschaften war versunken, und nichts schien übriggeblieben als ein zerbrechliches Gehäuse, gefüllt mit Schatten und Echos.

Das Leben war daraus gewichen, denn Charlie – der Liebe – war tot. Als die Strohpuppe das Seitenschiff in der Kirche entlang getragen wurde, brach Miß Belson beim Anblick des blumenbedeckten Sarges beinahe zusammen. Nach dem Gottesdienst war sie der anderen Leute wegen zum erstenmal in ihrem Leben dankbar für eine Erkältung, die ihre rotgeränderten Augen und ihre heisere Stimme erklärte.

Als sie zu Hause ankam, wurde sofort der Nachmittagstee aufgetragen. Lady Fry saß in einem Armsessel am Kamin und wartete auf eine genaue Beschreibung der Feier, die sie in aller Ruhe und Bequemlichkeit genießen konnte.

Die beiden Schwestern lebten in einem dieser behaglichen Häuser mit sonnigen Morgenzimmern, in denen gutgezogene Mädchen das Frühstück auf silbernen Platten auftragen und reichlich Kohlen aufs Kaminfeuer legen. An diesem Tage konnte man durch die großen Glastüren keine Drosseln sehen, die auf dem Grase pickten, sondern nur den aufgeweichten, von schmutzigem Schnee bedeckten Rasen. Deshalb zog das Mädchen klugerweise die Vorhänge vor, drehte das Licht an und brachte so den Tag vorzeitig zur Ruhe.

Aber weder Tee noch Buttergebäck konnten Miß Belsons Stimmung heben, als sie ihrer Schwester alle Einzelheiten von der Begräbnisfeier Charlie Baxters gewissenhaft berichtete.

»Der Pfarrer hat so gut über ihn gesprochen. Auch Verse aus ›Rabbi Ben Ezra‹ hat er vorgetragen.«

»So?« Lady Fry spitzte die Lippen. »Das ist doch von Browning?«

»Ja. Soll ich die Stelle für dich aufschlagen?«

»Danke. Der Band steht neben Tennyson.«

Als Miß Belson darin blätterte, stieß sie auf ein anderes Gedicht »Zu spät«. Der Titel fiel ihr auf, und einige Zeilen erregten ihre Aufmerksamkeit.

> »Die Frau ist tot, die nicht sein war,
> Und der Mann, der nicht ihr gehörte,
>   mag gehen.«

Das paßte so schmerzlich gut auf ihren eigenen Fall, daß sie nicht wagte, sich auf ihre Stimme zu verlassen.

»Ich will dir das Buch lieber geben«, sagte sie zu ihrer Schwester. »Ich würde mit meiner Heiserkeit die Verse doch nur morden.«

Lady Fry hielt es für das einzig Richtige, Poesie laut zu lesen. Mutig trug sie mit ihrer kurzatmigen Stimme die ganze Stelle vor.

»Wunderschön«, erklärte sie dann. »Es ist mir geradezu, als ob ich den Pfarrer deutlich hören könnte. Der arme Mr. Baxter ... Ist es nicht traurig, wie schnell man ein Gesicht vergißt? Den ganzen Nachmittag habe ich versucht, mich an das seine zu erinnern. Wie sah er eigentlich aus?«

Miß Belson begann seine Züge zu schildern. Dabei erkannte sie aber zu ihrer Enttäuschung, daß sie nicht klar vor ihr standen.

»Das nützt auch nichts«, erklärte Lady Fry und schüttelte den Kopf. »Ich hatte niemals ein Gedächtnis für Gesichter. Dieser Fehler liegt bei uns in der Familie. Ich muß Mrs. Baxter fragen, ob sie vielleicht ein Foto von ihm übrig hat, das sie uns schenken könnte.«

Miß Belson murmelte ein paar zustimmende Worte. Ihre Temperatur stieg dauernd, während ihr die eine passende Zeile aus »Zu spät« im Ohre klang wie das Läuten einer Totenglocke.

»Der Mann ist tot, der nicht ihr gehörte.«

Plötzlich fühlte sie, daß sie die Wärme und Behaglichkeit dieses Zimmers nicht länger ertragen konnte. Es wirkte auf sie wie eine ausgepolsterte Falle, die ihr keinen Raum ließ, sich zu rühren und ihre Wunden zu pflegen. Sie zeigte eine starke Vorliebe für die Dunkelheit. In dem düsteren Zwielicht, das draußen herrschte, konnte sie umherwandern und ihre Fieberhitze kühlen.

Lady Fry gab ihr die Gelegenheit dazu, als sie sich darüber beklagte, daß sie mit ihrem Roman zu Ende sei.

»Ich werde dir ein anderes Buch aus der Bibliothek holen«, erbot sich Miß Belson.

»Danke. Ich lasse dich aber nur unter der Bedingung fort, daß du ein Taxi nimmst.«

»Ja, ja.«

Miß Belson hielt ihr Versprechen nicht. Nachdem sie durch die Haustür ins Freie hinausgetreten war, vergaß sie das Buch. Anstatt nach der Innenstadt zu gehen, wo die Bürgersteige vom Schnee gereinigt waren, wanderte sie über eiskalte, halbaufgetaute Schneemassen dem offenen Lande zu.

Den Kirchhof konnte sie nicht besuchen, aber sie fühlte den übermächtigen Wunsch, wenigstens einen Blick auf das leere Haus zu werfen, in dem Charlie vor kurzem noch gelebt hatte. Als sie dort ankam, war es noch hell genug, um zu sehen, daß die Fenster wie ausgestorben waren und kein Rauch aus den Schornsteinen aufstieg.

Während sie wie angewurzelt auf der Straße stand und auf das Gebäude starrte, sagte sie sich, daß ein gut Teil vom Wesen Charlies noch zögernd innerhalb dieser Mauern weilen könnte. Wenn sie hineinging, vermochte sie vielleicht mit seinem Geist in Berührung zu kommen, um ihm Lebewohl zu sagen.

Dieser Gedanke war ihr kaum durch den Kopf geschossen, als sie sich auch schon durch die Kraft ihrer hysterischen Einbildung vorwärtsgetrieben fühlte.

Durch das Gartentor, den mit Steinplatten belegten Weg entlang, die Stufe zur Schwelle hinauf. Ihre Finger drückten gegen die Glasscheibe der kleinen, grüngestrichenen Tür.

Es war ihr, als ob ein elektrischer Schlag sie träfe, als die Tür nachgab. Verwundert fragte sie sich, ob sie etwa unsichtbar wäre und wie Rauch durch eine verschlossene Tür dringen könnte.

Aber dann kam sie doch wieder zu sich und erkannte, daß sie im Begriff stand, auf unverzeihliche Weise in die Privatwohnung der Witwe einzudringen. Sie hatte eine Bemerkung unter dem Kirchenportal gehört, daß Vera Baxter fortziehen würde; doch es war klar, daß der Betreffende falsch unterrichtet gewesen sein mußte.

»Ich werde sie jetzt um ein Foto bitten, bevor sie abreist«, entschloß sie sich. »Ich will ihr sagen, daß es für meine Schwester ist. Die Frau war so gefaßt in der Kirche – ich bin sicher, daß sie es verstehen wird. Außerdem muß ich herauskriegen, ob etwas nicht stimmt.«

Noch während Miß Belson Entschuldigungen ersann, wußte sie, daß sie sich mit lauter Lügen zu beruhigen suchte. Irgend jemand war im Hause – aber es war nicht Vera ... Und irgendeine Kraft zog sie hinein. Sie flüsterte ihr ins Ohr, sie dürfe das Schweigen nicht durch ein Klingeln stören.

Miß Belson hielt den Atem an, öffnete die Tür einen Spalt breit und schlüpfte in den dunklen Flur. Rechts sah sie einen verhältnismäßig hellen Schein, der von dem Fenster des Wohnzimmers ausging. Erwartungsvoll und doch furchtsam trat sie ein und schlich auf Zehenspitzen über den abgetretenen Brüsseler Teppich.

Bei dem schwachen Licht, das von der Schneedecke draußen zurückgeworfen wurde, sah der Raum vernachlässigt und traurig aus. Die Luft war abgestanden und kalt. In einer angelaufenen Glasvase standen weiße Chrysanthemen mit bräunlichen Blütenrändern und feuchten Stengeln, und im Kamin häufte sich die Asche des ausgebrannten Feuers.

Aber trotz aller Verlassenheit hatte Miß Belson das Gefühl, daß das Zimmer vor kurzem noch bewohnt gewesen war. Die Luft schien in leichter Bewegung zu sein, als ob sie noch vor wenigen Augenblicken gestört worden wäre. Auf dem Tisch stand ein Aschenbecher mit einer halb aufgerauchten Zigarette.

Als sie die aufhob, glaubte sie, daß der Stummel sich noch warm anfühlte. Aber dann sagte ihr der gesunde Menschenverstand, daß die Zigarette nur in ihrer Einbildung noch glühte. Mit tränengefüllten Augen starrte sie darauf nieder. Sie überlegte, ob es wohl der Überrest der letzten von ihm gerauchten Zigarette war. Seinen widerwärtigen Freund Puggie Williams hatte sie niemals ohne Pfeife zwischen den Zähnen gesehen. Sie war gerade im Begriff, die Zigarette als Andenken mitzunehmen, als ihr einfiel, daß wahrscheinlich Vera sie dort hatte liegen lassen.

In dem Zimmer befand sich kein Foto von Charlie, und doch fühlte sie seine Nähe. Im oberen Geschoß, wo er gestorben war, würde dieser Einfluß noch stärker sein. Vielleicht konnte sie mit ihm in Verbindung kommen – ihm über die Kluft des Grabes hinweg die Hand reichen.

Sie erinnerte sich, daß eine Aufnahme von ihm in dem Spiegelrahmen eines der beiden Schlafzimmer steckte. Als sie ein einziges Mal an einer Bridgegesellschaft in Jasmine Cottage teilgenommen hatte, war ihr beim Ablegen der Garderobe das kleine Bild aufgefallen. Es war nicht wertvoll und würde nicht vermißt werden, aber es würde ihr ein hochgeschätztes Andenken sein. Solange es ihr gehörte, sollten seine Züge niemals ihrem Gedächtnis entschwinden.

Plötzlich entschied sie sich dafür, es zu holen. Das war ein kühner Entschluß; denn solange sie in der Nähe der Haustür blieb, hatte sie immer noch die Möglichkeit, ihre Anwesenheit im Hause zu erklären. Wenn sie jedoch die Treppe hinaufstieg, beging sie entschieden einen Einbruch.

Einige Minuten lang stand sie unten im Flur und lauschte angestrengt auf irgendein Geräusch oder eine Bewegung. Da es aber unverändert still blieb, nahm sie allen Mut zusammen und schlich die schmale Treppe hinauf. Auf halber Höhe sah sie eine Hyazinthenblüte liegen, und als sie den oberen Absatz erreichte, entdeckte sie noch mehr zertretene Blüten. Sie lagen verstreut auf dem Teppich des nächsten Schlafraums und zeigten an, daß dies das Sterbezimmer gewesen war.

Auf Zehenspitzen stahl sie sich hinein, während ihr Herz unregelmäßig schlug. Das erste, was sie sah, war das abgenommene Bett, das nur mit einem Leinentuch bedeckt war.

Bei diesem Anblick brach sie beinahe zusammen. Tränen standen in ihren Augen, als sie nach dem Foto suchte, das nicht mehr in dem Spiegelrahmen steckte. Sie konnte es auch nicht finden, als sie, allmählich kühner werdend, die Schubladen der Frisierkommode aufzog.

Sie wagte es nicht, länger zu verweilen. Jeden Augenblick mochte jemand kommen und sie bei ihrer Suche überraschen. Schnell – schnell. Ihre Wangen brannten, ihre Hände zitterten, ihre Temperatur stieg immer höher.

Auch in diesem Raum hatte sie wie schon unten im Wohnzimmer das sonderbare Gefühl, daß sich vor nicht langer Zeit noch jemand hier aufgehalten hatte. Die offene Tür eines schweren Mahagonischrankes, in dem viele Kleider hingen, bewies, daß kürzlich jemand etwas herausgenommen oder hineingehängt hatte. Das leere Haus war noch bewohnt.

»Ich fühle, daß er nahe ist«, flüsterte sie.

Plötzlich hörte sie schwache Geräusche, die von dem Erdgeschoß heraufdrangen. Einem leicht kratzenden Laut folgte ein dumpfer Ton, als ob jemand die Haustür vorsichtig geöffnet und wieder geschlossen hätte.

In panischem Schrecken preßte sie eine Hand aufs Herz, um sein wildes Pochen zu beruhigen.

»Einbildung«, sagte sie sich.

Sie wußte, daß in einem leeren Hause alle Geräusche lauter klangen. Wahrscheinlich war eine Maus über den Flur gehuscht. Weiter nichts. Aber es wurde jetzt Zeit, zu gehen, solange der Weg zur Flucht noch offen war.

Sie ging gerade zur Tür hinüber, als sie deutlich leise Schritte unten im Gang hörte. Jemand kam näher und stieg die Treppe herauf.

Verzweifelt irrten ihre Augen umher, um irgendwo ein Versteck zu finden, aber ihre Muskeln schienen erstarrt zu sein, so daß sie sich nicht rühren konnte. Das Blut wich aus ihrem Kopf; sie stand wie gelähmt und starrte auf die offene Tür, ohne zu wissen, was sie eigentlich fürchtete.

Einen toten Mann in einem Leichentuch mit leeren Augenhöhlen – oder Vera, die mit der übertriebenen Spitzfindigkeit eines lebendigen Menschen auftrat und sie wegen des Eindringens in das Haus zur Rede stellte?

Bevor sie ahnte, was kommen sollte, drang das Entsetzliche auf sie ein. Aus dem Schatten des Ganges wuchs ein weißes Gesicht mit glühenden Augen und einem dunklen Spitzbart empor.

Als sie es anstarrte, preßte sie die Finger gegen die Lippen, um einen Schrei zu unterdrücken. In einem dunklen Winkel ihres Gehirns nahm sie wahr, daß Ereignisse eintraten und endeten, bevor ihr zum Bewußtsein gekommen war, daß sie begonnen hatten.

Plötzliche Finsternis stürzte sich auf sie und drückte sie rückwärts und hinab in tiefe Bewußtlosigkeit. Aber ehe ihr die Sinne schwanden, wandte sich ihr verwirrter Geist noch einmal zu dem ersten Schrecken des Wiedererkennens zurück.

Sie hatte Charlie Baxter gesehen.

12 Ach, der Mistelzweig

In höchstem Entsetzen drehte Charlie Baxter den Schlüssel des Kleiderschrankes um und stürzte aus dem Schlafzimmer. Erst als er draußen stand, fühlte er sich bis zu einem gewissen Grade sicher. An der Treppe lauschte er und fuhr mit der Hand über die feuchte Stirn. Seine Knie zitterten, und sein Herz schlug wild vor Schrecken.

Er war in dem leeren Hause umhergewandert und hatte sich in seiner Privatwohnung geschützt geglaubt, als ihm plötzlich bewußt wurde, daß jemand in seine Festung eingedrungen war. Ein Einbrecher war unbemerkt hereingekommen und hatte sich bis ins Innerste seines Zufluchtsortes vorgewagt – in sein eigenes Schlafzimmer.

In diesem Augenblick sah er das großartige Abenteuer plötzlich wie eine Rakete am Nachthimmel mit heftigem Knall zerplatzen. Nichts blieb übrig als Ruin und Bloßstellung. Obwohl er zu bestürzt war, um die Frau zu erkennen, kam ihm ihr Gesicht doch irgendwie vertraut vor, und es stand ohne Zweifel fest, daß sie ihn erkannt hatte.

Er sah ein, daß er doppelt zu tadeln war, und das machte die Katastrophe nur noch schlimmer. Erstens hatte er entgegen strengster Anweisung die Haustür geöffnet. Aber selbst dieser Fehler wäre nicht verhängnisvoll geworden, wenn Charlie Veras Ratschlag befolgt und seinen Bart sofort abgenommen hätte. Die Frau, die jetzt im Kleiderschrank eingeschlossen war, würde dann ein ihr unbekanntes glattrasiertes Gesicht gesehen haben; dann hätte er vielleicht hoffen dürfen, den Folgen zu entgehen.

Aber er hatte sich von seinem Gefühl für Würde und Selbstachtung betrügen lassen. Er zahlte die Miete und war Herr im Hause, und doch war er schandbarerweise gezwungen gewesen, sich unter einem Bett zu verstecken. Puggie Williams war schnell durch das Zimmer gelaufen und hatte mit ihm gesprochen, als ob er ein Hund wäre.

»Komm heraus!« hatte er gesagt.

Das war genug für jeden Mann mit etwas Selbstbewußtsein, um zu bleiben, wo er war. Erst als die ununterbrochene Stille im Haus Charlie die Sicherheit gab, daß niemand über ihn lachen würde, wenn er auf dem Bauch herauskroch, kam er zum Vorschein.

Als er sich aufgerichtet hatte, empfand er ein überraschendes Gefühl von Freiheit und Frieden. Nun war keine Vera mehr im Hause, die ihn umherstieß wie eine Strohpuppe. Auch kein Puggie, der immer grinste und seinen Whisky trank. Nicht einmal das Dienstmädchen klapperte in der Küche mit dem Geschirr. Obwohl Charlie wußte, daß er sich rasieren mußte, verschob er diese unangenehme Prozedur.

Von jetzt ab würde er keinen Befehlen mehr gehorchen. In diesem Fall mußte er sich allerdings die Mühe machen, eine Decke vor das Fenster im Badezimmer zu hängen, damit er nicht vom Tageslicht abhängig war und getrost das elektrische Licht einschalten konnte. Später ging er im Hause umher, achtete aber darauf, möglichst weit von den Fenstern fortzubleiben. Es war ein Genuß, das Wohnzimmer wiederzusehen, und er blieb eine Zeitlang dort, um eine Zigarette zu rauchen. Als er genug davon hatte, ging er in die Küche und verbrachte dort ein paar Stunden in angenehmer Trägheit vor dem offenen warmen Gasofen.

Er war auf dem Weg nach oben, um die letzten Vorbereitungen für sein Verschwinden zu treffen, als er durch das Fenster ein Rotkehlchen unter einem Busch umherhüpfen sah. In dieser Gartenecke war der Schnee geschmolzen, so daß sich dort eine geschützte Stelle bot.

Sein Blick wurde sanft, während er das kleine Tier beobachtete. Wahrscheinlich gehörte es zu den Vögeln, die er fütterte, und würde nun seine tägliche Mahlzeit vermissen. Zum mindesten mußte er als ein Tierfreund doch den Rest des Brotes unter den Strauch legen, damit er den Vögeln als Speisekammer dienen konnte.

Die Schwierigkeit bestand nur darin, unbemerkt die Stelle zu erreichen. Die Hintertür konnte vom Nachbar aus gesehen werden. Wenn er jedoch die vordere benützte und sich den seitlichen Weg entlang schlich, schützte ihn die Mauer. Dann stand es eins zu hundert, daß er nicht beobachtet wurde, denn Jasmine Cottage war das letzte Haus der Stadt – oder das erste, wie man es nehmen wollte. Außerdem brach die Dunkelheit herein, und bei dem schrecklichen Zustand der Straßen war es höchst unwahrscheinlich, daß jemand einen Spaziergang ins Freie machte.

Er führte sein Vorhaben ungestört aus. Niemand sah ihn kommen oder gehen. Als er gerade um die Ecke verschwand, erreichte Miß Belson das Haus und starrte auf die Fenster. Sie trat ein und träumte im Wohnzimmer, während er zurückkehrte und leise den Flur entlang zur Küche ging.

Ihre Bewegungen paßten so genau ineinander, als ob sie Teile einer sorgfältig einstudierten französischen Posse wären. Als die Dame wieder an die Reihe kam, stieg sie die Treppe zum Schlafzimmer hinauf.

Und nun wartete Charlie Baxter draußen am Treppengeländer auf den Schrei, der unvermeidlich kommen mußte, und überlegte, was er in diesem Fall tun sollte.

Als aber alles still blieb, wuchs sein Vertrauen. Wieder war alles so leicht gewesen. Die Frau hatte mit dem Rücken vor dem offenen Kleiderschrank gestanden, als er, ohne recht zu wissen, was er tat, auf sie eindrang. Anstatt sich zu wehren, war sie vor seinem Stoß wie ein Staubschwamm zurückgesunken.

Er wartete noch ein wenig länger, dann ging er ins Badezimmer und schloß die Tür sorgfältig, bevor er das Licht andrehte.

»Gott sei Dank«, dachte er, »ich habe ihr nicht weh getan. Ich könnte ja auch nicht grausam gegen eine Frau sein.«

Erleichtert erinnerte er sich, daß er eigentlich keine Gewalt angewandt hatte. Und der Kleiderschrank war geräumig und gut gepolstert mit Kleidern und Anzügen. Sie mußte weich gefallen sein und konnte sich keine Verletzungen zugezogen haben. Zweifellos hatte sie Furcht gepackt, aber das war ja nur ein gnädiges Geschick und gut für sie, denn es lenkte sie von ihrer unbequemen Lage ab.

Entschlossen nahm er die Schere und begann, seinen Bart abzuschneiden. Nach und nach kam im Spiegel ein jüngeres Gesicht zum Vorschein, als ob er sich in leichtbewegtem Wasser betrachtete. Seine Augen leuchteten auf, als er das sah, und er lächelte wieder.

»Ich bin doch froh, daß ich die Vögel gefüttert habe«, dachte er.

Als er noch ein kleiner Junge war, hatte ein altes Kindermädchen ihm erzählt, daß gutmütige, freundliche Menschen in der Welt immer vorwärtskämen. Er erinnerte sich an diese Bemerkung, und er hielt seine bescheidene Tat für ein glückliches Vorspiel zu dem großen Abenteuer.

Er seifte sein Gesicht mit dem Pinsel ein und rasierte die Bartstoppeln ab. Es war nicht schwierig, das zu tun, aber unangenehm und schmerzhaft, besonders um die Lippen herum, wo die Haut durch den Schnurrbart heruntergezogen und besonders zart war.

Er war so beschäftigt, daß er kaum das dumpfe Klopfen in der Nähe hörte. Als er schließlich merkte, woher es kam, war er schon daran gewöhnt.

»Es fehlt ihr nichts«, sagte er ungeduldig zu sich.

Nach und nach kehrte sein jugendliches Aussehen zurück. Er geriet ganz außer sich vor Erregung, als er die Seife abwusch und sein Gesicht im Spiegel beschaute. Er hatte schon fast vergessen, wie die geschwungenen Linien seiner Lippen und das Grübchen in seinem Kinn aussahen.

Aber obwohl er mit seinem Spiegelbild zufrieden war, wußte er doch, daß ihn der alte Charlie Baxter anblickte, der daheim immer hinter den schönen jungen Mädchen herschlich. Er setzte seine Brille auf und sah nun zum erstenmal Chester Beaverbrook.

Als er sich kritisch im Spiegel betrachtete, stieg seine Selbstzufriedenheit, denn er fühlte, wenn auch unbestimmt, den Reiz erborgter Intelligenz. Er sagte sich, daß er wirklich so gescheit aussähe wie ein Mann, der ein Examen ebenso leicht bestand, wie er ein halbes Schillingstück vom Boden aufhob.

Mit neuer Zuversicht dachte er an die Zukunft. Ein lockendes Abenteuer lag vor ihm. Er hatte fünfzig Pfund in der Tasche, die er ausgeben konnte. Eine Reihe von Träumen ging ihm durch den Kopf, aber als fremde Frauen sich eindrängen wollten, schob er sie entschlossen beiseite.

Er war mit Vera verheiratet; er wenigstens erkannte die Gültigkeit dieses Bundes an, wie auch die gesetzliche Lage sein mochte.

»Ich werde niemals eine Frau im Stich lassen«, entschloß er sich. »Nicht einmal meine eigene.«

Jetzt schien er vollkommen taub geworden für das in Zwischenräumen immer wiederkehrende Klopfen, das aus dem großen Schlafzimmer drang. Das Geräusch wurde ja auch gedämpft durch die geschlossenen Türen. Solange die Frau nicht schrie, hatte er nichts zu fürchten, aber wenn er gezwungen werden sollte, sie zu knebeln, mochte es zu einem Kampf kommen, und er schreckte mit allen Fasern vor dem Gedanken zurück, sie rauh zu behandeln.

Frauen waren dazu bestimmt, daß man zart mit ihnen umging. Außerdem konnte er sich undeutlich auf ihr Gesicht besinnen, als sie ihn anstarrte. Es war bleich und von Furchen durchzogen wie weiches Duftpapier. Er glaubte sicher, daß ihr Körper in Übereinstimmung damit keine Knochen hatte.

Glücklicherweise hörte das Klopfen auf, so daß er Frieden hatte. Miß Belson war erschöpft, ihre Finger schmerzten und waren zerschunden.

Sowie sie das Bewußtsein wiedererlangte, fand sie, daß sie zusammengesunken auf dem Boden des Kleiderschrankes lag, nach Luft schnappte und von den vielen hängenden Kleidern halb erstickt war. Als ihr mit Schrecken zum Bewußtsein kam, daß sie gefangen war, verlor sie den Verstand. Sie riß mit den Fingernägeln an der Tür, hämmerte mit den Fäusten und stieß sogar mit der Stirn dagegen.

Nachdem dieser erste Anfall sich von selbst ausgetobt hatte, versuchte sie, sich zu erklären, was eigentlich geschehen war. Dann kam ihr, wenn auch unklar, die Erinnerung an den entsetzlichen Schrecken, der sie mit Furcht vor dem Übernatürlichen überwältigt hatte.

Sie glaubte, Charlie Baxter gesehen zu haben ... Aber der war tot, und im Leben war er freundlich und höflich gewesen, konnte also der letzte sein, der ihr so etwas Grauenvolles antun wollte. Außerdem war es jetzt ganz gleichgültig, wie sie in den Schrank geraten war. Das einzig Wichtige war, wieder herauszukommen.

Mit erschreckender Klarheit erkannte sie, daß all ihre Bemühungen vergeblich waren. Sie feuchtete die trockenen Lippen an und versuchte, sich die Zukunft auszumalen. Vor dem Abendessen würde man sie vermutlich nicht vermissen. Das Hausmädchen legte die Abendkleider ihrer Damen auf dem Bett aus, bevor sie den Tisch deckte, aber damit endeten ihre Pflichten auch.

Man nahm wahrscheinlich an, daß Miß Belson von der Bibliothek zurückgekommen sei und sich in ihrem Zimmer ausruhte. Später, nachdem ihre Abwesenheit entdeckt worden war, würde man vorsichtig bei Freunden herumtelefonieren. Wenn dann die Besorgnis stieg, konnte ihre Schwester sich schließlich verzweifelt an die Polizei wenden. Man würde auf den Gedanken kommen, daß sie überfahren worden sei, und Straßen und Nebenwege von einem Ende der Stadt zum anderen absuchen.

Aber niemand würde es auch nur im Traum einfallen, in einem verschlossenen Kleiderschrank in Jasmine Cottage nach Miß Belson Umschau zu halten.

Bei diesem Gedanken begann sie von neuem, gegen die Tür zu hämmern. Sie stieß dagegen, bis ihre Zehen gefühllos wurden. Es war nutzlos, es mit Schreien zu versuchen, denn die Kälte hatte ihre Stimmbänder angegriffen, so daß sie nur noch heiser krächzen konnte.

Diesmal hörte Charlie sie nicht, denn er war in das Ankleidezimmer gegangen, um sich umzuziehen. Es war ein entsetzlicher Augenblick für ihn, als er daran dachte, daß er den Schrank öffnen müßte, und er beschloß – welche Folgen es auch haben mochte – in seinen alten Kleidern fortzugehen. Aber dann fiel ihm ein, daß Vera seinen Koffer gepackt und seinen neuen Anzug bereits herausgelegt hatte.

Nachdem er nun seinen Bart losgeworden war, mißfiel ihm der Sportanzug nicht mehr so sehr. Er fand sogar, daß er ihm Eleganz und Haltung verlieh. Mit einem zuversichtlichen Lächeln knöpfte er den Rock zu, schnallte den Gürtel fest und warf dann einen Blick auf seine Uhr.

Zeit zum Aufbruch. Er hatte Veras belegte Brote verzehrt, und nun blieb nichts mehr zu tun. Trotzdem mahnte ihn sein Unterbewußtsein quälend, daß noch etwas zu erledigen war. Er wußte, daß er Jasmine Cottage nicht einfach verlassen und zuschließen konnte, ohne erst die nötigen Vorsichtsmaßnahmen zu ergreifen.

Aber was er auch unterbewußt zum Schutz seiner Sicherheit geplant hatte, es war ihm im Augenblick entfallen. Das Licht im Badezimmer war ausgeschaltet, der Gashahn zugedreht, das Wasser abgestellt. Haustiere, für die er hätte sorgen müssen, gab es nicht, und der Idealofen war ausgegangen.

Er zuckte die Schultern, schlich behutsam den dunklen Flur entlang und öffnete vorsichtig die Haustür. Miß Belson hörte oben in ihrem Gefängnis das leichte Quietschen, als die Tür geschlossen wurde, dann das knarrende Geräusch des Gartentors.

Das Blut schoß ihr in den Kopf, während das Gerede am Kirchenportal plötzlich neue Bedeutung für sie gewann. Jemand hatte gesagt, daß Mrs. Baxter sich eine Woche lang bei Sir Horace und Lady Wright aufhalten würde. Sie hatte auch gehört, daß Mr. Williams bereits fortgefahren sei. Und das Mädchen hatte Urlaub.

Sieben Tage lang würde Jasmine Cottage leerstehen.

Bei dieser Vorstellung begann sie wieder zu rasen und versuchte vergeblich zu schreien oder die Tür einzudrücken. Sie war in einer Falle gefangen, als ob sie eine moderne Lesart der Legende vom Mistelzweig erlebte, und sie war zu demselben Schicksal verurteilt wie die Braut, die sich in der Eichentruhe versteckt hatte. Mrs. Baxter würde bei ihrer Rückkehr den Kleiderschrank gelegentlich aufmachen und dann erschrecken wie noch nie in ihrem Leben.

Miß Belson fühlte die ersten Anzeichen des Erstickens. Sie schien die dumpfe Luft in säuerlichen Bissen einzuschlucken. Ihre Stirn und ihre Hände waren feucht von Schweiß, ihr Herz schlug nur noch schwach und sie hatte das Gefühl, daß eiserne Bänder sich um ihren Kopf spannten. Sie hörte ein sonderbar heiseres Husten und ein ruckweises Klopfen wie das Hämmern eines Spechtes, aber es kam ihr nicht zum Bewußtsein, daß sie selbst beides verursachte.

Plötzlich ertönte ein anderes Geräusch – das unverkennbare Knarren des Gartentors. Kurz darauf wurde die Haustür verstohlen geöffnet und wieder geschlossen. Es war jemand nach Jasmine Cottage gekommen.

Neue Hoffnung durchzuckte Miß Belson. Sicher hatte man sie zu Hause vermißt und war ihren Spuren bis hierher gefolgt. Die einzelnen Räume des Hauses würden nun nacheinander durchsucht werden. Sie mußte warten, bis die Hilfsexpedition näherkam, und ihre Kraft sparen, um dann einen letzten wütenden Angriff auf die Tür des Kleiderschranks zu machen.

Noch während sie an diese frohe Aussicht dachte, sank ihr Kopf auf die Brust, und sie verlor das Bewußtsein.

Unten in der Küche nahm Charlie den Notizblock für den Haushalt und schrieb eine letzte Nachricht an Vera darauf.

»Gott sei Dank, daß es mir noch rechtzeitig eingefallen ist«, sagte er vor sich hin.

Er war die Yorker Chaussee bereits einige Meter entlanggegangen und an dem letzten Laternenpfahl vorbeigewandert, als er plötzlich stehenblieb, weil er sich an etwas erinnerte.

Auf die Gefahr hin, den ganzen Zeitplan über den Haufen zu werfen, kehrte er sofort um. Vor Jahren, als er noch ein kleiner Junge gewesen war, hatte ihm seine älteste Schwester Emily einmal einen Vortrag über Gedankenlosigkeit gehalten, die nach ihrer Meinung die Ursache für die meisten Grausamkeiten war. Diese Ermahnungen trugen jetzt Früchte, denn sie bestimmten ihn, nicht Unschuldige unter seiner Nachlässigkeit leiden zu lassen. Er legte den Notizblock auf den Tisch.

»Vergiß nicht, die Vögel zu füttern«, stand darauf.

Kurz darauf raffte Miß Belson sich aus ihrer Ohnmacht empor und lauschte verzweifelt auf das Geräusch von Schritten oder Stimmen.

Aber im Hause blieb es still. Kein Licht, keine Hoffnung, kein Stern zeigten sich in dieser abgründigen Dunkelheit.

Was sie später litt, hat man niemals erfahren.

13 Charlie beschwert sich

Die Genugtuung über dieses freundliche Gedenken brachte Charlie Baxter in gute Stimmung, als er auf die dunkle Yorker Landstraße hinauswanderte. Sie hielt an, bis die Feuchtigkeit des geschmolzenen Schnees in seine Schuhe drang und er sich überlegte, was aus Puggies Wagen geworden sein mochte.

Er steckte ein Streichholz an, um nach der Uhr zu sehen. Es war bereits über sieben. Dem Plan nach mußte Puggie um sechs Uhr fünfundvierzig von der »Traube« aufbrechen. Da Charlie zu Fuß ging und noch einmal zurückgekehrt war, rechnete er damit, daß er nun jeden Augenblick von seinem Freunde eingeholt werden müßte.

Bis jetzt hatte er kaum Verkehr auf der Landstraße bemerkt. Ein Lastauto und ein schneller Sportwagen hatten ihn beim Vorüberfahren bespritzt – ein zartes Kompliment für die Ausdauer eines Fußgängers. Sonst war kein Lebenszeichen wahrnehmbar, und außer dem Tropfen von den nassen Hecken ließ sich kein Laut hören.

Charlie stand still und wartete auf das Auto, aber bald wurden seine Füße so steif, daß er wieder weiterwandern mußte. Nirgends sah er einen abgegrenzten

Fußweg, so daß er manchmal in den tieferen Matsch geriet, der sich in den Löchern der Straße angesammelt hatte. Während er unsicher und schwitzend seinen Weg fortsetzte, kam ihm zum Bewußtsein, daß er sich in schlechter Verfassung befand. Wenn er an seine letzten Erfahrungen dachte, war das ja auch nicht zu verwundern.

In düsterer Stimmung sagte er sich wieder, daß er die Hauptlast des Abenteuers tragen mußte. Puggie hatte sich den bequemeren Teil ausgesucht. Der saß warm, hatte satt zu essen gehabt und reiste mit trockenen Füßen, während Charlie nicht nur müde und hungrig auf der Landstraße dahinpilgerte, sondern auch ernstlich besorgt wurde.

Bei dem ersten Meilenstein hielt er an und sah sich um, aber keine Scheinwerfer erhellten die Dunkelheit. Puggie war nun beträchtlich überfällig. Charlie dachte über die Ursache dieser Verzögerung nach und hatte dabei die Wahl unter verschiedenen Möglichkeiten, die alle nicht geeignet waren, seine Stimmung zu heben.

Im besten Falle konnte der Motor des alten Klapperkastens versagt haben. Aber wahrscheinlicher war es, daß Puggie sich betrunken hatte. Entweder war er überhaupt nicht abgefahren, oder er hatte unterwegs einen Unfall gehabt.

Es gab auch noch andere Lösungen, und bei dem Gedanken daran fühlte Charlie kalten Schweiß auf der Oberlippe. Puggie und Vera mochten sich hinter seinem Rücken verbündet und beschlossen haben, ihn im Stich zu lassen. Als sie in den Ecken zusammensaßen und sich flüsternd unterhielten, hatten sie vielleicht den Plan ausgeheckt, ihn diese LandstraBe entlang zu schicken und sich nicht mehr um ihn zu kümmern.

Er war den beiden auf Gnade und Ungnade ausgeliefert – er konnte weder rückwärts noch vorwärts. Wenn er nach dem Bahnhof von Starminster zurückging, lief er Gefahr, erkannt zu werden. Andererseits war es ihm unmöglich, die Stadt York zu Fuß zu erreichen. Er durfte es auch nicht wagen, einen vorüberfahrenden Wagen anzuhalten und sich mitnehmen zu lassen, weil der Mann am Steuer ein Bewohner von Starminster sein konnte.

Charlie Baxter war tot. Man hatte ihn am vergangenen Nachmittag begraben, und er mußte auch unter der Erde bleiben, wenn er nicht die Folgen tragen und ins Gefängnis wandern wollte.

Während Charlie über den Verrat seiner Bundesgenossen fluchte, hörte er in der Ferne ein vertrautes Rattern. Gleich darauf flammten Scheinwerfer auf, und wenige Minuten später fuhr der klapperige graue Buick an ihm vorbei und bespritzte ihn zum Willkomm mit schmutzigem Schneewasser.

»Hupf herein!« rief Puggie.

Steif kletterte Charlie in den Wagen. Er fühlte sich zu erlöst, um etwas gegen diese verächtliche Behandlung einzuwenden.

»Ich dachte schon, du würdest überhaupt nicht auftauchen«, sagte er, als er auf den Polstersitz sank und dankbar auf die grauweiße Straße hinaussah, die kein Ende zu nehmen schien.

»Ich habe mich wohl etwas verspätet?« fragte Puggie. »Das tat ich absichtlich Ich wollte dir Zeit lassen, damit du ein möglichst großes Stück gehen konntest. Es hätte uns zu leicht jemand beobachten können, wenn ich dich schon dicht hinter der Stadt in den Wagen genommen hätte. Aber meiner Treu, du siehst so entschieden anders aus, daß ich dich kaum erkannt hätte.«

Charlie taute ein wenig auf, als er die Bewunderung in Puggies Stimme hörte.

»Ist meine Beerdigung gut verlaufen?« erkundigte er sich.

»Einfach glänzend. Wir sind tadellos ohne dich fertig geworden.«

»Waren viele Leute da?«

»Ein volles Haus. Der Pfarrer hat bei seiner Leichenrede sogar ein Gedicht auf dich vorgetragen.«

»Was war es denn?«

»Hab' ich vergessen. Es handelte davon, daß du unterdrückt worden wärst. Im allgemeinen war es aber schmeichelhaft für dich ... Warum zitterst du denn so?«

»Ich friere«, jammerte Charlie. »Ich ging weiter und weiter und überlegte schon, ob du mich sitzen lassen wolltest.«

»Was? Für einen so gemeinen Schuft hast du mich gehalten? Nun – ich bin – würdest du denn einen Kameraden so behandeln?«

Puggies Empörung schien so echt zu sein, daß Charlie sich schämte.

»Ich kam ein wenig spät«, fuhr Puggie fort, »weil es verdammt lange dauerte, bis ich mich von allen in der ›Traube‹ verabschiedet hatte. Das mußt du mir lassen. Ich habe den Gasthäusern in der Stadt zu verdienen gegeben. Es tat den Leuten leid, daß ich fortging. Für sie war das so, als ob geradezu Geld aus ihrer Kasse fortwanderte. Und alle wollten mir noch ein Glas spendieren, weil sie wußten, wie sehr ich um den armen lieben Charlie Baxter trauerte ... meinen Freund. Ich hatte den kleinen Kerl gerne. Ich hoffe nur, daß mir Mr. Chester Beaverbrook wenigstens halb so gut gefällt.«

»Womöglich kommst du gar nicht in die Verlegenheit, ihn gern zu haben. Wir trennen uns doch in York?«

»Also, laß den Kopf nicht hängen. Du wirst mich schon Wiedersehen. Ich habe Vera versprochen, nicht so plötzlich aus ihrem jungen Leben zu scheiden.«

Charlie preßte die Lippen zusammen und lächelte verächtlich, während er auf die Straße starrte, die sich im Lichte der Scheinwerfer ins Endlose dehnte.

»Wann kommen wir nach York?«

»Du erreichst doch keinen Anschluß mehr. Ich halte es außerdem auch wirklich für eine Unfreundlichkeit von Vera, dich mit dem Nachtzug nach London zu schicken. Auf die Weise kannst du nun die Nacht in York bleiben und morgen vormittag in aller Ruhe und Bequemlichkeit weiterfahren.«

Charlie reizte es, daß Puggie in dem Ton eines wohlwollenden Onkels zu ihm sprach.

»Das hatte ich mir von Anfang an vorgenommen«, entgegnete er ruhig.

Puggie drehte sich um und starrte auf das glattrasierte Gesicht, das ihm so unbekannt war.

»Das muß die Brille machen«, murmelte er vor sich hin.

Er hatte das unangenehme Gefühl, einen vollkommen fremden Menschen im Wagen zu haben. Charlies hartnäckiges Schweigen paßte so wenig zu dessen Charakter, daß Puggie begierig wurde, seine Stimme wiederzuhören.

»Wie ist es denn bei dir im Hause gegangen?«

»Sehr gut, danke.«

Charlie verschwieg natürlich das Erlebnis mit der Frau, die in Jasmine Cottage eingedrungen war. Tatsächlich wurde auch die Erinnerung an sie mit jedem weiteren Meilenstein unwirklicher. Starminster lag hinter ihm, und er würde weder die Stadt noch einen ihrer Bewohner jemals Wiedersehen.

Seine Gedanken konnten sich jeweils immer nur mit einer Frage beschäftigen.

Im Augenblick war er entschlossen, sich über die Beziehungen zwischen Puggie und Vera Klarheit zu verschaffen.

»Ich werde dir den ›Starminster Herald‹ mit dem Bericht über deine Beerdigung schicken«, sagte Puggie, um das Schweigen zu brechen.

»Danke, mach dir weiter keine Mühe. Ich kann mir ja selbst eine Nummer kaufen.«

»Na, so einen blühenden Blödsinn wirst du doch nicht machen! Das bringt dich sofort wieder mit Starminster in Verbindung, und dabei darfst du nie etwas von diesem verdammten Nest gehört haben. Verstehst du das denn nicht?«

»Ich will mich auch gar nicht daran erinnern.« Charlies Stimme zitterte leidenschaftlich, als er das sagte. »Zwei Jahre lang habe ich dort in dieser elenden Maskerade herumlaufen und mich mit untergeordneten Leuten gemein machen müssen. Mit dem komischen Bart habe ich ausgesehen wie ein französischer Artist. Aber am meisten hat mich die schreckliche Demütigung empört, die ich noch ganz zum Schluß durchmachen mußte.«

Puggie war bestürzt über diesen wilden Ausbruch.

»Ich weiß gar nicht, worüber du dich beschwerst.«

»So? Nun, dann wirst du es jetzt einmal hören. Ich wollte es mir schon lange von der Leber herunterreden – nur – nur es sollte keine Szene vor Vera geben ... Ich kann dich nicht ausstehen, Williams. Die Art, wie du mit meiner Frau umgehst, gefällt mir nicht. In Zukunft sind wir fertig miteinander. Verstanden?«

Puggie lachte auf und bremste gefährlich schnell.

»Fertig sind wir miteinander? Nun gut, dann steig auf der Stelle aus und geh zu Fuß nach York. Du wirst aber eine böse Nacht vor dir haben, kleiner Mann.«

Puggie atmete erleichtert auf, als Baxter in das Lachen einstimmte.

»Ich habe doch nur Spaß gemacht«, erklärte Charlie.

»Natürlich, alter Junge. Das wußte ich auch gleich. Wir wollen in London vergnügt miteinander leben – meinst du nicht auch?«

»Ja, bestimmt. Hast du etwas dagegen, wenn ich jetzt ein wenig schlafe? In der letzten Zeit war es immer so ungemütlich, daß ich keine rechte Ruhe gefunden habe.«

Nun sprach wieder der alte, gutmütige Charlie, der Beleidigungen bereitwillig vergab und es dankbar anerkannte, wenn man etwas für ihn tat. Er steckte das Kinn in den Rockkragen, schloß die Augen und ließ sich von dem gleichmäßigen Surren des Motors einschläfern. So oft er die Augen öffnete, sah er die halbgeschmolzene Schneedecke auf der Straße vor sich, deren Saum sich über unsichtbare Wellen im Gelände hinzog. Schließlich fiel er in tiefen Schlaf, und es störte ihn keine Erinnerung, daß er in Jasmine Cottage etwas übersehen hatte.

Charlie wachte auf, als der Wagen durch die armseligen Vororte einer großen Stadt fuhr. Er sah Kamine, Schaufenster und die hellerleuchtete Front eines Lichtspieltheaters. Auf einem riesengroßen Plakat war Mae West dargestellt, und ihr verwirrendes Lächeln wirkte zu gleicher Zeit lockend und abstoßend auf Charlie.

»Es ist besser, wenn du jetzt aussteigst«, sagte Puggie. »Du findest eine Menge preiswerter Hotels in der

Nähe des Bahnhofs. Fange beizeiten mit dem Sparen an.«

Er merkte nicht, daß Charlie nichts auf diesen Rat erwiderte. Als er den Wagen zum Stehen brachte, packte er Charlies Schultern in freundschaftlicher Rührung.

»Jetzt haben wir die Sache hinter uns, alter Junge. Wir haben doch ein Recht, stolz auf uns zu sein, was? Ich werde dich besuchen. Hier ist meine Adresse. Ich bleibe mit Vera in Verbindung, und ich kann ihr schreiben, wenn du in Schwierigkeiten kommen solltest.«

»Danke, Williams.«

Charlie stieg aus und stellte seinen Koffer auf das Pflaster, um die Hände freizumachen. Noch während er unter dem Laternenpfahl stand, riß er die Karte in Stücke. Obwohl er sich nicht umsah, hoffte er, daß Puggie das bemerkt und verstanden hatte.

Erst als der Buick verschwunden war, kam ihm zum Bewußtsein, daß er damit eine Brücke zur Sicherheit abgebrochen hatte.

14 Das Ende der Suche

Charlie verbrachte die erste Nacht der Freiheit beglückt in einem erstklassigen Bahnhofshotel. Zwei Jahre lang hatte er keinen Luxus mehr gekannt, und nach der Kälte und der Ungemütlichkeit von Jasmine Cottage wußte er die dicken Teppiche, die tiefen Sessel, die Zentralheizung und die indirekte Beleuchtung der Halle um so mehr zu schätzen.

Als er seinen neuen Namen – »Chester Beaverbrook« – in das Fremdenbuch eintrug, zitterte er ein wenig. Der Namenszug war ihm so fremd, daß er das Gefühl hatte, der Hotelangestellte müßte die Fälschung entdecken. Aber dieser nahm es als eine selbstverständliche Tatsache hin.

Niemand kümmerte sich auch nur im geringsten um Charlie. Er war nur einer in der Menge der hier verkehrenden Gäste. Als er sich umsah, merkte er, daß er sich ganz und gar nicht von anderen unterschied. Es gab noch mehr glattrasierte junge Leute mit Hornbrillen und Sportanzügen.

Diese Erkenntnis schenkte ihm ein Gefühl der Sicherheit. Er ging in den prachtvollen, mit Marmor ausgestatteten Speisesaal, um sich als Unbekannter an einem hervorragenden Essen gütlich zu tun. Als er seine Mahlzeit beendet hatte, waren Starminster und alle Leute, die dort lebten, verblaßt wie ein Traum.

Weil er die Stadt nicht mehr wirklich sehen konnte, glaubte er nicht länger an ihr Vorhandensein. Sie war nur ein bedeutungsloser Name auf der Karte von England. Für ihn war die Zeit eine Art Zug, bepackt mit Erlebnissen, der weiter und weiter in die Vergangenheit rollte. Sobald ein Erlebnis sein Ende gefunden hatte, wurde es fortgetragen, war vorbei und vergessen.

Für ihn gab es keine Erinnerungen und keine Reue. Aber als er später in der Halle saß, eine Zigarre rauchte und die Leute beobachtete, die durch die Drehtür gingen, ließ er einen Augenblick seine Gedanken nach einer fernen Stadt mit schmutzigen Straßen schweifen. Schließlich war er doch noch vor wenigen Stunden dort der Mittelpunkt einer eindrucksvollen Feier gewesen, wenn er sich dabei auch hatte vertreten lassen.

»Ich möchte wetten, daß man jetzt in der ›Traube‹ über mich spricht«, sagte er zu sich.

Unter gewöhnlichen Umständen wäre das eine sichere Wette gewesen, aber in diesem Fall hätte er sein Geld verloren. Seine Beerdigung war nicht mehr das letzte sensationelle Ereignis, weil eine neue höchst beunruhigende Nachricht die Stadt durcheilte. Miß Belson war auf seltsame Weise verschwunden.

Sie wurde eher vermißt, als sie angenommen hatte, da Lady Fry ihr Bibliotheksbuch haben wollte und ein Mädchen nach oben schickte, um es zu holen.

Als die Angestellte berichtete, daß das Schlafzimmer leer sei, runzelte ihre Herrin erstaunt die Stirn.

»Merkwürdig«, sagte sie. »Haben Sie denn nicht ein Taxi für sie geholt?«

»Nein, Madame.«

»Dann mußte sie vielleicht zu Fuß gehen.«

Beim Abendessen war Lady Fry entschieden besorgt, obwohl sie es nicht zugeben wollte.

»Wenn ihr etwas zugestoßen sein sollte, hätten wir davon gehört«, erklärte sie. »Schlechte Nachrichten verbreiten sich schnell. Aus den verschiedensten Gründen mag sie noch nicht nach Hause gekommen sein ... Ich werde schon anfangen, Coles. Tragen Sie auf.«

Sie machte einen mutigen Versuch, zu essen, und arbeitete sich auch durch alle Gänge bis zu einem Löffel voll Ingwerpudding durch. Aber dann wandte sie sich doch an das ältere Mädchen, das schon lange in ihren Diensten stand und ihr Vertrauen besaß.

»Meine Stimme klingt am Telefon nicht gut, Coles, aber ich halte es doch für besser, bei unseren Freunden und Bekannten einmal anzurufen. Natürlich dürfen Sie kein Aufhebens von der Sache machen, damit es ihr später nicht unangenehm ist.«

Coles erfaßte die Lage, ließ sich mit verschiedenen Nummern verbinden und sprach höflich, ohne aufgeregt zu erscheinen. Nach und nach verlor sie jedoch die Ruhe. Aber Lady Fry, die neben ihr saß und ihr Taschentuch zu einem Ball zusammendrückte, schien das nicht zu bemerken. Als Coles bei Lady Wright anfragte, klang ihre Stimme schon beinahe schrill vor Aufregung.

»Wir sind sehr besorgt, denn sie fühlte sich nicht wohl, als sie von zu Hause fortging. Wir haben die Bibliothek angerufen, aber man hat uns gesagt, daß sie nicht dort war. Wir können uns nicht vorstellen, was mit ihr geschehen ist.«

»Ich will mit Sir Horace sprechen«, erbot sich Lady Wright aus freien Stücken.

Sir Horace, der gerade mit Bewunderung die schlanken Fesseln der neugebackenen Witwe betrachtete, nahm sich der Sache sofort an. Bei einem Ball mochte Miß Belson nur eine alte Jungfer von mittleren Jahren und eine passende Partnerin für einen Charlie Baxter sein, aber in der Wählerliste war sie eine einflußreiche Bürgerin.

Er sah die Lage durchaus ernst an.

»Soll ich die Polizei für Sie benachrichtigen?« fragte er.

Kurz darauf geriet die ganze Stadt in siedendheiße Aufregung über die Neuigkeit. Die Taxenstände, das Krankenhaus, die Bahnhöfe wurden vergeblich durchforscht. Dann machten sich kleinere Gruppen von Leuten auf, um einsame Plätze abzusuchen, falls Miß Belson überfallen und beraubt worden war.

Die allgemeine Unruhe rührte Vera nicht, die in nachdenklicher Haltung, schlank und schön, auf einem Diwan ruhte. Sie hatte »die Füße hochgelegt«, als Lady Wright sie dazu aufforderte; denn sie wußte, daß sie auf diese Weise Sir Horace besser in sicherem

Abstand von sich halten, gleichzeitig aber in liegender Stellung die gewünschte Wirkung auf ihn ausüben konnte.

Sir Horace benahm sich jedoch taktvoll und mitfühlend. Er und seine Frau schienen nur den einen aufrichtigen Wunsch zu haben, ihr über die ersten schweren Tage der Witwenschaft hinwegzuhelfen.

»Weinen Sie ruhig, wenn Ihnen danach zumute ist«, sagte Lady Wright. »Wir sehen es nicht.«

Aber Vera hatte keine Ursache zur Trauer, denn auch sie freute sich an dem Luxus ihrer neuen Umgebung. Als jedoch die Stunden vergingen, meldete sich in ihrem Unterbewußtsein der Gedanke, daß etwas nicht stimmen möchte.

Am Ende hatte Charlie in dem Hause verhängnisvolle Spuren zurückgelassen, die von seinem Weiterleben zeugten.

Sein hervorstechendster Charakterzug war ein vollständiger Mangel an Phantasie und Vorstellungskraft. Er tat Dinge, ohne im mindesten an ihre Folgen oder ihre Wirkung auf andere zu denken.

»Man kann ihm Zutrauen, daß er zu guter Letzt noch alles verdirbt«, dachte sie bitter.

Vergeblich zermarterte sie sich den Kopf nach einer Begründung, um in ihr Haus zurückzukehren. Sie wollte sich diese wertvolle Gastfreundschaft nicht verscherzen, die sich hoffentlich über die erste Woche hinaus erstreckte, wenn es ihr nur gelang, sowohl mit Sir Horace als auch mit seiner Frau in gutem Einvernehmen zu bleiben. Die Einladung der beiden war besonders während der kritischen Übergangszeit äußerst vorteilhaft. Vera mußte sich sehr einschränken, da sie ihre Ersparnisse Puggie Williams gegeben hatte.

Aber schließlich lieferte ihr Sir Horace selbst den gewünschten Vorwand.

»Was können wir nur tun, um unsere kleine Dame aufzumuntern?« wandte er sich an seine Frau. »Sie darf sich vor allem nicht traurigen Gedanken hingeben.«

»Möchten Sie gern etwas Aufregendes lesen?« fragte Lady Wright.

Vera schüttelte den Kopf und berührte leicht ihre Lider, um die Ablehnung zu erklären.

»Meine Augen schmerzen so sehr. Ich habe soviel geweint.«

»Ja, ja – selbstverständlich. Sie sind sicher auch nicht in der Stimmung, eine Partie Billard zu spielen – oder vielleicht Bridge?«

Da Vera nicht wissen konnte, ob sie gewinnen würde, war sie nicht in der Stimmung.

»Was ich am meisten brauchte, wäre etwas Bewegung«, sagte sie. »Hätten Sie etwas dagegen, wenn ich einen Spaziergang machte?«

Die Augen ihres Gastgebers leuchteten auf, als er einen Gegenvorschlag äußerte.

»Wenn Sie sich richtig müde machen wollen, um nachher gut zu schlafen, gibt es nichts Besseres als ein wenig zu schwimmen. Unser Bad ist eins der sieben Wunder von Starminster, und wir benützen es nicht etwa als Lagerraum für Kohlen. Haha! Natürlich ist es geheizt. Schwimmen ist unsere Leidenschaft. Es ist nichts so gut als das, wenn man schlank bleiben will. Und je dicker man ist, desto besser kann man schwimmen.«

»Ja«, stimmte Lady Wright zu. »Ich fürchte nur, daß meine Badeanzüge Mrs. Baxter nicht passen. Mein Mann möchte immer, daß ich eine ganze Auswahl für unsere Gäste bereithalte. Aber das ähnelt doch zu sehr anstößigen Romanen, in denen der Gastgeber stets eine ganze Sammlung von Schlafanzügen für Damen vorrätig hat.«

»Ich würde gern schwimmen«, sagte Vera eifrig. »Würden Sie mich nur zu meinem Hause gehen lassen, daß ich mein Badezeug hole?«

»Rogers wird Sie hinfahren«, entschied Sir Horace. »Wir wollen zeitig zu Abend essen, dann haben wir noch viel Zeit, bevor wir später ins Wasser steigen ... Und nun bitte ich meinen Gast um Entschuldigung, denn ich muß mein Büro in London anrufen.«

Seine vorzügliche Stimmung zeigte Vera, daß er sich schon darauf freute, sie so nackt wie möglich im Badeanzug zu bewundern.

»Der dicke Kerl weiß nicht, daß er mich nur mit einer Halskette bekleidet hätte sehen können, wenn er damals für einen Schilling eine Eintrittskarte gekauft haben würde«, dachte sie zynisch. »Wie schade, daß er das versäumt hat!«

Der verwöhnte Chauffeur freute sich gerade nicht über den Auftrag, Mrs. Baxter nach Jasmine Cottage zu bringen, da er sich anderweitig verabredet hatte. Er fuhr mit außerordentlicher Geschwindigkeit den schlüpfrigen Fahrweg entlang und kam an der Biegung ins Schleudern. Obwohl es ihm gelang, den Wagen sofort wieder herumzureißen, pfiff Vera doch durch das Sprachrohr.

»Machen Sie solche Dummheiten nicht wieder«, sagte sie. »Das ist gerade keine Vergnügungsfahrt. Vielleicht haben Sie auch schon gehört, daß heute nachmittag mein Mann beerdigt worden ist.«

Sie regte sich hauptsächlich Charlies wegen auf. Das gefährliche Schleudern hatte ihr zum Bewußtsein gebracht, wie abhängig er von ihr war.

»Wenn mir jetzt etwas zustößt«, dachte sie, »kommt er in eine entsetzliche Klemme, falls ihm das Geld ausgeht. Arbeiten kann er nicht, und seine Familie darf er auch nicht um Hilfe bitten, denn er lebt ja nicht mehr.«

Der Gedanke, daß Puggie versprochen hatte, mit ihm in Fühlung zu bleiben, war eine Erleichterung. Direkt durfte sie nicht an Charlie schreiben. Das Gefühl, außerhalb des Gesetzes zu stehen, war so neu, daß sie einen übertriebenen Schrecken davor hatte. Sie waren drei unverschämte Spatzen, die mit den Schnäbeln nach dem Riesen »Versicherungsgesellschaft« hackten. Sie konnte sich nicht von dem Argwohn freimachen, daß sie noch keineswegs mit heiler Haut davongekommen waren. Irgendeine Kraft schien sie am Ende eines Gummibandes festzuhalten. Wahrscheinlich wurden zum mindesten ihr ganzer Briefwechsel und all ihre Bewegungen während der nächsten Wochen überwacht.

Sie erschrak beim Anblick mehrerer Männer, die mit elektrischen Lampen umherleuchteten, während sie eine dunkle Straße in der Vorstadt entlanggingen. Eine plötzliche Furcht überfiel sie, daß schon eine Gruppe von Menschen aufgebrochen war, um das Grab zu öffnen und die Leiche zu untersuchen.

Wieder griff sie nach dem Sprachrohr.

»Was machen die Leute da?«

»Wahrscheinlich suchen sie nach Miß Belson«, war die Antwort. »Überall in der Stadt wird davon gesprochen, daß sie entführt oder ermordet worden ist.«

Er hielt vor dem Gartentor von Jasmine Cottage an, und Vera stieg aus. Diesmal gab es viele Geräusche – der Motor summte, hohe Absätze klapperten auf dem Gartenweg, die Haustür wurde geöffnet, aber Miß Belson hörte nichts davon.

Als noch vier Erwachsene in dem Hause wohnten, erschien es Vera manchmal wie eine vergnügte Hutschachtel. Sie hätte niemals geglaubt, daß es in der Dunkelheit so einsam und düster aussehen könnte. Aber was sie sich vorgenommen hatte, mußte sie durchführen, und sie war zu mutig, um vor dieser Verantwortung zurückzuschrecken. Sie machte Licht, wanderte von einem Raum zum anderen und suchte nach Spuren von Charlie.

Als sie in die Küche kam, fand sie die Mitteilung über die Vögel.

»Dieser blöde Affe!« rief sie. »Noch dazu in seiner richtigen Handschrift!«

Nachdem sie den Zettel verbrannt hatte, suchte sie weiter. Lockere Bretter krachten unter ihren Füßen, als sie die schmale Treppe hinaufstieg, und unwillkürlich mußte sie an unangenehme Dinge denken wie zum Beispiel ermordete alte Jungfern.

Als sie ins Badezimmer trat, klapperten die Gläser auf der schmalen Leiste. Hier fand sie noch mehr belastende Beweise ihres verstorbenen Mannes. Er hatte die abgeschnittenen langen Barthaare in Seidenpapier gewickelt und das Päckchen auf den Rand des Waschbeckens gelegt.

Obwohl sie wußte, daß der Chauffeur ungeduldig werden würde, fühlte sie sich doch nicht eher sicher, als bis diese irdischen Überreste vernichtet waren. Nachdem sie die fettigen Barthaare unter die Asche gesteckt hatte, ging sie wieder nach oben, um ihren Badeanzug zu suchen.

Sie wählte nicht ihr letztes Kostüm, weil es zu tief ausgeschnitten war. Man hatte dabei den Eindruck, daß die Trägerin nur ein paar zufällige Heftpflaster auf der Haut trug. Schließlich entschied sie sich für einen kurzen schwarzen Badeanzug, der in den Augen ihrer Gastgeberin nicht anstößig wirken, andererseits aber auch Sir Horace zufriedenstellen würde.

Während sie noch zögerte, hupte der Chauffeur unverschämt, daß sie sich beeilen möchte.

Um sein ungebührliches Verhalten zu bestrafen, ging Vera absichtlich noch einmal zum Schrank. Sie wollte nachsehen, ob sie einen Bademantel hätte, dessen Farben noch nicht verblichen waren. Zu ihrem Erstaunen fand sie den Kleiderschrank verschlossen. Sie drehte den Schlüssel um und zog die Tür auf. Dann taumelte sie vor dem Gewicht eines schweren ausgestopften Gegenstandes zurück.

Ein Ding, das Ähnlichkeit mit einem großen schwarzen Polster hatte, fiel vornüber, entrollte sich langsam und lag dann ausgestreckt auf dem Teppich.

Es war die Gestalt einer Frau, aus deren Gesicht alle Farbe gewichen war.

15 Im Eisenbahnwagen

Ais Charlie Baxter am nächsten Morgen erwachte, lag Starminster erst zwölf Stunden hinter ihm, trotzdem aber hatte er das Gefühl, als ob eine Kluft von Jahrhunderten ihn davon trennte. Anstatt sich vor dem Erwachen am Morgen in einem eisigkalten Raum zu fürchten, begrüßte er hier den Tagesanbruch in einem luxuriös ausgestatteten Zimmer, das durch eine Zentralheizung angenehm erwärmt war und von elfenbeinfarbenen elektrischen Lampen erleuchtet wurde.

Da sein Zimmer nach dem Bahnhof zu lag, waren die dicken Glasfenster von schweren Vorhängen geschützt. Als er in dem wunderschönen gelbgekachelten Bad in die Wanne stieg, konnte er unten das Pfeifen der Lokomotiven hören, und es roch nach dem Rauch der Eisenbahnen.

Er fühlte sich hier nicht in einen engen Raum eingeschlossen. Dieser Wechsel nach der trüben Schneelandschaft war so willkommen, daß er mit zu dem bezaubernden Allgemeineindruck gehörte. Charlie frühstückte auch bei künstlichem Licht, aß reichlich Speck und Nieren, darauf Marmelade und Toast. Später rauchte er eine Zigarre in der Hotelhalle, bis es Zeit zum Aufbruch war.

Er zahlte seine Rechnung und gab gute Trinkgelder. Ein Hoteldiener brachte ihn an den Zug nach London und legte ehrerbietig die Hand an die Kappe. Aber Charlie befiel ein unklares Gefühl von Unzufriedenheit. Als die Stadt hinter ihm lag und der Zug durch schneebedeckte Felder eilte, fand er die Ursache seiner Verstimmung.

Am vergangenen Abend hatte er in der Hotelhalle den regen Verkehr an der Drehtür beobachtet und dabei bemerkt, daß bestimmte Gäste Aufsehen erregten, während andere unbeachtet blieben. Es handelte sich dabei nicht um eine Beurteilung der äußeren Erscheinung und der Kleidung, sondern um ein Abschätzen der Persönlichkeit.

Er mußte zugeben, daß er zu den Nullen gezählt wurde. Niemand kümmerte sich um seine Ankunft oder seine Abfahrt. Zuerst hatte er sich über diese Nichtbeachtung gefreut, aber schon begann sie ihm zu mißfallen. Wie der kleine Junge, der trotz drohender Strafe das Nachtgewand seiner Schwester genommen hatte, um den Leuten auf der Straße zu predigen, wollte er auch heute die Aufmerksamkeit anderer auf sich lenken.

Vera hätte die Gefahr an den äußeren Anzeichen erkannt und ihm gleichsam geistig mit dem Sandsack eins über den Kopf gegeben, um ihn fügsam zu machen. Da er jetzt von ihrer Vormundschaft befreit war, streckte er die Füße auf dem gegenüberliegenden Sitz aus und beobachtete, wie die Telegrafendrähte zusammenliefen und sich bei jedem Pfosten wieder voneinander trennten. Dabei träumte er davon, daß er die höchsten Stufen der Leiter erklimmen würde.

Als der Zug das erste Mal hielt, sprang Charlie heraus und versuchte, eine Nummer des »Starminster Herald« vom vergangenen Tag zu kaufen. Aber der Zeitungsmann konnte ihm nur anbieten, sie für ihn zu bestellen. Mit dem Gefühl, um seinen Ruhm betrogen zu sein, kehrte er nach seinem Abteil zurück und mußte zu seinem Ärger entdecken, daß inzwischen andere Reisende dort eingedrungen waren.

Er sah der Reihe nach einen zweiten jungen Mann mit Hornbrille und Sportanzug, eine schmächtige Frau vom Lande mit apfelroten Wangen, eine tiefverschleierte und gepuderte Dame aus der Stadt und schließlich das Mädchen.

Auf den ersten Blick fühlte er sich in Bewunderung und Zuneigung doppelt zu ihr hingezogen. Sie war sehr groß und trug ein Sportkleid mit passendem Mantel mit der Sicherheit einer Vorführdame, die zweckmäßige Kleidung für den Landaufenthalt zeigt. Das dunkle Haar war in einen kleinen Knoten geschlungen, und die runde Kappe, die einer Pillenschachtel glich, hatte sie schief über die mandelförmigen blauen Augen gesetzt. Ihr Gesicht zeigte ein volles Oval, hatte frische, gesunde Farbe und war nur ganz leicht gepudert. Die Lippen waren mit einem Stift von dunklem Nelkenrot nachgezogen. Man konnte ihr ansehen, was wie war: ein gewandtes Mädchen vom Lande mit gutem Geschmack für Kleidung.

Die kleine Frau sah sie an, verzog das Gesicht und zeigte auf das Sitzpolster, das noch die Spuren von Charlies staubigen Schuhen trug.

»Es ist wirklich empörend«, sagte sie. »Offenbar hat der Mann, der seine Stiefel hier abgewischt hat, nicht daran gedacht, daß andere Reisende sich auch setzen wollen. Eine sonderbare Einstellung, überhaupt keine Rücksicht auf andere zu nehmen.«

»Ja, das stimmt.« Das junge Mädchen zog die Augenbrauen in einer Weise hoch, die Charlie bezaubernd fand. »Und es ist auch so entmutigend. Wie kann es denn einen wirklichen Fortschritt geben, wenn die Menschen so gedankenlos sind?« Sie sagte das ohne eine Spur von Überheblichkeit oder einen Gedanken an ihre Zuhörer. Es war nur eine verwandte Seite in ihr berührt worden; sie selbst zog es vor, sich über eine Sache auszusprechen, anstatt ohne weiteres zuzustimmen. Ihre Antworten wurden kürzer, als die andere Frau sich in nichtssagenden Bemerkungen erging, und schließlich nahm sie Bleistift und Notizbuch aus ihrer Handtasche.

Sie interessierte sich für Gedanken und auch für Menschen, soweit sie Charaktere waren, und sie begann zu schreiben.

»Leute ... Eine kleine zusammengeschrumpfte alte Jungfer mit pedantischer Aussprache und Stoffhandschuhen. Allem Anschein nach eine Lehrerin vom Lande. Zu typisch, um interessant zu sein ... Ein Prachtkerl von einer Frau in mittleren Jahren mit glühenden Augen unter einem dichten Schleier, großartig zurechtgemacht mit perlweißer Schminke. Ich könnte mir vorstellen, daß sie als Kunstreiterin in einem Zirkus auf dem Kontinent aufgetreten ist. (Ich halte ›Kunstreiter‹ für das hochtrabendste Wort mit romantischem Anstrich, das es im Lexikon gibt. Man denkt dabei an ein Pferd, das Hohe Schule vorführt, und an eine leidenschaftliche Frau, deren Name mit einem ›Z‹ beginnt, mit engtailliertem Reitkleid und hohem Zylinder) ... Dann sitzt im Abteil noch ein entschieden interessanter Mann, der Schriftsteller sein könnte. Ich muß versuchen, mit ihm ins Gespräch zu kommen.«

Die junge Dame, die den Namen Jennifer Burns trug, hielt im Schreiben inne und lächelte. Charlie überlegte sich, was sie wohl belustigen mochte. Der andere junge Mann beobachtete ihren Bleistift mit einer gewissen Aufmerksamkeit, aber Charlie konnte den Blick nicht von ihr wenden. Er war zu schüchtern, um sie zu fragen, ob er das Fenster öffnen oder schließen sollte. Er fürchtete, sie würde ihm eine abweisende Antwort geben. Aber in seinem Gehirn herrschte wilder Aufruhr, weil sich zauberhafte Möglichkeiten vor ihm auftaten.

Er war davon überzeugt, daß er und das junge Mädchen einander nicht mehr fremd sein würden, wenn sie die Endstation erreichten. Diese Reise war ein Vorspiel für spätere Zusammenkünfte in London, in einer dauernd schönen Umgebung mit Zentralheizung und elektrischem Licht.

Zum Glück ahnte er nicht, daß er der einzige Mitreisende war, den Jennifer übersehen hatte. Sie warf nur einen Blick auf seinen Mund und entschied, daß er zu klein war und zu betont geschwungene Lippen hatte. Ein Gesicht mit einem Kinn war ihr lieber – einem starken, vorstehenden Kinn, wie es der andere junge Mann besaß.

Mit ihren eigenen Angelegenheiten beschäftigt, öffnete sie ihre Handtasche und ordnete den Inhalt so seelenruhig, als ob sie allein im Abteil säße. Als sie einige Briefe durchlas, zeigte sie die Adressen, ohne im geringsten an die neugierigen Augen fremder Menschen zu denken.

Dann nahm sie ihr Zigarettenetui heraus, aber obwohl Charlie sich beeilte, ein Streichholz anzuzünden, bediente der andere junge Mann sie schneller mit einem Feuerzeug. Das Lächeln, mit dem sie beiden dankte, setzte Charlie in Flammen; denn ihre offene und freundliche Art ließ darauf schließen, daß sie ihn als gleichberechtigt anerkannte.

Das erschien ihm wie ein Wunder, denn es war klar, daß sie ein auserlesenes junges Mädchen war und deshalb zu der Klasse gehörte, die ihn grundsätzlich schnitt. Dieses Bewußtsein ließ sein Minderwertigkeitsgefühl wieder aufleben, als er ihre herrliche Gestalt mit Veras magerem Körper verglich.

Er kam zu dem Schluß, daß sie dem Typ entsprach, den er eigentlich verehrte. Während er saß und sie beobachtete, ohne in Gegenwart der anderen Reisenden einen Annäherungsversuch machen zu können, verwünschte er die Schnelligkeit des Zuges. Er war entschlossen, sie in London wiederzusehen, löschte die Brixtoner Adresse in seinem Gedächtnis und nahm sich vor, in das Hotel im Westen des Zentrums zu ziehen, wo seine Familie bei einem Aufenthalt in London immer wohnte.

Die Dämmerung brach herein, als ein Angestellter des Speisewagens an die Tür kam und mitteilte, daß der Tee serviert würde. Schon gingen Leute auf dem Wege dorthin an ihrem Abteil vorbei. Da die Damen sich anscheinend anschickten, an der allgemeinen Wanderung teilzunehmen, eilte Charlie voraus und drängte sich, eifrig bestrebt, der erste zu sein, in dem überfüllten Gang an den Reisenden vorbei.

Er wollte einen Sitz an seinem Tisch belegen und ihn später Jennifer anbieten. Aber obwohl er verschiedene Leute zurückwies, die darüber ungehalten waren, erschien seine Dame nicht. Die beiden anderen Frauen aus seinem Abteil wurden bereits bedient, bevor er merkte, daß sie zurückgeblieben war.

Er winkte dem Kellner ab und eilte durch die schwankenden Gänge zurück. Als er sein Abteil erreichte, plauderten der junge Mann und Jennifer wie alte Freunde miteinander. Sie ließen sich nicht stören, als er eintrat, aber er war davon überzeugt, daß seine Rückkehr sie unangenehm berührte. Er mußte sich also entschuldigen.

»Das Gedränge im Speisewagen ist mir zu groß«, wandte er sich bescheiden an Jennifer. »Aber wenn

Sie etwas Tee haben möchten, will ich Ihnen welchen hierherbringen.«

Sie schüttelte lächelnd den Kopf.

»Das ist sehr liebenswürdig von Ihnen, aber ich trinke um diese Zeit niemals Tee. Ich komme aus dem Norden und bin daran gewöhnt, ihn schon eher zu nehmen. Wenn ich in London wohne, werde ich mich wohl umstellen müssen.«

»Fahren Sie nach London?« fragte Charlie eifrig. »Ich auch.«

»Ist dies etwa nicht der Londoner Schnellzug?« fragte der junge Mann mit dem markanten Kinn.

Diese Zurückweisung erinnerte Charlie daran, daß Vorsicht geboten war. Es war ihm, als ob er Veras ironische Stimme hören könnte: »So ist es recht, Liebling, erzähle ihnen nur alles darüber und vergiß ja nicht, unser nettes kleines Spiel mit der Versicherungsgesellschaft zu erwähnen.«

Zum Schweigen gebracht, lauschte er neidisch auf die Unterhaltung.

»Ohne daß ich wollte, las ich den Namen des literarischen Agenten auf einem Ihrer Briefe«, sagte der junge Mann. »Er ist auch der meine.«

»Ach, sind Sie ein Schriftsteller?« fragte Jennifer eifrig.

»Ja. Vielleicht kennen Sie meinen Namen?«

Als er ein Pseudonym nannte, geriet sie in große Erregung.

»Aber natürlich kenne ich Sie! Ich habe die meisten Ihrer Bücher gelesen. Ich liebe sie. Sagen Sie mir doch –«

Die beiden sprachen nun ausschließlich über ihre literarischen Interessen, so daß Charlie endgültig ausgeschlossen war wie ein armes Kind in der Kälte. Der Zug hatte die Vorstädte von London beinahe erreicht, ehe Jennifer Burns eine weitere persönliche Bemerkung machte.

»Ich schreibe auch«, gestand sie. »Aber meine Arbeiten sind nicht veröffentlicht worden – wenigstens bis jetzt noch nicht. Meine literarische Laufbahn begann ich im Alter von neun Jahren mit einem Gedicht. Es handelte sich um ein Preisausschreiben für Kinder.«

Charlie nahm die Gelegenheit wahr, nun auch wieder ins Rampenlicht zu treten.

»Ich habe mich auch häufig an Preisausschreiben beteiligt. Und ich habe mich dabei wirklich ausgezeichnet und zahllose Preise gewonnen. Es war direkt ein kleines Einkommen für mich.«

»Da waren Sie ja ein schrecklicher kleiner Geizhals«, erwiderte sie lachend. »Aber hat es nicht Spaß gemacht? Ich fühlte mich so begeistert wie ein Forscher, und es war mir, als ob ich eine versunkene Stadt ausgrübe.«

»Am liebsten hatte ich Kreuzworträtsel«, erklärte Charlie.

»Kreuzworträtsel?« wiederholte der junge Mann mit dem Kinn. »Ich möchte wetten, daß Sie niemals einen Preis für die Lösung eines Kreuzworträtsels bekommen haben.«

An dem skeptischen Grinsen des anderen erkannte Charlie, daß man ihn für einen Lügner hielt. Weil er die Wahrheit sagte, wollte er natürlich seine Behauptung beweisen.

»Wenn Sie alle Einzelheiten genau wissen wollen«, entgegnete er etwas von oben herab, »kann ich Ihnen den Namen der Zeitung nennen. Es war ›Snowflakes‹.«

Der junge Mann sagte nichts darauf, aber er lächelte noch immer, als er einen Blick mit Jennifer wechselte, die auch belustigt zu sein schien. Charlie, wütend und argwöhnisch, murmelte etwas von »Gepäck« und trat in den Seitengang hinaus.

Als er verschwunden war, zuckte der junge Mann die Schultern.

»Ein geborener Lügner. ›Snowflakes‹ ist erst in den letzten Jahren herausgekommen. Wenn ich sein Alter richtig einschätze, muß er mindestens zwanzig Jahre alt gewesen sein, als die Zeitung zum erstenmal erschien.«

»Aber vielleicht hat er sich trotzdem an den Preisausschreiben für Kinder beteiligt«, meinte Jennifer. »Solche Kleinigkeit wie eine Altersgrenze sollte einen unternehmungslustigen jungen Mann nicht abschrecken.«

Während sich die beiden unterhielten, dachte Charlie über die letzte Zurechtweisung nach. Plötzlich begannen seine Ohren zu brennen, als ihm einfiel, wann die Kreuzworträtsel aufkamen. Obwohl er sich nicht genau auf das Jahr besinnen konnte, wußte er doch bestimmt, daß sie in seiner Jugend noch nicht bekannt gewesen waren. Er und Jennifer Burns waren zu verschiedenen Zeiten Kinder gewesen.

Er hatte es also glücklich fertiggebracht, sich selbst zu verraten. Wieder konnte er Veras Stimme so deutlich hören, als ob seine Frau neben ihm stünde. »Mach, daß du fortkommst, sobald der Zug hält. Komm nicht mehr mit ihnen zusammen.« Aber obwohl er wußte, daß ein stiller Rückzug das klügste war, so hatte dieses junge Mädchen doch etwas an sich, das ihm ins Blut ging.

Sie war wirklich sehr schön, und doch hatte sie ihn nicht wie einen Paria behandelt. In gewisser Weise stellte sie das Ideal dar, das ihm in der Dunkelheit seiner verworrenen Seele bisher entgangen war. Aber obwohl sie die reinsten Gefühle in ihm wachrief, die er je empfunden hatte, reagierte er doch in bezeichnender Weise darauf.

In Gedanken wurde er Vera sofort untreu. Wenn ein Wunder ihm die Möglichkeit gegeben hätte, mit Jennifer Burns und der Versicherungssumme durchzubrennen, hätte er seine Frau ohne die geringsten Gewissensbisse im Stich gelassen.

Vorausgesetzt natürlich, daß er nicht gezwungen gewesen wäre, ihr gegenüber grausam zu sein.

Er biß sich auf die Lippen, als der Zug langsam an den Rückfronten der Mietskasernen vorbeidampfte und immer tiefer in den Wald der Schornsteine geriet.

Unmöglich konnte er den Gedanken an eine endgültige Trennung von diesem Mädchen ertragen, und schließlich stürzte er in das Abteil zurück, als der Zug gerade in den Bahnhof einrollte.

Sie verabschiedete sich von dem jungen Mann mit dem markanten Kinn.

»Ob uns der Zufall vielleicht wieder einmal zusammenführt?« sagte sie freimütig. »Das wäre sehr schön. Achten Sie an den Bücherständen auf meinen Namen. Vielleicht sehen Sie eines Tages einen Band von Jennifer Burns. Ich wohne im Minerva-Club, wenigstens für die erste Zeit.«

Der junge Mann gab ihr seine Karte. Der Zug war zum Stehen gekommen, und Gepäckträger eilten in den Seitengang. Das Mädchen gab einem ihren Koffer; dann sah sie sich noch einmal um und lächelte Charlie leicht zu.

»Leben Sie wohl«, sagte sie.

Sie erwähnte nichts davon, daß sie sich später einmal wieder treffen könnten. Aber als sie wieder die Brauen über den blauen Augen hochzog, verlor Charlie vollkommen den Kopf.

»Vielleicht sehen wir uns einmal wieder«, sagte er eifrig. »Ich habe keine Karte bei mir, aber mein Name ist Charlie Baxter.«

16 Das Foto

Als diese Worte unwillkürlich aus seinem Munde kamen, zeigte sich Entsetzen auf seinem Gesicht. Schnell sprang er auf den Bahnsteig und bahnte sich einen Weg durch die Menge, bis er auf den Platz vor dem Bahnhof kam. Hier sprang er in das erste Taxi und rief dem Chauffeur den Namen seines Hotels zu.

Als er abfuhr, war er nicht nur wütend über sich selbst, daß er einen so furchtbaren Fehler gemacht hatte, sondern auch verstört bei dem Gedanken an die Zukunft. Es erschien ihm fast als eine zu schwere Aufgabe, eine andere Persönlichkeit darzustellen. Er bewegte sich auf unsicherem Boden, und ein falscher Schritt konnte ihn ins Verderben stürzen. Er konnte sich keinen Augenblick der Entspannung gönnen oder sich so geben, wie er war, bis er sich ganz in die Rolle von Chester Beaverbrook eingelebt hatte.

Das Gewirr des Verkehrs und die bevölkerten Gehsteige machten ihn jedoch bald wieder zuversichtlich. Mitten unter diesen Millionen von Menschen mußte er vollkommen sicher sein.

»Ich werde sie nie Wiedersehen«, sagte er sich. Tatsächlich hatte sie auch bereits seinen Namen vergessen. Ein neues Leben tat sich vor ihr auf, und die

Erlebnisse im Eisenbahnabteil waren ein abgeschlossenes Kapitel. Die Reisenden hatten sich zerstreut, und jeder war seinen eigenen Weg gegangen.

Die hagere alte Jungfer vom Lande wurde von ihren vier erwachsenen Kindern begrüßt; die geschminkte Dame saß in einem anderen Zug und fuhr nach einem kleinen Ort zurück, um ihre Stellung als Haushälterin bei einem Landpfarrer wieder einzunehmen. Die Ärmste freute sich auf ihre Rückkehr, denn sie litt an einer Art Hautkrankheit, so daß sie sich schämte, ihr Gesicht den Blicken fremder Menschen auszusetzen. Die Gedanken des jungen Mannes mit dem Kinn galten ausschließlich seiner neuen Romanheldin, und er hatte nicht die Absicht, im Minerva-Klub anzurufen.

Von der ganzen Gesellschaft hatte das Schicksal nur Charlie Baxter dazu auserwählt, allgemein bekannt zu werden.

Als er das Hotel betrat, blieb er ebenso unbeachtet wie in York. Diesmal trug er seinen Namen – »Chester Beaverbrook« – mit sicherer Hand in das Fremdenbuch ein. Die großartige Umgebung machte keinen Eindruck auf ihn. Seine Einstellung war jetzt wieder dieselbe wie damals an der Riviera: er war anspruchsvoll und kritisch.

Er ärgerte sich, daß er keine Nummer des »Starminster Herald« bei dem Zeitungsverkäufer im Vorraum fand und sie besonders bestellen mußte. Sein Verlangen nach Nachruhm wurde noch nicht gestillt, aber er tröstete sich mit dem Gedanken, daß man noch über ihn sprach. Bei der nächsten Versammlung des

Vorstandes im Golfklub würde man beschließen, der Witwe die Teilnahme auszudrücken, und die Leute würden viel Gutes über ihn sagen.

Er konnte ja auch unmöglich wissen, daß das Verschwinden von Miß Belson bei den Bewohnern von Starminster die Erinnerung an seine Beerdigung vollkommen ausgelöscht hatte.

Als der Körper aus dem Kleiderschrank fiel, fragte Vera sich sofort, wie er ursprünglich dorthin gekommen sein könnte. Sie rannte die Treppe hinunter, hielt aber unterwegs an, um alle Kessel mit Wasser zu füllen und sie zum Erhitzen auf den Gasherd zu stellen. Dann eilte sie zu dem ungeduldigen Chauffeur von Sir Horace hinaus.

»Ich habe eben Miß Belson gefunden«, sagte sie. »Kommen Sie herein und rufen Sie Lady Fry und den Arzt an.«

»Ist sie tot?« fragte er.

»Ich fürchte es. Aber teilen Sie das den beiden nicht mit. Sagen Sie nur, daß sie sofort kommen sollen.«

Obwohl Vera überzeugt war, daß die Frau nicht mehr lebte, blieb sie doch hartnäckig bei der hoffnungslosen und mühsamen Aufgabe, Wiederbelebungsversuche anzustellen. Ihrer Meinung nach war es ebenso nutzlos, als ob man kalte Asche mit einem Blasebalg wieder zur Glut anfachen wollte. Sie wagte keine Zeit mit irgendwelchen Untersuchungen zu verlieren. Als der Arzt kam, lag Miß Belson auf dem Boden, in Decken eingehüllt und umgeben von Wärmflaschen. In dem Raum roch es nach Ammoniak, und Vera rieb die kalten Hände. Ihr Haar fiel in feuchten Strähnen über ihr erregtes Gesicht.

Zu ihrem Erstaunen stellte der Arzt noch einen schwachen Lebensfunken fest und trieb Vera rücksichtslos an, immer neue Mittel herbeizuschaffen. Als Lady Fry, gestützt von ihrer treuen Coles, über die Schwelle wankte, reagierte Miß Belson gerade auf eine Adrenalineinspritzung.

Ihre Lider zuckten mehrmals, dann öffnete sie die Augen und starrte sie mit verschwommenen Blicken an.

»Charlie – Baxter«, keuchte sie.

Erschöpft von dieser Anstrengung brach sie sofort wieder zusammen, und Vera wurde aufs neue in Atem gehalten. Als Miß Belson schließlich wieder zu sich kam, ging Vera in die Küche hinunter, um die Wärmflaschen noch einmal zu füllen. Während sie das kochende Wasser langsam durch den Trichter eingoß, hatte sie zum erstenmal Zeit zum Nachdenken.

Ängstliche Fragen schwirrten durch ihren Kopf. Wie war Miß Belson ins Haus gekommen? Was hatte sie gesehen? Oder – wen? Hatte jemand sie in den Kleiderschrank eingeschlossen?

Ein furchtbarer Verdacht stieg in Vera auf, daß Charlie die Ursache dieses Geheimnisses war. Miß Belson schlief jetzt, aber wenn sie erwachte, würde sie erzählen, wie alles gekommen war. Vera zitterte bei diesem Gedanken. Sie hatte Miß Belson wieder zu sich gebracht, weil sie nicht gut anders hätte handeln könnon, und doch hatte sie eine Tote wieder zum Leben erweckt, die nun das Geheimnis des Grabes enthüllen würde.

Als sie langsam die Treppe wieder hinaufstieg, hatte sie zwar die Gestalt eines Kindes, aber ihr kleines, von vielen Furchen durchzogenes Gesicht war das einer fünfzigjährigen Frau.

Lady Fry grüßte sie bewegt.

»Niemals kann ich Ihnen das genug danken – oder es wiedervergelten. Der Arzt sagt, er hätte sie nicht retten können, wenn Sie nicht den schwachen Lebensfunken in ihr wachgehalten hätten.«

»Jeder andere hätte dasselbe getan«, sagte Vera müde. »Aber warum war sie denn in meinem Haus?«

Lady Fry sah verwirrt aus, als sie mit Coles Blicke wechselte.

»Ich habe keine Ahnung«, erklärte sie dann.

Der Doktor spitzte die Ohren. Er hielt es jetzt für an der Zeit, seine eigene Neugierde zu befriedigen.

»War Ihre Schwester denn vollkommen gesund, als sie das Haus verließ?« fragte er taktvoll.

»Nein«, antwortete Lady Fry. Sie erkannte, daß er ihr aus einer unangenehmen Lage heraushelfen wollte. »Sie war schwer erkältet. Aber Sie wissen ja, wie sie sich bei Krankheiten verhält. Sie ist eigensinnig wie ein Maulesel.«

»Ja, ich weiß es. Hatte sie Fieber?«

»Ich bin davon überzeugt. Sie sah hochrot im Gesicht aus.«

»Ich nehme an, Sie wissen nicht, warum sie hierherging anstatt zur Bibliothek?«

»Nein. Höchstens könnte ich mir denken, daß sie nicht mehr ganz klar im Kopf war.«

»War sie mit Mr. Baxter besonders befreundet?«

Die letzte Frage wurde nicht mit so eindeutigen Worten ausgedrückt, aber Lady Fry verneinte sie. Ihr Gesicht hatte inzwischen die Farbe einer roten Rübe angenommen.

Plötzlich hatte sie eine Eingebung.

»Ich weiß es!« rief sie. »Eben fällt es mir wieder ein. Ich sagte meiner Schwester, daß ich gerne ein Bild von Ihrem lieben Mann hätte, weil ich mich so schlecht an Gesichtszüge erinnern kann. In ihrer – Verwirrung muß sie hier einen Besuch gemacht haben, um Sie um ein Foto zu bitten.«

»Ein Foto?« wiederholte Vera. »Ich habe keines«

»Nein? Aber ich habe doch eine so entzückende Aufnahme von ihm gesehen. Sie steckte in Ihrem Schlafzimmer im Spiegelrahmen, als Sie seinerzeit die Bridgegesellschaft gaben.«

»Das war der Bruder des Majors, der in der Marine dient«, erklärte Vera.

»Wirklich? Dann nehme ich an, daß meine Schwester und ich durch den Bart getäuscht wurden. Wir haben es nicht genauer betrachtet ... Aber da wir nun schon einmal davon sprechen, Mrs. Baxter, darf ich Sie vielleicht um ein Foto Ihres lieben Mannes bitten?«

»Es tut mir leid, aber ich habe keins von ihm.«

»Ach, was? Ich habe so viele von meinem guten verstorbenen Mann, um mich zu trösten. Haben Sie nicht irgendeine alte Aufnahme, von der wir uns eine Kopie anfertigen lassen könnten?«

»Nein. Aber da klingelt es an der Haustür. Das muß der Krankenwagen sein. Ich will hinunterlaufen und einmal nachsehen.«

Vera war dankbar, als sie schließlich vom Hause fortfahren konnte. Der Chauffeur hatte seiner Herrschaft schon am Telefon den Grund der Verzögerung erklärt, und so wurde sie bei der Begrüßung von Sir Horace und Lady Wright lebhaft bedauert.

»Das muß ja ein entsetzlicher Schrecken gewesen sein – noch zu all dem anderen Unglück«, sagte Lady Wright.

»Ja«, gab Vera zu. »Bitte, entschuldigen Sie mich – ich fühle mich heute zu angegriffen zum Schwimmen.«

Aber obwohl sie von den Anstrengungen sehr mitgenommen war, konnte sie doch nicht schlafen. Sie fragte sich, ob sie überhaupt jemals wieder Frieden und Ruhe finden würde. Nach der Aufregung und Spannung der letzten Tage hatte sie eine Erholung verdient.

Aber allem Anschein nach wollte eine Puppe nicht mit Anstand sterben. Sie hatte dem Ding mit vielen Kosten und feierlichen Ehren ein christliches Begräbnis bereitet, nur damit es jetzt wieder zum Vorschein kam und sie mit grinsendem himbeerroten Gesicht herausforderte, es unter der Erde zu halten.

Wenn Miß Belson wieder volles Bewußtsein erlangte, würde sie ihre Geschichte erzählen. Wie würde die lauten? Der einzige Anhaltspunkt, den Vera hatte, lag in den beiden auf Entsetzliches hindeutenden Worten: »Charlie Baxter«.

Im Gegensatz zu Vera schlief Miß Belson tief und fest und wachte erst gegen Mittag des nächsten Tages auf. Sie sah sich in ihrem Schlafzimmer um und brach dann in Tränen aus.

»Ach, Gott sei Dank!« sagte sie.

Als sie sich wieder gefaßt hatte, fragte sie ihre Schwester nach allen Einzelheiten ihrer Rettung aus. Aber Lady Fry gab ausweichende Antworten und war offenbar in unbehaglicher Stimmung.

»Ach, es ist so peinlich«, sagte sie mit stockender Stimme. »Alle Leute wollen wissen, warum du in das Haus gegangen bist, und ich weiß nicht, was ich sagen soll ... Du weißt, manche Menschen haben so entsetzliche medizinische Anschauungen. Sie machen Andeutungen, daß es sich um – um verdrängte Wünsche – handelt – und all so etwas. Als ob du nicht die letzte auf der Welt wärest, die eine geheime Leidenschaft für einen verheirateten Mann hätte –«

Sie brach plötzlich ab, als Miß Belson unerwartet die Kraft fand, sich im Bett aufzurichten. Ihre Wangen brannten, und ihre sonst so milden Augen glühten wild vor Stolz. Sie hatte das Gefühl, als ob ihr Innenleben durch die Anspielung auf einen Skandal entblößt worden wäre, in den sie selbst verwickelt war.

»Meine Liebe«, sagte sie mit zitternder Stimme, »ich brauche mich nicht vor dir zu rechtfertigen; aber es ist besser, daß du genau weißt, was geschehen ist.«

Sie begann in zusammenhanglosen Sätzen zu reden, und so oft sie eine Pause machte, schien ihre Schwester gefühlsmäßig zu wissen, wie die Fortsetzung lauten sollte, und fügte die fehlenden Worte für sich hinzu. Aber die Geschichte endete mit dem Zuschlägen der Schranktür.

»Das andere will ich vergessen«, sagte Miß Belson. »Frage nicht danach und erwähne es auch nicht wieder.«

Als der Arzt seinen Krankenbesuch machte, wurde ihm die offizielle Geschichte berichtet, und er erzählte sie in der Stadt weiter. In Begleitung von Mr. Acorn suchte er am Nachmittag Vera auf. Sie saß gerade mit Sir Horace und Lady Wright in der Orangerie beim Tee, und beim Anblick der verhängnisvollen Kombination von Arzt und Versicherungsagent schien ihr Gesicht zusammenzuschrumpfen. Als der Doktor sie direkt anredete, sah sie auf, als ob sie sich verteidigen müßte, und war bereit zu beißen wie ein kleines in die Enge getriebenes Nagetier.

»Ich komme eben von Lady Fry«, sagte er. »Miß Belson kann sich auf alles besinnen.«

»Ja, und?« fragte Vera atemlos.

»Nun, ich nehme an, daß sie einen leichten Grippeanfall hatte. Leider achtet sie nicht auf ihre Gesundheit. Sie gibt zu, daß sie etwas verwirrt war. Anstatt sich zu Bett zu legen und mich kommen zu lassen, ging sie aus, um einen Auftrag ihrer Schwester zu erledigen. Als sie vor dem Hause stand, wußte sie wohl, daß sie etwas für Lady Fry holen sollte; aber sie vergaß das Bibliotheksbuch und konnte sich nur auf das Foto Ihres Mannes besinnen. Sie erinnern sich doch noch, daß wir gesten davon gesprochen haben, Mrs. Baxter?«

»Ja«, erwiderte Vera mit halberstickter Stimme. Sie wünschte, sie könnte den Doktor schütteln, so daß die Geschichte schneller aus ihm herauskäme und diese qualvolle Spannung ein Ende nähme.

»Als sie nach Jasmine Cottage kam«, fuhr er fort, »bemerkte sie, daß die Haustür angelehnt war. Sie ging also hinein, um nachzusehen, ob vielleicht jemand unerlaubterweise dort eingedrungen war. Kaum hatte sie einen Schritt in den Flur getan, als ein Mann in der Dunkelheit auf sie zustürzte. Sie erschrak so sehr, daß sie sich nur noch darauf besinnen kann, die Treppe hinaufgelaufen zu sein. Aber sie hörte, daß er ihr folgte. Sie glaubt, daß es so etwas wie einen Kampf gegeben hat, aber sie weiß nicht, ob sie sich in dem Kleiderschrank versteckte, oder ob sie hineingestoßen wurde.«

Es war Vera, als ob eine Fessel um ihre Schläfen plötzlich zerspränge. Mit größter Erleichterung hörte sie zu, obwohl sie sich sagte, daß das alles erlogen sein mußte. Aber ihre Nerven waren noch in Aufregung, und sie zuckte heftig zusammen, als Acorn sie ansprach.

»Haben Sie irgendwelche Unordnung in dem Hause bemerkt, Mrs. Baxter?«

»Nein. Ich habe nicht nachgesehen.«

»Würden Sie dann wohl so gut sein, alles mit dem Verzeichnis zu vergleichen? Es tut mir leid, daß ich Sie damit belästigen muß; aber der Major ist bei meiner Gesellschaft versichert, und wenn es sich um einen Einbruch handeln sollte, muß ich wissen, was fehlt.«

Vera versprach, seinen Wunsch sofort zu erfüllen, und Acorn erhob sich, um zu gehen.

»Vermutlich hat jemand gehört, daß das Haus leerstand, und ist durch ein Fenster eingestiegen. Sicher hat er sich mehr gefürchtet als Miß Belson.«

Unglücklicherweise wählte Sir Horace gerade diesen Augenblick, um eine Bitte zu äußern.

»Da wir gerade von Fotos sprechen«, sagte er liebenswürdig, »darf ich wohl sagen, daß wir ein Bild von Ihnen haben möchten, Mrs. Baxter, um uns aufzuheitern, wenn Sie uns wieder verlassen haben.«

»Aber ich habe keins«, erklärte Vera. Sie war zu verstört, um vorauszuahnen, was kommen würde. »Ich sehe immer schlecht auf Fotografien aus.«

»Ach, Unsinn!« sagte Sir Horace. »Ich werde jetzt schnell eine Aufnahme von Ihnen machen.«

»Nein, bitte tun Sie das nicht, sonst laufe ich fort. Ich fühle mich so befangen mit diesen geschwollenen Augen. Ich habe nicht geschlafen – nach allem, was gestern geschah.«

Lady Wright schnitt Grimassen, um ihrem Mann ein Zeichen zu geben und ihn daran zu erinnern, daß

Vera doch erst seit kurzem Witwe geworden war. Nur ungern gab er nach, schlug aber sofort eine andere Lösung vor.

»Dann mache ich von uns allen eine Gruppenaufnahme – dagegen können Sie doch nichts haben, Mrs. Baxter.«

»Natürlich nicht.«

Vera wandte nichts ein, als Sir Horace mit vielen überflüssigen Worten die Gruppe aufstellte. Die Kamera wurde von einem Diener gebracht, und er machte sich bereit.

»Alle müssen sich vollkommen ruhig verhalten, wenn ich ›Jetzt!‹ sage«, kündete er an. »Jetzt ... Schon erledigt. Das ist eine gute Aufnahme geworden.«

Acorn zweifelte daran. Er hatte der Kamera das Profil zugewandt und so beachten können, daß Vera im entscheidenden Augenblick den Kopf leicht bewegt hatte.

Als er zu seinem Büro zurückging, entschuldigte er das damit, daß ihre Nerven eben versagt hätten. Aber am Abend konnte er der Versuchung nicht widerstehen und sah seine Fotosammlung durch, um womöglich eine Erinnerung an Charlie Baxter und seine Frau zu finden.

Aber das gelang ihm nicht. Irgendwie war es den beiden immer geglückt, bei Gruppenaufnahmen im Golfklub zu fehlen. Entweder hatten sie den Aberglauben der Orientalen, die sich nicht fotografieren lassen wollen, oder sie waren bestrebt, keine Bilder ihrer Persönlichkeiten zu hinterlassen.

Plötzlich erinnerte er sich, daß er neben Charlie Baxter gestanden hatte, als anläßlich des letzten Tennisturniers eine Gruppenaufnahme gemacht wurde. Er hatte also doch ein Bild von ihm. Mit wachsender Erregung sah er seine Mappen durch, und schließlich fand er das Foto, das er suchte, als allerletztes.

Als er es genauer betrachtete, pfiff er leise. Es mochte nur ein eigenartiger Zufall sein, aber Charlie Baxter hatte – wie seine Frau – leicht den Kopf bewegt, so daß sein Gesicht verschwommen war.

17 Die Lokalzeitung

Das Verbot, sich fotografieren zu lassen, war eine Vorsichtsmaßnahme, die Charlie Baxter bitter bereute, als
er verspätet ein Exemplar des »Starminster Herald«
erhielt. Leise fluchte er auf den Verfasser – Puggie
Williams – während er den Bericht über sein Begräbnis las und immer wieder las. Es fehlte nur noch ein
großes Bild von ihm selbst in der Mitte der Seite.

Seine empfindsamen braunen Augen füllten sich
mit Tränen, als er Brownings Verse dankbar in sich
aufnahm. Er fühlte, daß der Dichter ihn wirklich verstanden hatte. Immer dachte er an gute Taten, immer
hatte er die Absicht, edel zu handeln. Es kam ihm
aber nicht zum Bewußtsein, daß all diese totgebore-
nen Vorsätze und Wünsche sich anhäuften wie Zins
und Zinseszins, um ihn schließlich zu dem Mann zu
machen, der er in Wirklichkeit war.

Seine Freude wurde nur dadurch beeinträchtigt,
daß er keinen verständnisvollen Zuhörer hatte, dem
er von seinem ehrenden Begräbnis erzählen konnte.
Um es wenigstens zu versuchen, gab er die Zeitung
einem Mann, mit dem er sich an der Bar unterhielt.

»Ich habe gerade den Bericht über die Beisetzung
eines Freundes gelesen«, sagte er. »Wenn ich einmal

sterben sollte, dann möchte ich auch so gewesen sein wie der.«

Aus Höflichkeit nahm der Fremde das Blatt, begann den Artikel zu überfliegen, brach dann aber plötzlich ab und stellte eine Frage:

»Was haben Sie von dem Fußballkampf gehalten?«

Nach dieser vergeblichen Bemühung tröstete Charlie sich mit der Tatsache, daß niemand im Hotel war, auf den er Eindruck zu machen wünschte. Die Gäste, die hier verkehrten, schienen alle langweilige, wenn auch ehrbare Leute aus der Provinz zu sein. Nur zum Tanztee erschienen intelligentere Menschen.

Er ging selten aus und verbrachte einen großen Teil seiner Zeit in der Hotelhalle. Dort saß er in einem tiefen Armsessel, rauchte und beobachtete die Drehtür. Nach dem ungemütlichen Aufenthalt in der eiskalten Dachstube schwelgte er nun in Wärme und Wohlbehagen wie eine Eidechse, die sich sonnt.

Er beteiligte sich nicht einmal am Tanz, wenn er auch die neuen Schritte genau verfolgte. Ein Berufstänzerpaar, das von der Hotelleitung angestellt war, zog immer wieder seine Blicke auf sich. Besonders bewunderte Charlie den Herrn, der glänzendes, künstlich gewelltes schwarzes Haar, eine olivfarbene Haut und blendend weiße Zähne hatte. Diese zeigte er häufig bei einem flüchtigen Lächeln, während er mit der geschmeidigen Grazie eines Panthers tanzte.

Eines Nachmittags beobachtete Charlie ihn neidisch bei der Vorführung eines Tangos, als ein robuster junger Mann vom Lande ihn ansprach.

»Sieht leicht aus, wenn man ihm so zuschaut. Er dreht und wendet sich, als ob er gar keine Knochen hätte. Aber ich kann das nicht.«

»Ach, Tango ist ganz leicht«, versicherte Charlie ihm. Er hatte die Tanzschritte heimlich in seinem Schlafzimmer vor dem Spiegel ausprobiert und meisterte sie. »Das Unangenehme ist nur, wir beide würden nicht so aussehen wie er.«

»Wer möchte denn auch so aussehen wie so ein verdammtes Halbblut?« fragte der junge Mann empört.

Die Antwort war »Charlie Baxter«. Er sagte sich, daß alle Frauen sich in den Tänzer verliebten, aber keine auch nur die geringste Notiz von ihm nahm.

Während er sich damit tröstete, den Bericht über seine Beerdigung zu lesen, hatte er eine Eingebung. Sicher würde auch ein ähnlicher Artikel in dem »Humbley Advertiser« stehen, der Lokalzeitung seiner Heimatstadt. Obwohl sein Vater bereits gestorben war, genoß die Familie doch hohes Ansehen in der Gegend.

Er bestellte die Nummer unverzüglich, wartete ungeduldig auf die Ankunft und fragte ständig bei dem Zeitungshändler nach. Als dieser ihm schließlich sagte, daß er sie noch am Nachmittag erwarte, blieb Charlie in der Hotelhalle, um sie sofort in Empfang nehmen zu können.

Kurz darauf stellte er mit Erstaunen und Genugtuung fest, daß eine junge Dame, die eben erst angekommen war, gespannt in seine Richtung sah. Es war eine hübsche Blondine von etwa achtzehn Jahren mit einem runden Gesicht und großen tiefblauen Augen. Da sie eleganter und anziehender aussah als die Damen, die sonst hier verkehrten, erwiderte Charlie ihren Blick.

Sein Interesse schien sie zu verwirren; denn sie goß sich eilig eine Tasse Tee ein, um ihre Verlegenheit zu verbergen und ihm auch den Eindruck zu geben, daß sie sich nicht für ihn interessierte. Charlie, hierdurch abgekühlt, erinnerte sich nun seinerseits, daß er sie bei ihrer Ankunft in Begleitung eines Herrn gesehen hatte. Daher schob er den Gedanken beiseite, daß sie für ein romantisches Abenteuer in Frage kommen könnte.

Als er aufschaute, sah er, daß der Zeitungsverkäufer ein Blatt in die Höhe hob. Sofort vergaß Charlie das blauäugige junge Mädchen und eilte nach dem Verkaufsstand, um seinen wertvollen »Humbley Advertiser« in Empfang zu nehmen. In fieberhafter Hast blätterte er die Seiten durch, konnte aber keine Notiz über sich finden. Enttäuscht schlug er die Familiennachrichten, Geburten, Trauungen und Todesnachrichten nach, und dort entdeckte er auch seinen Namen. In zwei nüchternen Zeilen wurde sein Ableben gemeldet.

Er biß sich auf die Lippen, als er die Stimme eines jungen Mädchens hörte.

»Entschuldigen Sie bitte – aber haben wir uns nicht schon früher getroffen?«

Die blauäugige Blondine hatte allen Mut zusammengenommen und den üblichen Eröffnungszug im Spiel getan.

»Aber natürlich«, sagte er, sprang auf und zog einen Sessel heran.

»Dann erinnern Sie sich also an mich?« fragte sie, als sie neben ihm Platz nahm.

»Jawohl, vollkommen.«

»Ach, das ist eine Erleichterung. Ich habe Sie sofort erkannt. Wenigstens dachte ich so, aber ich war nicht sicher, ob ich nicht einen Fremden anstarrte. Als ich dann aber sah, daß Sie unser armseliges Lokalblättchen lasen, wußte ich, daß Sie Charlie Baxter sein mußten.«

Bei diesen Worten hatte er das Gefühl, als ob er beim Boxen knockout geschlagen worden wäre. Plötzlich erinnerte er sich, daß dieses Hotel nicht nur von seiner Familie, sondern auch von anderen Leuten aus Humbley besucht wurde, da einer es dem anderen empfahl. Es war geradezu Wahnsinn gewesen, hierherzukommen, und es grenzte an Selbstmord, eine Nummer des verräterischen »Humbley Advertiser« zu kaufen.

Während er ausgezählt wurde, hörte er Veras ironische Bemerkung.

»Nur immer so weiter, Liebling. Du hast schon ganz gut gelernt, alles auszuplaudern.«

Zu spät machte er einen einfältigen Versuch, seine Identität zu verbergen.

»Es tut mir leid, aber Sie müssen sich täuschen. Mein Name ist Chester Beaverbrook. Als ich sagte, daß ich mich an Sie erinnerte, dachte ich, Sie wären — wären –«

»Ach, Sie wollen sich jetzt herausschwindeln?« sagte sie schnippisch. »Aber mir können Sie nichts vormachen. Sie sind Charlie Baxter. Später zogen Sie nach Starminster.« Sie griff nach seiner anderen Zeitung und hielt sie ihm vor die Augen. »Und hier ist der ›Starminster Herald‹. Das beweist, daß ich recht habe.«

Als sie sich mit ihrem Triumph brüstete und ihn mit ihren halbgeschlossenen blauen Augen herausfordernd ansah, fühlte Charlie eine sonderbare Hitze in seinem Kopf aufsteigen, als ob sein Gehirn kochte. Einen Augenblick packte ihn die Wut, und er wollte ihre weiße Kehle zudrücken.

Aber Grausamkeit war seiner Natur so fremd, daß ihm verschwommen eine Tatsache zum Bewußtsein kam: Furcht und nicht Brutalität hatte dieses plötzliche Verlangen verursacht, das ebenso schnell schwand, wie es aufgetaucht war.

»Ich erkannte Sie gleich«, fuhr sie fort. »Als kleines Mädel vergaffte ich mich in Sie. Ich war erst zwölf, als Sie die Stadt verließen, aber ich fühlte mich wie eine Witwe. Haben Sie nicht ein Revuegirl geheiratet? Ist sie mit Ihnen im Hotel?«

»Nein«, sagte Charlie leise.

»Aha, deshalb wollen Sie also nicht Charlie Baxter sein. Aber ich verstehe. Ich verrate nichts. Ich habe Sie zuerst gerne gehabt, weil meine Schwestern sagten, daß Sie unsolide wären und sich mit gewöhnlichen Mädchen abgäben.«

Diese Worte gaben Charlie einen Hinweis, daß sie aus einer »guten« Familie stammte.

»Sie sind aber seitdem gewachsen«, bemerkte er. »Es tut mir schrecklich leid, aber im Augenblick kann ich Sie nicht recht unterbringen.«

»Ich bin Peggy Hepburn.«

Er besann sich nun auf die Familie. Es waren reiche, gebildete Leute, die zu den einflußreichsten Konservativen gehörten. Sie hatten eine ganze Reihe unscheinbarer Mädchen. Die Mutter sah bleich aus und hatte sie unter einem Stachelbeerstrauch gefunden, wie sie sich auszudrücken pflegte. Da sie alle nicht verheiratet waren, konnte keine von ihnen diese Behauptung aus eigener Erfahrung widerlegen.

»Sie sind nicht so wie Ihre Schwestern«, sagte Charlie und warf einen Blick auf Peggys zutrauliches Gesicht. Er bemerkte, daß sie die Augenbrauen nachgezogen und die Lippen rot angemalt hatte, obwohl sie von Natur aus eine schöne gesunde Gesichtsfarbe hatte.

»Ich danke für die Schweine. Die sind alte Jungfern. Aber ich habe mich immer heimlich mit Jungens getroffen. Mir war jeder recht. Als sie die Sache mit mir und dem Milchjungen herausbrachten, schickten sie mich in ein Kloster nach Frankreich. Das Leben dort ist lausig. Da lernt man Spitzen klöppeln, und wenn man badet, muß man ein Hemd tragen.«

Charlie begriff nun, warum sie von seinem offiziellen Tod nichts wußte.

»Gehen Sie jetzt für immer nach Hause zurück?«

»Ja, das nimmt man an – aber soll ich Ihnen ein Geheimnis erzählen?«

Plötzlich wagte er wieder zu hoffen.

»Ich würde mich sehr geehrt fühlen, wenn Sie mir Ihr Vertrauen schenkten«, versicherte er ihr in seiner besten Starminster-Weise. »Darf ich Ihnen einen Cocktail anbieten?«

»Mit Vergnügen.«

Aus ihrer Erregung schloß er, daß ein solches Getränk etwas Neues für sie war.

»Ach, ist das aber ulkig!« rief sie, als sie die Kirsche aus dem Glase fischte. »Was würden nur die Leute in Humbley sagen, wenn sie uns jetzt hier sehen könnten?«

»Die würden sagen, daß ich dabei wäre, ein Kind zu verführen.«

»Aber das bin ich nicht.« Sie dämpfte ihre Stimme. »Ich werde heiraten.«

»Dann kann ich Ihnen ja gratulieren. Ist es ein Mann aus Humbley?«

»Hilfe, nein! Aus dem Nest stammt er nicht. Ich habe ihn in Paris kennengelernt, als ich dorthin fuhr, um meine Musikprüfung abzulegen. Wir trafen uns auch später heimlich. Es war wirklich eine romantische Geschichte. Ich bete ihn an. Er ist so unvoreingenommen und reich.«

»Glänzend! Dann nehmen Sie ihn wohl jetzt mit nach Hause, damit Ihre Familie sich mit ihm einverstanden erklärt?«

Peggy lachte – und der Cocktail lachte auch.

»Nein, ich glaube, das wäre verkehrt. Meine Leute würden sagen, ich sei noch zu jung. Ich mußte nach England herüberkommen, weil eine verschrobene Nonne uns bis zum Victoria-Bahnhof brachte. Aber ich gehe nicht nach Hause. Wir reisen wieder nach Paris. Dort heiraten wir, und dann fahren wir nach Rio.«

Charlie, der mit großer Aufmerksamkeit zugehört hatte, erschien dieses Programm etwas verdächtig. In einer Weise war das ja eine glückliche Lösung, die ihm eine Atempause gab; aber immerhin blieben die Tatsachen bestehen, daß sie ihn in ihren Briefen an ihre Familie und ihre Freunde erwähnen und später einmal auf Besuch nach Hause zurückkehren würde.

Als er ihre schlaffen roten Lippen und ihre oberflächlichen Augen betrachtete, erkannte er, daß man ihr kein Geheimnis anvertrauen konnte. Peggy Hepburn wußte, daß Charlie Baxter lebte, und was Peggy Hepburn heute wußte, erfuhr Humbley morgen. Natürlich würde Humbley gebeten werden, die Nachricht nicht weiterzuverbreiten, weil Charlie Baxter eine Versicherungsgesellschaft beschwindelt hatte, also war es vertraulich.

Plötzlich brach Charlie in Schweiß aus. Die Hitze in der Hotelhalle wurde ihm unerträglich, als er an das Gefängnis dachte. Das war jetzt nicht nur eine ungewisse Drohung, sondern ein sicheres Schicksal. Es war wirklich eine Ironie, daß der plötzliche Drang, den »Humbley Advertiser« zu bestellen, um seinen Namen gedruckt zu sehen, ihm für die Zukunft die

Gewißheit gab, daß die Zeitungen über ihn berichten würden.

In diesem Augenblick haßte er Vera, weil sie immer recht hatte. Alles, was sie wollte, war sein Scheckbuch. Wenn er sich ihr gegenüber wie ein Schuft benommen hätte – wie Puggie Williams, den sie wirklich schätzte – dann wäre er jetzt frei, um ein wirklich nettes Mädchen zu heiraten, zum Beispiel die junge Dame, die er im Zug kennengelernt hatte.

Er schrak zusammen, als Peggy ihn am Arm packte.

»Da ist er!« rief sie. »Das ist mein Mann. Der Herr dort drüben, der am Empfangstisch mit dem Pagen spricht.«

Als Charlie der Richtung ihres Fingers folgte, veränderte sich sein Gesichtsausdruck.

18 Rettungsversuch

Ein Blick genügte für Charlie, um zu erkennen, daß der Mann einen ausgesprochen verdorbenen Charakter hatte. Nur ein Kind oder ein Idiot konnte diesem Kerl ehrliche Eheabsichten zutrauen. Peggy war für den Hafen der Verlorenen bestimmt.

»Nein«, protestierte Charlie innerlich. »Ich muß sie retten.«

Noch während er diesen Entschluß faßte, überschlug er die Kosten. Der Preis ihrer Rettung war seine eigene Verdammnis.

Niemand würde Peggys lose Zunge stopfen können, wenn man nicht einen Knoten hineinbinden durfte. Sobald in Humbley bekannt wurde, daß Charlie in London gesehen worden war, würde seine älteste Schwester nach Starminster eilen und eine Erklärung dieses Geheimnisses verlangen.

Er kannte Emilys Charakter nur zu gut. Obwohl sie Jasmine Cottage wütend verlassen hatte, würde sie, wenn es zu spät war, sehr bedauern, daß sie das Gesicht ihres toten Bruders nicht gesehen hatte. Unter diesen Umständen war Veras Widerstreben, sie das vermeintliche Totenzimmer betreten zu lassen, doppelt verdächtig.

Ein Hornissennest würde aufgestört werden, sobald Gerüchte umherschwirrten. Es würde bekannt werden, daß Peggy Hepburn mit Charlie Baxter gesprochen hatte, obwohl ganz Starminster an seiner Beerdigung teilgenommen hatte. Die Leute würden sich Gedanken darüber machen, was sein Sarg denn eigentlich enthielt.

Acorn würde die Versicherungssumme nicht auszahlen, solange die Untersuchung dauerte. Wenn keine zufriedenstellende Erklärung gegeben werden konnte, würde er als nächstes um Genehmigung der Exhumierung nachsuchen, falls Peggy sich in ihren Aussagen nicht erschüttern ließ. Das wäre dann der Anfang vom Ende.

Selbst wenn es Charlie gelang, sich zu verstecken und dem Zugriff der Behörden zu entziehen, waren sie ohne Geld verloren. Vera konnte nicht zu ihm kommen, und er mußte verhungern wie eine vergiftete Ratte im Abflußkanal.

»Nein«, dachte Charlie. »Es ist viel besser, wie ein Mann alles offen einzugestehen.«

Er konnte es nicht ändern, daß er sich obendrein als ein sehr tapferer Mann fühlte, der mutig seinem Schicksal entgegenging. Aber das Mädchen war so vertrauensvoll – so jung, sie hatte noch Lücken zwischen den Zähnen, wie manche Kinder, und an ihren Händen hatte er Grübchen bemerkt. Außerdem hatte er sich doch gelobt, Frauen stets ritterlich zu helfen.

Als er geistesabwesend sein Haar zurückstrich, um klarer denken zu können, tippte Peggy dreist mit dem Finger auf seine Stirn.

»Das habe ich schon immer einmal tun wollen«, sagte sie. »Diese merkwürdige kleine Narbe habe ich betrachtet, wenn ich als Mädchen in der Kirche saß. Ihr Vater hat Sie manchmal auch mitgeschleppt, und dann haben Sie sich umgeschaut und die hübschen Mädchen angegafft.«

Charlie lächelte unsicher. Im Unterbewußtsein machte ihm die Bemerkung klar, daß dieses Erkennungszeichen ein weiterer Nagel zu seinem Sarge war. Nach diesem Beweis war die Identität seiner Person zweifellos festgestellt.

»Tanzt Ihr zukünftiger Mann nicht mit Ihnen?« fragte er.

»Nein, wir dürfen uns nicht zusammen sehen lassen. Ist das nicht schauerlich schön? Ich bin schon aufgeregt darüber.«

»Hm. Wann reisen Sie denn ab?«

»Gleich nach dem Abendessen.«

Sie sah sich mit verzückten Augen um und stieß Charlie an.

»Ist der Berufstänzer nicht wundervoll? Ich wäre selig, wenn ich mit ihm tanzen könnte.«

»Was, mit dem Halbblut?«

»Der ist kein Halbblut. Die dunkle Gesichtsfarbe ist künstlich. Dafür gibt es besondere Tinkturen. Viele Herren benützen sie. Außerdem gehört das bei ihm doch zum Geschäft ... Können Sie tanzen?«

Charlie erhob sich ritterlich. Er entdeckte bald, daß er weit besser tanzen konnte als sie, aber sie schien das nicht zu bemerken und fuhr fort, ihm von dem Berufstänzer vorzuschwärmen.

»Wir wollen hinter ihm hertanzen und ihn anstoßen«, drängte sie.

Charlie fand ihr Betragen allmählich gewöhnlich.

»Jugend ist nicht immer gleichbedeutend mit Unschuld«, dachte er. »Aber ich muß Vera, eine so gute Frau, für dieses einfältige Ding opfern. Ich möchte wirklich wissen, was in diesem Fall die Pflicht von mir verlangt.«

Diese kalte Dusche vernünftiger Überlegung schien die Schwierigkeiten an die Oberfläche zu bringen, wie ein Regenguß die Würmer aus der Erde treibt. Er erkannte, daß er ein Problem lösen sollte, das höchste diplomatische Geschicklichkeit verlangte. Ein einziger falscher Schritt mochte verhängnisvoll werden.

Nachdem ein Dichter bewiesen hatte, daß er Charlies schwer zu verstehenden Stimmungen folgen konnte, hatte dieser einen Band von Brownings gesammelten Gedichten gekauft. Vor allem, um die Verse nachzulesen, die im »Starminster Herald« ausgelassen worden waren. Nachher vertiefte er sich in das Buch, angelockt von so vielversprechenden Titeln wie »Eine leichtfertige Frau«, und erfuhr dabei, daß Browning – der größte Charakterschilderer – sagte, es sei gefährlich, mit Seelen zu spielen.

Charlie richtete sich nach diesem Rat, während er im Tanz über das Parkett glitt. Peggy hatte den Arm eng um seinen Hals gelegt. Er sagte sich, daß diese Aaskrähe das Mädchen vielleicht doch heiraten wollte. Die äußere Erscheinung täuschte manchmal über den Charakter. Wenn er sich in das Leben der beiden eindrängte, zerstörte er am Ende Peggys Aussichten, einen geistesverwandten Mann zu finden.

Auf keinen Fall konnte er sich an die Polizei oder die Hotelleitung wenden, ohne die nötige Vollmacht oder einwandfreie Beweise für eine geplante Entführung zu besitzen. Es blieb ihm höchstens übrig, an Peggys Eltern zu telefonieren und dem Vater, der wahrscheinlich ein Geschäftsmann war, die Lösung des Problems zu überlassen.

Aber wer würde für das Ferngespräch zahlen? Das war hierbei die schwierigste Frage. Die Hotelleitung würde es natürlich ihm auf die Rechnung setzen. Aber in dieser kritischen Zeit war doch jeder Schilling, den er sparen konnte, eine zusätzliche Sicherheit für Vera.

Wieder schüttelte er den Kopf. Es war zwecklos, zu telefonieren, weil die Vögel vor Mr. Hepburns Ankunft längst ausgeflogen sein würden.

Plötzlich wurde Charlie klar, daß es nur eins gab, was er tun konnte. Er mußte sich an das Gewissen des jungen Mädchens wenden.

»Warum sind Sie denn plötzlich so nachdenklich geworden?« fragte es und spielte ihm dadurch in die Hand.

»Ich denke über Sie nach«, erklärte er ihr. »Wir wollen uns einmal in eine ruhige Ecke setzen.«

Er steuerte mit ihr auf einen Diwan zu und räusperte sich.

»Ich werde jetzt wie Ihr älterer Bruder mit Ihnen reden, Peggy«, begann er. »Der Mann, den Sie da heiraten wollen, ist nicht bieder und ehrlich.«

Sie war aufgebracht über diesen Ausdruck.

»Ich hasse biedere Männer, die tragen plumpe, dicke Schuhe und packen sich bei Tisch dreimal den Teller mit halbrohem Fleisch voll. Mein Tony ist vornehm und ein Mann von Welt.«

»Aber er wird Sie nicht heiraten.«

»Was kommt es auch darauf an? Moderne Menschen lassen sich heutzutage nicht mehr trauen. Aber abgesehen davon will er mich sogar heiraten. Er hat einen hohen Titel und großen Landbesitz und braucht deshalb einen Erben.«

»Nein, Peggy, Sie machen sich etwas vor. Aber wenn ich Sie daran hindern kann, daß Sie sich selbst an Leib und Seele ruinieren, werde ich das tun. Haben Sie noch nie etwas über den weißen Sklavenhandel gelesen?«

Sie starrte ihn mit ihren großen blauen Augen an, und er sah, daß sie sich doch etwas fürchtete.

»Was könnten Sie denn Ihrer Meinung nach tun?« fragte sie.

»Ich kann – und ich will – Sie nach Hause bringen. Noch heute abend. Ich habe kein ruhiges Gewissen, bis ich Sie Ihrem Vater persönlich übergeben habe.«

Sie atmete schwer, sagte aber nichts, und so suchte er den Vorteil weiter auszunützen.

»Überlegen Sie doch einmal, Peggy.« Seine Stimme klang sanft und überredend. »Sie sind im Begriff, alles zu verlieren – einen Mann, Kinder und ein Heim. Ich selbst mag ein fauler Kopf sein, dem alles mißglückt ist, aber meine Schwestern sind verheiratet, und ich weiß, daß es wirklich häusliches Glück geben kann. Denken Sie an die schönen langen Abende, wenn Sie gemeinsam am Kaminfeuer sitzen und lesen oder Radio hören. Das ist viel besser als Cocktails und Nachtklubs.«

»Haben Sie nicht vergessen, daß ich Strümpfe stopfen könnte, während mein Schatz vorliest?« fragte sie verächtlich. »Ihre Schilderung klingt gerade nicht sehr verlockend.«

»Nein, Peggy, ich mache keinen Scherz. Sie sind doch nur ein Kind, das nicht recht weiß, was es will. Aber tief im Innern wünschen sich alle Frauen dasselbe.«

Peggy schauderte leicht zusammen; dann sagte sie schrill und trotzig:

»Ich weiß genau, was Sie tun wollen. Sie werden dem Hoteldirektor sagen, daß ich nicht volljährig bin und daß man mich hier festhalten soll, bis mein Vater kommt.«

»Nein, so gemein und hinterhältig bin ich nicht. Ich traue Ihnen, daß Sie das Richtige tun werden. Sie müssen doch zugeben, daß ich ganz offen mit Ihnen gesprochen habe. Ich habe Sie nicht hinterrücks erdolcht.«

Sie kniff die Augen zusammen, so daß sie nur noch Schlitze waren, und nickte.

»Sie haben recht«, erwiderte sie demütig. »Was soll ich denn tun?«

Als er merkte, daß er gewonnen hatte, traten Schweißperlen auf seine Oberlippe.

»Ich gehe jetzt nach oben und packe«, sagte er. »In genau einer halben Stunde treffen wir uns hier wieder, und dann nehmen wir den ersten Zug nach Humbley.«

»Gut, Herr Kommandeur.«

Er klopfte ihr auf die Schultern.

»Mein liebes Kind, Sie werden es niemals bedauern. Denken Sie doch, wie herrlich es für Sie sein wird, Ihre Heimatstadt wiederzusehen! Denken Sie an das Haus, in dem Sie Ihre Jugend verlebt haben, an Ihren Vater, Ihre Mutter, an all Ihre Schwestern, Ihre Freundinnen und Schulkameradinnen. Denken Sie doch!«

Sie sah ihn etwas verwirrt an, dann lächelte sie.

»Ach, wie dumm von mir, darauf hereinzufallen! Sie wollten mich doch nur zum besten halten! Sie haben mich an der Nase herumgeführt?«

Auf diese unverschämte Frage gab er keine Antwort.

»Also, in einer halben Stunde«, wiederholte er und ging nach dem Fahrstuhl.

Als er in seinem Zimmer angekommen war, warf er ein paar Sachen in seinen Handkoffer und wanderte dann aufgeregt auf und ab, rauchte Zigaretten und dachte an Vera. Er fühlte, daß er entsetzlich untreu an ihr handelte. Sie war seine Frau und die beste Gefährtin, die es auf der ganzen Welt gab. Und doch wollte er sie im Stich lassen wegen eines solchen Flittchens, das mit dem nächsten Milchjungen durchbrennen würde.

Als eine halbe Stunde vorüber war, fuhr er wieder mit dem Aufzug zur Hotelhalle hinunter und sah sich ängstlich nach allen Seiten um. Aber Peggy war nicht da. Er wartete zwanzig Minuten, dann erkundigte er sich bei dem Angestellten am Empfangstisch. Es dauerte einige Zeit, bis der nach Charlies Beschreibung Peggy wiedererkannte, aber plötzlich wußte er, wer gemeint war.

»Ach, die beiden wollten nur im Hotel essen. Sie ließen ihr Gepäck im Aufbewahrungsraum. Aber dann änderten sie ihre Absicht wieder und speisten nicht hier. Vor etwa einer Dreiviertelstunde sind sie fortgegangen.«

»Danke vielmals. Es kommt auch nicht darauf an.«

Charlie wandte sich ab, um die Tränen zu verbergen, die ihm bei dem Gedanken an Peggys trauriges Geschick in die Augen traten.

Er tröstete sich damit, daß er nicht mehr hätte tun können. Nur gut, daß er der Hotelleitung nichts von seiner eigenen Abfahrt mitgeteilt hatte, nachdem der Plan mißlungen war. Es wäre unangenehm gewesen, wenn sein ruhiges, schönes Zimmer bereits einem anderen Gast gegeben worden wäre.

Aber er hatte noch etwas anderes vergessen. Es fiel ihm erst ein, als er sich spät am Abend zur Ruhe legte. Dann schlug er sich ärgerlich an die Stirn.

»Ich Dummkopf! Ich hätte doch sofort ihren Vater anrufen sollen, dann hätte er wenigstens telegrafieren können, daß alle Häfen überwacht würden ... Jetzt ist es natürlich zu spät. Nun, ich habe mein Bestes getan.«

Er fühlte, daß die Sterne für Vera gekämpft hatten. Das war eine Mahnung für ihren auf Abwege geratenen Mann. In Zukunft mußte er ihre Sicherheit höher stellen als die einer fremden Frau. Nachdem er diesen Entschluß gefaßt hatte, schlief er ruhig wie ein Kind.

Getragen von dem Bewußtsein seines beabsichtigten Opfers – das nach Browning als vollendete Tat zählte – konnte Charlie am nächsten Abend ohne die geringsten Gewissensbisse einem Hilferuf der Rundfunkgesellschaft zuhören.

»Seit dem Fünfundzwanzigsten des Monats wird Peggy Elizabeth Hepburn vermißt, siebzehneinhalb Jahre alt, schlank, rundes Gesicht, hellblondes lockiges Haar, blaue Augen, 1,60 groß, spricht mit leicht französischem Akzent, trägt dunkelrotes Kleid, Mantel von derselben Farbe mit grauem Pelzbesatz und grauen Hut ...«

Charlie beugte sich vor, um einer Dame ein Streichholz für ihre Zigarette zu reichen, und so entging ihm der Rest der Beschreibung. Aber noch rechtzeitig hörte er die unheilvolle Schlußbemerkung:

»Wurde zuletzt gegen Mittag am Victoria-Bahnhof gesehen. Man befürchtet, daß ihr etwas zugestoßen ist.«

19 Ein verdächtiger Fall

Vierundzwanzig Stunden später hatte Charlie das junge Mädchen vergessen. Zu seiner Beruhigung sagte er sich, daß der Hilferuf nicht unbedingt geschehenes Unheil beweisen mußte. Trotz allem, was dagegen sprach, mochte sie jetzt schon mit diesem Aasgeier verheiratet sein. Bezeichnend war allerdings, daß er sich keine Sorgen mehr um eine zukünftige Bloßstellung machte. Auf jeden Fall hatte er sein Äußerstes getan, um ihr zu helfen; und nun schlug er sich den Gedanken an sie aus dem Kopf, um darin Platz zu machen für die junge Dame, die er im Zuge getroffen hatte.

Nachdem er stundenlang in der Hotelhalle gesessen und beobachtet hatte, wie andere sich schmachtende und gefühlvolle Blicke zuwarfen, sehnte er sich nach einem eigenen Liebeserlebnis. Jede Frau, die flirtete, tanzte oder etwas trank, verglich er zu ihrem Nachteil mit Jennifer. In seinen Augen gehörte diese zu den seltenen Wesen, die gütig sein können, ohne altmodisch und schlampig auszusehen, und die gewandt sind, ohne gerissen und unanständig zu sein.

Das Verlangen, sie wiederzusehen, trieb ihn auf die Straßen, die von Piccadilly Circus ausstrahlen. Er hoffte auf eine zufällige Begegnung. In Lokalen und Theatern nach ihr zu suchen, wagte er nicht, weil er es dringend nötig hatte, zu sparen. Aber obwohl er stolz war auf seine Selbstbeherrschung, mußte er sich mit seiner finanziellen Lage auseinandersetzen.

Er hatte zwei Wochenrechnungen im Hotel bezahlt, so daß er schätzen konnte, wieviel die dritte machen würde. Nach ihrer Begleichung blieben ihm etwa zwanzig Pfund übrig. Mit dieser Summe konnte er zwei Monate lang in der billigen Pension in der Acre Lane leben, wenn er sich äußerst einschränkte. Aber Vera hatte angedeutet, daß er vielleicht drei Monate aushalten müßte; in dem Fall langte es nicht mehr für Kost und Wohnung.

Der bloße Gedanke, seine augenblickliche luxuriöse Umgebung mit einem Quartier in Brixton zu vertauschen, war ihm entsetzlich. Eine trostlose Zeit der Verbannung lag vor ihm, bis Vera nach London kommen würde. Plötzlich erkannte er, daß er sich jetzt verzweifelt danach sehnte, sie wiederzusehen. Sie war seine Frau und die beste Kameradin, die es auf der Welt gab.

Er bereute seine frühere Untreue, aber Vera erwiderte seine Zuneigung nicht. Auch sie stand nach der Rückkehr in ihr eigenes Heim dem schwierigen Geldproblem gegenüber, das er ihr als Erbe hinterlassen hatte.

Zunächst hatte sie an die Bank geschrieben, um sich über den Stand ihres Kontos zu vergewissern. Obwohl Charlie auf seinen Scheckabschnitten immer abrechnete, hatte sie die geheime Hoffnung, daß er ein paar Pfund übersehen haben könnte.

Die Antwort des Geschäftsführers brachte sie in größte Verlegenheit. Er teilte ihr mit, daß kein Geld mehr auf der Bank sei. Er gab ihr aber die Zusicherung, daß er ihr für die Zeit, die sie noch in Starminster bleiben würde, ein neues Kreditkonto eröffnen könne, wenn ihr daran läge.

Sie brauchte ihm dazu nur die Adresse einer der Banken zu geben, bei denen sie ihre Depots hatte, dann würde er von sich aus die nötige Überweisung veranlassen.

Bei einer Zigarette überlegte Vera, ob sie einen Ausweg aus dieser Schwierigkeit finden könnte. Ihre rücksichtslose Ehrlichkeit in bezug auf Schulden war eigentlich ein Widerspruch, wenn man bedachte, daß sie sich an einem Betrug beteiligte. Aber sie hatte Puggies Plan nur unter schwerem Druck zugestimmt, weil sie das unbestimmte Gefühl hatte, daß man einer so großen Gesellschaft keinen empfindlichen Schaden zufügte. Die war so unpersönlich, daß Vera ihre Unehrlichkeit nicht mehr empfand als ein ehrbarer Durchschnittspassagier dritter Klasse, der sich in einen Wagen erster Klasse setzt und bei zufälligem Ertapptwerden natürlich tugendhaft die Mehrkosten zahlen will, aber doch das Beste hofft.

Sie beschloß, daß niemand durch ihren augenblicklichen Geldmangel leiden sollte. Wenn sie gezwungen war, Kredite zu nehmen, wollte sie jeden Penny zurückzahlen, bevor sie die Stadt verließ. Aber sie brauchte einen gewissen Betrag in bar, da sie nicht gewöhnt war, zu borgen oder sich auf andere Weise Geld zu verschaffen.

Nachdem ihre erste Wut sich gelegt hatte, sprach sie Charlie von aller Schuld frei. Schließlich glaubte er, daß sie noch zwanzig Pfund von ihrem Ersparten besäße, und ahnte nicht, daß sie die weggegeben hatte.

Einen Augenblick dachte sie daran, sich an Puggie zu wenden. Aber dann preßte sie die Lippen zusammen und schüttelte den Kopf. Sie wußte genau, wie lange eine Frau eine solche Summe strecken und wie schnell ein Mann sie ausgeben konnte. Außerdem hatte sie in ihrem Herzen eine schwache Stelle für ihn, und seine Anspielung auf den Frack hatte sie mißtrauisch gemacht. Das mochte darauf hinweisen, daß er Wildpastete essen und bei irgendeiner adligen Familie unterkriechen würde, die zum Abendessen natürlich Gesellschaftskleidung verlangte. Aber es deutete ebensogut auf eine Stellung als Kellner hin.

»Wenn er erfährt, daß ich nichts habe, bringt er am Ende noch jemand um, nur um Geld für mich zu schaffen«, sagte sie sich.

Dann überdachte sie den Stand der Versicherungsangelegenheit. Sie hatte Acorn bereits die nötigen Papiere eingesandt und ihm dazu geschrieben, daß sie Starminster sobald wie möglich verlassen wollte. Aber persönlich war sie ihm aus dem Wege gegangen. Er sollte nicht auf das Geschäftliche zu sprechen kommen und dann überrascht sein, daß sie nicht wie jede andere wohlhabende Witwe die Erledigung ihrer Angelegenheiten ihrem Rechtsanwalt übertrug.

Sie empfand eine gewisse Verachtung für ihn, die auf sein ruhiges Wesen und seine Bescheidenheit zurückging. Sie glaubte bestimmt, ihn so stark beeindrucken zu können, daß er ihr einen Vorschuß auf die Versicherungssumme auszahlte. Wenn sie an Mrs. Acorn dachte – eine Frau mit freundlichem Gesicht und sackartiger Gestalt – verfiel sie dem weitverbreiteten Irrtum, daß jeder einfache, unscheinbare Mann von einer schönen Frau entzückt sein müßte.

Sie kleidete sich ungewöhnlich sorgfältig an, obwohl ihre Auswahl sich auf den imitierten Persianermantel und die Kosakenkappe beschränkte. Aber sie legte orangeroten Puder auf und steckte einen Strauß weißer Veilchen an. Dann machte sie sich auf den Weg, um den Versicherungsagenten in seinem Büro zu besuchen.

Als sie lebhaft durch die Tür trat, saß er über seinen Schreibtisch gebeugt, und sie konnte sehen, daß sein ergrauendes Haar oben auf dem Kopf schon dünn wurde. Gegen den Befehl seiner Frau trug er einen alten Anzug, der ihm lieb war, und als unordentlicher Raucher hatte er es fertiggebracht, ihn überall mit Asche zu bestreuen.

Als er durch die Brille zu seiner strahlendschönen Besucherin aufschaute, sah er so armselig, verstaubt und unbedeutend aus, daß sie das Gefühl hatte, ihn mit Leichtigkeit um den Finger wickeln zu können.

Sie eröffnete das Feuer mit einer liebenswürdigen Anfrage nach dem Ergehen von Mrs. Acorn und freute sich, einen guten Bericht zu hören.

»Und wie geht es – den Kleinen?« fuhr sie fort, in der Annahme, daß seine Ehe mit Nachkommenschaft gesegnet sein würde. Sie hatte keine Ahnung, ob es Knaben oder Mädchen waren.

»Die ›drei Großen‹ gedeihen gut«, lautete die Antwort. »Sind alle drei auswärts auf höheren Schulen. Eine Familie ist eine kostspielige Angelegenheit, Mrs. Baxter.«

»Aber Sie sind doch reich«, versicherte sie ihm. »Ich dagegen habe nichts.«

Es behagte ihrem Sinn für Galgenhumor, daß sie mit dieser Bemerkung ihre Karten auf den Tisch gelegt hatte. In ähnlicher Weise plauderte sie weiter, während Mr. Acorn darauf wartete, daß sie zur Sache kam.

Schließlich erwähnte sie auch die Versicherung

»Hoffentlich gibt es keine Verzögerung. Ich habe mich hier sehr glücklich gefühlt – aber jetzt ist mir die Stadt verhaßt. Ich kann nicht schnell genug fortkommen.«

»Ich verstehe Ihre Gefühle«, erwiderte Acorn ruhig. »Ich habe Ihren Mann sehr gern gehabt.«

»Das weiß ich. Er hat sich auch sehr zu Ihnen hingezogen gefühlt ... Wann werde ich das Geld wohl bekommen?«

»Es ist unmöglich, Ihnen bei dem augenblicklichen Stand der Angelegenheit schon ein bestimmtes Datum zu nennen. Aber Sie haben uns ja die nötigen Papiere so schnell eingesandt, daß es keine ungebührliche Verzögerung geben sollte.«

Vera atmete tief auf vor Erleichterung.

»Die Gesellschaft macht also niemals Schwierigkeiten?«

»Nur in verdächtigen Fällen.«

»Was ist das?«

Acorn sah sie bei dieser Frage etwas überrascht an, aber da er wie viele ruhige Menschen eine gute Meinung von sich selbst hatte, nahm er an, daß die Witwe eine Entschuldigung suchte, um die Unterhaltung fortzusetzen. Er betrachtete sie durch die Brille mit seinen klugen braunen Augen und begann zu erklären.

»Bei Abschluß einer Lebensversicherung verpflichtet sich ein Mann, während einer Reihe von Jahren eine gewisse Prämie zu zahlen. Er muß entweder ein Dummkopf oder ein Schurke sein, wenn er sich zu einer höheren Rate verpflichtet, als er sie sich vernünftigerweise leisten kann. Zum Beispiel mögen sich in einem Fall folgende Umstände ergeben:

a) Der Mann ist ein Zugvogel und wenig seßhaft.

b) Er stirbt jung.

c) Er stirbt, nachdem er nur eine oder zwei Prämien gezahlt hat.

d) Er hatte ein geringes Einkommen – sagen wir zweihundertundfünfzig Pfund im Jahr – schloß aber auf eine jährliche Prämie von einhundert Pfund ab.«

Acorn machte eine Pause, um seiner Darlegung den nötigen Nachdruck zu geben. Dann fügte er hinzu:

»In einem solchen Fall würde ich vor Auszahlung der Versicherungssumme unbedingt zu weiteren Nachforschungen raten.«

Veras ganze Zuversicht schwand dahin, als sie das hörte. Nach dieser Erklärung Acorns durfte sie es nicht wagen, an ihren gesunden Vermögensverhältnissen auch nur den geringsten Zweifel aufkommen zu lassen. Bis die Versicherung ausgezahlt wurde, mußte sie weiterhin die reiche Witwe spielen.

Eine schwere hufeisenförmige Sorgenfalte bildete sich zwischen ihren Augen, während sie hastig nachdachte. Die Aussichten waren trostlos. Es gab niemand, an den sie sich vertrauensvoll um Hilfe wenden konnte, und unter diesen Umständen durfte sie es auch nicht wagen, zu borgen. Ohne flüssiges Geld konnte sie nicht einmal nach London ausreißen – auf die geringe Möglichkeit hin, dort zeitweise an einer Bühne beschäftigt zu werden.

Die sieben Schilling und neun Pence in ihrer Handtasche waren alles, was ihr übrigblieb.

Sie zeigte ein tapferes Gesicht, als sie aufstand, um zu gehen.

»Wenn Sie gerne bald abreisen möchten«, riet Acorn, »kann ich mich ja mit Ihrem Rechtsanwalt in Verbindung setzen und die Angelegenheit mit ihm in Ordnung bringen.«

»Oh, danke sehr. Das können wir machen.«

»Wollen Sie mir seine Adresse geben?«

»Natürlich. Ich werde sie Ihnen schicken. Ich vergesse immer seine Nummer. Wenn nicht – nein, ich will mich doch lieber selbst um die Sache kümmern. Das – das gibt mir eine gewisse Beschäftigung.«

»Ich verstehe. Guten Morgen.«

Als er die Tür öffnete, sah sie überrascht den eigenartigen Glanz in seinen Augen. Daran erkannte sie, daß dieser unscheinbare Mann starke Gefühle haben konnte, zu denen eine Abneigung gegen ihre Person gehörte.

Sie war die Treppe schon halb hinuntergegangen, als sie anhielt, weil ihre Lage ihr plötzlich wieder voll zum Bewußtsein kam. Unmöglich konnte sie ohne bares Geld auskommen, da sie zu allem anderen mit einer ganz besonderen Schwierigkeit rechnen mußte.

Menschen wie sie – die niemals Geld schuldig blieben – wurden immer am ersten zum Zahlen gedrängt, wenn sie etwas auf Kredit haben wollten. Gerade die Methode, welche die Geschäftsleute von ihrer Zuverlässigkeit überzeugen sollte, setzte sie nun vorzeitigem Argwohn aus.

Sie entschloß sich zu einem kühnen Schritt, stieg die Treppe wieder hinauf und riß die Bürotür auf.

»Mr. Acorn«, sagte sie mit heiserer Stimme, »ich möchte Ihnen im tiefsten Vertrauen etwas sagen. Ich sitze vollständig auf dem trockenen.«

Der Versicherungsagent schwang in seinem Stuhl herum und starrte sie an.

In diesem Augenblick erstarb ihre Hoffnung. Sie hatte alles auf dieses letzte Wagnis gesetzt, und der harte, durchdringende Blick des Mannes sagte ihr, daß sie verloren hatte.

20 Ungewißheit

Acorn machte keine Bemerkung über Veras Erklärung, wandte aber den Blick nicht von ihr. Schließlich stand er auf, schloß die Tür und schob einen Stuhl näher.

»Sind Sie auch sicher, daß Sie mir etwas sagen wollen?« fragte er in einem Ton, der an die übliche einleitende Warnung der Polizeibeamten erinnerte.

»Ich muß es tun«, erwiderte Vera. »Sehen Sie, als Sie eben über einen verdächtigen Fall sprachen, wurde mir plötzlich klar, daß jedes Wort auf mich paßte.«

Sie schluckte, während sie sprach, aber Acorns Züge verhärteten sich nur sichtlich. Ihr Mut sank, als sie seinen Mangel an Verständnis bemerkte. Sie hatte sich auf ihre schauspielerischen Fähigkeiten verlassen, eine Situation zu retten – wenn sie überhaupt zu retten war; aber an Acorn war jede Gefühlsbewegung vollkommen verschwendet.

»Sie wollen andeuten, daß Ihr Mann arm war, als er sich an mich wandte, um eine Lebensversicherung abzuschließen?« fragte er kalt.

»Nein, damals war er noch reich«, log Vera. »Es lag ihm nie etwas daran, sein Leben zu versichern. Ich hatte mehr als genug. Außerdem hat er sich doch wohl nicht an Sie gewandt, nicht wahr?«

Sie segnete Puggie Williams' strategische Kunst, als Acorn scharf aufschaute, und nützte rasch ihren Vorteil aus.

»Ich möchte Sie nicht verletzen, Mr. Acorn, aber ich besinne mich genau, daß mein Mann eines Tages vom Golfspiel nach Hause kam und sagte, daß Sie ihn ständig quälten, eine Lebensversicherung abzuschließen. Ich gebe zu, daß ich dagegen war; aber er sagte, er möchte Ihnen etwas zu verdienen geben, weil er Sie gern hatte.«

Acorn erwartete, die üblichen Lügen zu hören und wurde daher aus seiner Unerschütterlichkeit etwas aufgerüttelt, da diese Bemerkung den Anschein der Wahrheit hatte. Seine Züge entspannten sich, und er lachte verlegen.

»Ja, wir müssen leider aus geschäftlichen Gründen die Kunden anlocken«, gab er zu. »Unser Beruf ist überfüllt wie jeder andere ... Wann hat Ihr Mann denn sein Geld verloren?«

»Das weiß ich nicht. Er gestand es mir erst kurz vor Beginn seiner Krankheit. Ich glaube, die Sorge darüber hat am meisten zu dem schlimmen Ausgang beigetragen.«

»Das ist sehr wahrscheinlich. Und ich bin sicher, Sie bedauern jetzt, daß Sie nicht rechtzeitig achtsam genug waren.«

Vera war froh, als sich seine Abneigung gegen sie wieder in seinem Gesicht und seiner Stimme zu erkennen gab. Das zeigte an, daß er nicht an ihrer Geschichte zweifelte. Sie erkannte allmählich, daß er eine voreingenommene Meinung von ihr hatte, die durchaus nicht schmeichelhaft war. Wenn sie daher ihre Geschichte so erzählen konnte, daß seine Vorurteile dadurch bestätigt wurden, mochte sie überzeugend auf ihn wirken.

»Ich weiß, daß die Leute glaubten, ich hätte ihn vernachlässigt«, sagte sie trotzig. »Aber ich hatte Grund zur Klage. Er verlor sein Geld durch Spekulation – und das meiste gehörte mir. Papa verdiente während des Krieges sehr gut, und ich war sein einziges Kind.«

Sie hoffte, ihm den Eindruck gegeben zu haben, daß Charlie außerhalb seiner Gesellschaftsklasse geheiratet hatte und fuhr fort, ihn anzuschwärzen.

»Er ging mir aus dem Weg, so daß ich nichts von seiner Krankheit ahnte. Nachher habe ich sicher alles getan, was in meinen Kräften stand.«

»Hat er alles verloren?«

»Ja. Er sagte mir, er hätte nur noch eine Lebensversicherung. Ich erinnere mich, daß er die Bemerkung machte, tot sei er wertvoller für mich als lebendig.«

»Er hätte auf seine Lebensversicherung Geld aufnehmen können. Aber zweifellos stimmten Sie mit ihm überein.«

»Nein. Wegen der Klausel über Selbstmord. Ich wußte damals nicht, daß sie nach einem Jahr rechtsgültig wurde.«

»Das war ein unglücklicher Umstand.«

Vera hielt die Zeit nun für gekommen, einen Ausbruch echten Gefühls zu zeigen. Außerdem hatte sie das Bedürfnis, sich einmal Luft zu machen.

»Wie können Sie so zu mir sprechen?« rief sie schluchzend. »Haben Sie überhaupt kein Herz? Was fühlt denn eine Frau wie ich Ihrer Meinung nach, wenn sie weiß, daß ihr Mann tatsächlich Selbstmord beging um ihretwillen – und alles umsonst war?«

Acorn wurde aus seiner eisigen Ruhe aufgeschreckt.

»Das müssen Sie erklären«, sagte er streng.

»Warum? Ich bin hier nicht in einem Verhör. Wenn Sie mir außerdem nicht glauben, können Sie Doktor Dubarry fragen. Er sagte mir, daß mein Mann hätte durchkommen können, wenn er den Willen zum Leben gehabt hätte.«

Sie sprang auf und riß mit leidenschaftlicher Hast ihre Handtasche auf.

»Hier, sehen Sie her«, rief sie. »Sieben Schilling und neun Pence. Das ist alles, was ich zum Leben habe, bis die Versicherungsgesellschaft mich auszahlt ... Aber vielleicht tut sie es jetzt überhaupt nicht. Vielleicht habe ich zuviel gesagt ... Aber nun wissen Sie, was mich hergeführt hat. Ich wollte Sie um einen Vorschuß bitten.«

Acorn zog unentschlossen die Mundwinkel nach unten. Weil er Vera nicht ausstehen konnte, neigte er dazu, ihre Geschichte zu glauben. Sie schien ausschließlich vom Standpunkt einer selbstsüchtigen Frau erzählt zu sein, die sich beleidigt fühlte.

Er hatte zuviel menschliches Mitgefühl, um sie hungern zu lassen. Andererseits hatte er hohe Ausgaben und lief Gefahr, Geld zu verlieren.

»Ich muß ein paar Auskünfte einholen«, erwiderte er schließlich. »Wenn die befriedigend ausfallen, verspreche ich Ihnen, auf Zahlung zu drängen. In der Zwischenzeit darf ich Ihnen wohl persönlich mit einer Kleinigkeit aushelfen ... Genügen zehn Pfund für die nächste Zeit?«

Veras Antwort überraschte ihn; denn sie stand im Widerspruch zu ihrem habgierigen Charakter.

»Fünf genügen – und ich werde Ihnen ewig dankbar sein. Um unserer beider willen hoffe ich, daß Sie bald in der Lage sind, den Betrag von der Versicherungssumme einzubehalten.«

Nachdem Vera gegangen war, beauftragte Acorn sofort seine Stenotypistin, sich telefonisch im Hause Doktor Dubarrys nach dessen Adresse auf dem Kontinent zu erkundigen. Als die Haushälterin sie nannte, schrieb er dem Doktor und bat um eingehende Auskunft über die Krankheit des verstorbenen Charles Baxter. Obwohl er erklärte, daß es sich um reine Formalitäten wegen des Versicherungsanspruchs handle, stellte er doch zwei sehr merkwürdige Fragen.

Erstens wollte er wissen, in welcher Geistesverfassung und seelischen Haltung der Mann gewesen war, und wie es um seine Lebenskraft gestanden hatte, zweitens, ob sich irgendwelche Anzeichen ergeben hätten, die nicht ganz in das Bild der fraglichen Krankheit paßten.

Doktor Dubarry wurde wütend, als sein Urlaub durch berufliche Anfragen gestört wurde. Als er bei Sonnenschein und östlicher Brise am Ufer saß und auf das Meer hinausschaute, dem seine dunkle Schutzbrille plötzlich die Farbe der Themsemündung verlieh, verfluchte er die Zudringlichkeit der Versicherungsgesellschaften.

Seine Antwort klärte den Fall jedoch von allen Zweifeln. Acorn zeigte seiner Frau den Brief, als er vor dem Kamin saß und von dem Schlaftrunk nippte, der nach ihrem bewährten Rezept dem Brotverdiener eine gute Nachtruhe sicherte. Sie war eine Frau, deren Treue und Umsicht sich bewährt hatten, und außerdem ersparte sie ihm die Mühe, das Einleuchtende auch noch erklären zu müssen.

»Hattest du Verdacht auf Gift?« fragte sie.

»Ich mußte mich vergewissern, daß seine liebevolle Frau sich nicht mit diesem Williams zusammengetan hatte, um ihn aus dem Wege zu räumen.«

»Aber Doktor Dubarry schreibt, daß Baxter keine Widerstandskraft aufbrachte und den Dingen ihren Lauf ließ.«

»Ja, er hat die schmutzige Arbeit für sie getan.« Acorns Stimme klang bitter wie Aloe. »Sie ist jetzt versorgt, und das ist ja alles, woran ihr liegt.«

»Trotzdem muß sie essen. Sieh zu, daß du die Sache so schnell wie möglich erledigst, sonst kommt sie jeden Tag ins Büro gelaufen und regt dich auf. Zahle sie aus und vergiß sie.«

Acorn befolgte den Rat seiner Frau, aber er beeilte sich nicht, die Witwe zu beruhigen. Während sie wartete, war sie gezwungen, ihre Zuflucht zu geheimen Kunstkniffen und größter persönlicher Sparsamkeit zu nehmen, was auch eine einschneidende Hungerdiät einschloß. Da sie nach außen hin den Schein wahren mußte, verschlang der Lohn des Mädchens den größten Teil der fünf Pfund. Minnie machte auch eine Andeutung über den »letzten Wunsch des Herrn«.

Vera maß sie mit einem vernichtenden Blick.

»Sie müssen wissen, Minnie«, sagte sie, »daß ich nach dem Gesetz nicht dazu verpflichtet bin, Ihnen etwas zu geben. Aber ich achte natürlich die Wünsche meines Mannes – obwohl sein Geist zu der Zeit schon verwirrt war. Alle Legate werden ausgezahlt, wenn ich den Haushalt hier auflöse.«

Das Mädchen dankte ihr, ließ aber den nötigen Respekt vermissen. An Kleinigkeiten hatte Vera bereits erkannt, in welcher Richtung der Wind blies. Sie wußte, daß ihr gesellschaftliches Ansehen nach dem Tod ihres Mannes gelitten hatte. Charlies persönliche Erscheinung und sein freundliches Wesen hatten den Bewohnern von Starminster zugesagt, und um seinetwillen hatte man auch sie gelten lassen.

Aber nun, da er im Grabe lag, wartete die Stadt nur auf einen Beweis, um sie als Abenteurerin zu stempeln. Sie war sowohl eine Blondine als auch eine würdelose Witwe in ihrem Backfischkleid, mit dem großen Kamm in den schönen langen Locken. Auch benahm sie sich den Geschäftsleuten gegenüber nicht in der hergebrachten Weise, und sie war viel zu gewandt darin, scharfe Erwiderungen zu geben.

Sie war zu klug, um das allmähliche Absinken der Achtung nicht zu bemerken. Solange sie verheiratet gewesen war, hatte man sie »Madame« genannt, jetzt hieß es »Mum« und manchmal sogar »Miß«.

»Wenn sie erst erfahren, daß ich pleite bin, dann ist es ganz aus«, dachte sie.

Sie hatte zu diesem Zeitpunkt nur eine einzige Hoffnung. Gleich nachdem sie die Nachricht erhalten hatte, daß kein Geld auf der Bank war, hatte sie gezwungenermaßen selbst die Gesetze brechen müssen, die sie vorsichtshalber angeordnet hatte. Sie schrieb an einen gewissen Mr. Chester Beaverbrook in Brixton und bat um eine sofortige Überweisung von zehn Pfund.

»Wenn ein anderer als Charlie den Brief aufmacht, dann wissen sie, daß ich in der Klemme sitze«, sagte sie sich.

Er wurde vom Postbeamten geöffnet, nachdem er von der Pension in der Acre Lane mit der Aufschrift »Hier unbekannt« zurückgekommen war.

Als Vera ihn als unbestellbar zurückerhielt, wurde ihr schmales Gesicht noch hagerer. Die Ungewißheit machte sie krank, wenn sie sich auch nicht um Charlies Sicherheit sorgte.

»Bleibe nur dabei, Schatz«, sagte sie bitter vor sich hin. »Ich bin die Hereingefallene, nicht du. Und wenn du in Schwierigkeiten kommst, schreibe mir. Das würde mir gefallen.«

Am Abend ging Vera in die Küche, nachdem Minnie verschwunden war. Sie setzte sich an den Ofen und preßte die Knie gegen die Schutzstangen. Nachdem sie allerhand Abfälle in die Flammen geworfen hatte, um das Feuer zu schüren, begann sie, eine Liste von Charlies Kleidern aufzustellen. Es war ihre Absicht, sie unter der Hand an einen Althändler in York zu verkaufen. Minnie wollte sie sagen, sie hätte sie zur Verteilung an die Armen in die Kirche geschickt.

Plötzlich hörte sie, daß der Postbote an die Haustür klopfte. Er brachte ihr eine Mitteilung von Acorn. In wenigen mit Maschine geschriebenen Zeilen teilte er ihr mit, daß sie von ihm einen Vorschuß in vernünftigen Grenzen auf ihre Versicherungssumme erhalten könne, die bald endgültig ausgezahlt werden würde.

Vera legte Kohlen auf das Feuer. Zum erstenmal seit Wochen fühlte sie sich entspannt und rauchte mit Behagen eine Zigarette. Endlich konnte sie an die Zukunft denken, ohne davor zurückzuschrecken. All die kleinen Rechnungen wollte sie sofort bezahlen, und Minnie – der Teufel mochte sie holen – sollte ihre fünf Pfund bekommen. Charlies Anzüge würde sie für die Armen der Stadt an die Frau des Pfarrers schicken.

Wieder dachte sie an Charlie.

»Ich möchte nur wissen, wo du bist, mein Lieber. Spielst du dich womöglich im Ritz als Lord auf? Nun ja, in der nächsten Zeit wirst du dich schon wieder melden.«

Sie ahnte nicht, daß sie bereits auf indirekte Weise Nachricht über ihn erhalten hatte, als sie am Morgen den Bericht über einen verhängnisvollen Unglücksfall in der Zeitung gelesen hatte.

21 Ein Naturereignis

Während für Vera die Zeit der Angst und Sorge nahezu vorüber war, näherten sich Charlies gute Tage ihrem Ende. Die Zahl der Banknoten verringerte sich ständig, und die zusammengeschrumpfte Brieftasche sagte ihm, daß es nicht länger sicher für ihn war, im Hotel zu wohnen. Während der letzten Woche hatte er schon eine gewisse Sparsamkeit üben müssen. Er konnte seine Mahlzeiten nicht wählen, ohne auf den Preis Rücksicht zu nehmen, und auch nicht mehr für jeden noch so kleinen Dienst ein Trinkgeld geben.

Trotz dieser Unterlassungssünde blieb er beim Personal beliebt. Er war leicht zufriedenzustellen und immer bereit zuzuhören, wenn ihm jemand seine Lebensgeschichte oder eine Ungerechtigkeit erzählen wollte, die ihm widerfahren war. Außerdem war er bei dem ständigen Kommen und Gehen inzwischen der Gast geworden, der am längsten in dem Hotel wohnte. Alle hatten ihn gern, weil er so liebenswürdig und bescheiden auftrat und immer darauf bedacht war, Damen kleine Höflichkeiten zu erweisen, besonders solchen, die nicht mehr jung waren.

»Sie haben Ihre Mutter nicht vergessen«, sagte die schon etwas ältliche Bardame zu ihm, als er ihr eine Nelke schenkte.

»Sie starb, bevor ich geboren wurde«, erwiderte er traurig, und keiner von beiden merkte den Widerspruch, der in seinen Worten lag.

»Sind Sie nicht verheiratet?«

Er schüttelte den Kopf. Da eine Ehe mit dem Tode endet, konnte Chester Beaverbrook wahrheitsgemäß behaupten, daß er Junggeselle sei. Trotzdem hätte er alle die schönen und eleganten Damen für einen Blick von Vera gegeben, obwohl er gar nicht in der Lage war, sie zum Tausch anzubieten.

Er sah immer wieder nachdenklich nach der Drehtür und wünschte, daß eine kleine, lebhafte blonde Frau mit einem sichtbaren und einem von der Kappe verdeckten blauen Auge in die Hotelhalle trippeln möchte. Er würde ihr entgegeneilen, um sie zu begrüßen, dann an den Empfangstisch treten und eine schöne Wohnung im Hotel mieten – als Kompliment für seine Frau.

Inzwischen war er in der Zwangslage, das Hotel zu verlassen, ohne Trinkgelder zu geben. Wie andere gute rechtschaffene Leute hatte er nicht den Wunsch, daß man sich nach seinem Fortgang an ihn erinnern sollte, solange nur die Angestellten bis zum letzten Augenblick aufmerksam blieben.

Plötzlich kam ihm ein guter Gedanke. Er ging nach dem Büro und erkundigte sich nach seiner Rechnung.

»Ach, wollen Sie uns schon verlassen?« fragte der Sekretär bedauernd.

»Nur für eine Nacht. Aber vielleicht werde ich von einem Autobus überfahren, kann also nicht von hier fortgehen, ohne meine Schulden beglichen zu haben.«

Der junge Mann lächelte ironisch über diese unnötige Versicherung.

»Würden Sie so liebenswürdig sein, mein Zimmer bis morgen früh zu reservieren?« fuhr Charlie fort. »Dann kann ich mein Gepäck oben lassen und brauche nur mitzunehmen, was ich unbedingt für die Nacht nötig habe.«

»Sicher.«

»Danke vielmals. Das Abendessen bezahle ich heute gleich an den Kellner.«

Nach Abschluß dieser geschäftlichen Verhandlungen fuhr Charlie im Aufzug nach seinem Stockwerk und wartete dort, bis er das Zimmermädchen traf. Es war bezeichnend für ihn, daß er auf ihre Plattfüße Rücksicht nahm und deshalb nicht nach ihr klingelte.

Während er ihr seine Pläne auseinandersetzte, kam eine große, kostbar gekleidete Dame den kurzen Gang entlang, in dem sie standen, und versuchte, ihre Schlafzimmertür zu öffnen. Sie machte sich so hilflos mit ihrem Schlüssel zu schaffen, daß Charlie herbeisprang, um ihr zu helfen, bevor das Zimmermädchen sich rühren konnte.

»Gestatten Sie bitte«, sagte er zuvorkommend.

Die Dame dankte ihm nicht, sondern starrte ihn nur mit gläsernem Blick an, als ob er sie in ihrer Würde beleidigt hätte. Mit unsicheren Schritten taumelte sie in ihr Zimmer und schlug die Tür hinter sich zu.

Charlie hob die Augenbrauen und zuckte die Schultern.

»Ein recht trauriges Schauspiel«, bemerkte er.

»Ach, sie ist wirklich eine Dame«, entgegnete das Zimmermädchen. »Unten in den Gesellschaftsräumen bewegt sie sich immer, ohne Aufsehen zu erregen, aber sie trinkt gerne heimlich einen Schluck. Sie nimmt direkt eine Flasche Kognak mit ins Bett und schläft dann ihren Rausch aus.«

»Das ist doch geradezu entwürdigend.«

»Nein, es ist schon alles mit ihr in Ordnung. Das ist nun einmal ihre Liebhaberei, und sie hat auch das nötige Geld, dafür zu zahlen.«

Aus der Tatsache, daß das Zimmermädchen sie in Schutz nahm, schloß Charlie, daß die alkoholliebende Dame reichliche Trinkgelder gab. Er lächelte, als er an seinen eigenen strategischen Plan dachte, ging in sein Zimmer und begann zögernd zu packen. Das war keine angenehme Aufgabe, denn er haßte die Aussicht, in Brixton zu wohnen. Als er seine Sachen in den Koffer geworfen hatte, legte er sich mit einer Zigarette und einer Mittagsausgabe des »Standard« auf das Bett.

Er fühlte sich in gewisser Weise schuldig, denn Vera würde ihm raten: »Geh, solange es noch möglich ist.« Aber er wollte den kleinen, luxuriös ausgestatteten Hotelraum nicht verlassen. Telefonisch hatte er sein Zimmer in der Pension in der Acre Lane bestellt, brauchte sich also nicht unnötig zu beeilen, solange er nur rechtzeitig zum Abendessen dort eintraf.

Während er zur Decke hinaufschaute und beobachtete, wie die Rauchringe sich auflösten, bedauerte er zum erstenmal, daß er mit so großartiger Geste Puggies Karte zerrissen hatte.

Wenn er mit ihm in Verbindung stände, könnte er erfahren, wieweit die Sache mit der Versicherung gediehen war, und würde genau wissen, wie lange er noch mit seinem Gelde auskommen mußte. Es war langweilig, sich dauernd einzuschränken, nur um einen unnötigen Überschuß anzuhäufen.

Abgesehen davon konnte er nicht endlos mit seinen Mitteln aushalten. In dem Fall wäre es möglich gewesen, Puggie um Hilfe anzugehen. Aber er hatte alle Brücken abgebrochen.

Als die erste wirkliche Furcht vor der Zukunft ihren häßlichen Rachen durch seine Traumwolken schob, schloß er entschieden die Augen und begann in der Wärme vor sich hinzudämmern. Er dachte an das Mädchen im Zuge und tanzte mit ihr einen leidenschaftlichen Tango, bis er wieder zur Wirklichkeit zurückgeschleudert wurde durch die Überzeugung, daß er einen falschen Tanz gewählt hatte. Sie war ein zu nettes Mädchen, um eng an ihren Partner geschmiegt diese Gleitschritte zu machen.

Der Bann war gebrochen, seine Gedanken wanderten in anderer Richtung. Er überlegte, ob es nicht klüger wäre, den Koffer im Hotel zurückzulassen und sich fortzustehlen, ohne seine letzte Rechnung zu bezahlen.

Er war dabei, den Wert seiner wenigen Habseligkeiten abzuschätzen, als er merkte, daß es nach brennendem Stoff roch. Er sprang auf und sah eine große schwarze Stelle mit rauchenden Rändern, die sich von dem Stummel seiner noch brennenden Zigarette über die Decke ausbreitete.

Im nächsten Augenblick riß er sie vom Bett und schlug die Flammen aus. Von panischem Schrecken ergriffen betrachtete er dann den Schaden. Die kunstseidene blaue Decke war schwer beschädigt, und auch die Laken waren reichlich angesengt.

Schwer atmend stopfte er die Bettdecke in den Papierkorb, packte seinen Koffer, eilte aus dem Raum und warf die Tür hinter sich ins Schloß. Da er zu aufgeregt war, um nach dem Fahrstuhl zu klingeln, eilte er die Treppe hinunter. Dann zwang er sich äußerlich zur Ruhe und schlenderte anscheinend gleichgültig durch die Hotelhalle.

Glücklicherweise war der liebenswürdige Sekretär im Empfangsbüro zu sehr mit den Ergebnissen der letzten Rennen beschäftigt. Er bemerkte nicht, daß Charlie mit zitternden Fingern den Betrag seiner Rechnung in Banknoten auf den Tisch zählte. Er war auch nur mit halber Aufmerksamkeit dabei, als er die Rechnung quittierte, während Charlie wütend war über diese Verzögerung.

Jeden Augenblick konnte das Zimmermädchen das Unglück entdecken. Obwohl er nicht das Weite gesucht hatte, ohne seine Rechnung zu bezahlen, floh er doch betrügerischerweise, um den Folgen des von ihm angerichteten Schadens aus dem Wege zu gehen. Sie würde auch sehen, daß er sein ganzes Gepäck mitgenommen hatte, und seine Kriegslist würde dadurch verraten werden.

Nachdem er vorher so beliebt gewesen war, konnte er eine derartige Bloßstellung nicht ertragen. Noch schlimmer war es, daß man ihn sicher für den Schaden verantwortlich machte, was ein großes Loch in seine Barschaft reißen würde.

Endlich reichte ihm der Angestellte, der es nicht allzu eilig hatte, das Wechselgeld.

»Also, bis morgen«, sagte Charlie etwas atemlos und zwang sich zu einem Lächeln.

Er eilte nach der Tür und winkte den Pagen ab, die plötzlich aus dem Teppich emporzusprießen schienen.

»Schon gut. Morgen bin ich wieder hier.«

Dann fühlte er, daß die Tür ihm in den Rücken schlug und ihn aus dem Hotel hinausschob. Noch an einem reißenden Löwen mußte er vorüber – dem Portier, der ein Taxi besorgen wollte.

»Nein, danke«, versicherte Charlie. »Ich möchte lieber zu Fuß gehen. Der Koffer ist ganz leicht.« Obwohl das schwere Gepäckstück ihm beinahe den Arm aus dem Gelenk zog, beschleunigte er seine Schritte.

Als er um die Ecke gebogen war, nahm er den Griff in die andere Hand, aber er fühlte das Gewicht nicht länger, als er den Koffer durch die belebten Straßen schleppte.

Es war alles glatt gegangen. Niemand wußte etwas von dem kleinen Unglücksfall in Zimmer Nr. 194. In gehobener Stimmung eilte Charlie die Stufen nach der Untergrundbahnstation Piccadilly hinunter, blieb vor einem Automaten stehen und löste sich eine Fahrkarte nach Charing Cross.

Gerade als er seine Pennystücke hineinwarf, schien eine plötzliche Erinnerung ihn zu Stein zu verwandeln. Als er die Bettdecke von den Laken abriß, hatte er vielleicht nicht jeden Funken ausgelöscht, und wenn sie noch schwelte, mochte sich die Zeitung auf dem Boden des Papierkorbs daran entzünden.

In Schweiß gebadet überlegte er, ob er nicht lieber zurückgehen und nachsehen sollte, ob ein Brand ausgebrochen war. Aber dann schüttelte er den Kopf. Das war eine unnötige Gefahr, der er sich aussetzte.

»Es ist schon alles gut«, sagte er zu sich selbst.

Aber sein Schuldbewußtsein und seine Neugierde waren so groß, daß er seinen Koffer in der Gepäckaufbewahrung ließ und doch zum Hotel zurückkehrte. Von der gegenüberliegenden Straßenseite aus schaute er an dem hohen Granitgebäude empor.

Es sah genau so aus, wie er es verlassen hatte, gewaltig, eindrucksvoll und geschützt gegen jeden Angriff von Erdbeben, Überschwemmung oder Feuer. Wieder schalt er sich einen Dummkopf, als er sich in die

Seitenstraße schlich, von wo aus er einen Blick auf sein früheres Zimmer werfen konnte. Als er zum Fenster hinaufstarrte, bemerkte er nichts Ungewöhnliches. Es stand noch offen – das war ein Beweis, daß das Zimmermädchen noch nicht hereingekommen war. Sie mochte frische Luft nicht leiden, da Rußflocken ins Zimmer kamen. Die Gardinen und die schweren Vorhänge, die während der Nacht zugezogen wurden, konnte er genau unterscheiden. Er wollte sich gerade umdrehen und fortgehen, als er ungläubig mit den Augen blinzelte.

Ein schwacher roter Schein flackerte in dem Zimmer auf.

Sein Herz schlug heftig, während er überlegte, was er tun sollte. Natürlich drängte es ihn, den Hotelangestellten im Büro vor der Gefahr zu warnen – aber unglücklicherweise gab es dabei Hindernisse. Es war vollkommen unmöglich, daß er zurückkehren konnte. Er hatte auch seine Boote verbrannt – außer der Bettdecke.

Wenn er sich zu diesem frühen Zeitpunkt wieder sehen ließ, würde man das Feuer auf ihn zurückführen können, und statt ihm für seine Hilfe zu danken, würde man ihn scharf ausfragen und ihn für den Schaden verantwortlich machen, der durch Löschversuche noch vergrößert werden mochte.

Wieder einmal war er ein Opfer des Schicksals. Er sagte sich, daß er auf Vera Rücksicht nehmen mußte; um ihretwillen durfte sein Name nicht in den Zeitungen erscheinen. Außerdem war es ein kleiner Brand;

wahrscheinlich war nur das Zeitungspapier in Flammen aufgegangen und würde bald ausbrennen. Auf jeden Fall, wenn er es auch zuerst gesehen hatte, würde doch der nächste Mann, der auf der Straße vorüberkam, Alarm schlagen. Obwohl er eine gewisse Verantwortung fühlte, war doch das Feuer zweifellos ein Naturereignis.

Trotz alledem fühlte er sich wie ein Verbrecher, als er sich davonschlich. Aber er tröstete sich, indem er sich durch Gründe des gesunden Menschenverstandes zu entschuldigen versuchte. Sein Zimmer lag am Ende eines kurzen Flügels, der vom Hauptgang abzweigte. Um diese Tageszeit würde niemand dort vom Feuer überrascht werden. In jedem Stockwerk gab es eine große Anzahl von Feuerlöschern, und der Brand würde entdeckt werden, bevor er sich ausbreiten konnte.

Als Charlie nach Piccadilly Circus zurückeilte, kamen ihm Leute in den Weg, aber er stieß sie rücksichtslos zur Seite, ganz im Gegensatz zu seiner sonstigen Höflichkeit. Am liebsten hätte er auf die Frauen geflucht, wäre ihnen auf die Zehen getreten und hätte sie in den Rinnstein gestoßen. Als er die Untergrundbahnstation erreichte, war ihm ähnlich wie einem gehetzten Kaninchen zumute, das in die Sicherheit seines Baus zurückkehrt. Aber er durfte sich hier nicht länger aufhalten; denn die Polizei mochte schon auf der Spur des Brandstifters sein.

Er eilte die Rolltreppe hinunter und riß dabei beinahe ein junges Mädchen um. Er erreichte den Bahnsteig gerade, als ein Zug aus dem Tunnel herausfuhr. Der warme, überfüllte Wagen schien eine sichere Zelle zu sein, als er ihn von dem Ort seines Mißgeschicks entführte. Keiner der Fahrgäste starrte ihn an oder brachte ihn mit irgendeinem unangenehmen Zwischenfall in Verbindung.

Als Charlie Charing Cross erreichte, existierte das Hotel nicht mehr für ihn. Die lange Fahrt in einer Straßenbahn Nr. 18 wirkte als ein weiteres Stärkungsmittel auf sein Nervensystem. Er fuhr das Themseufer entlang, über die Blackfriars Bridge, dann an Elephant vorbei und hatte das Gefühl, eine neue sichere Welt zu betreten.

Die Pension war ein Gebäude in echt viktorianischem Stil; ein vernachlässigter Vorgarten, in dem verschiedene Nadelbäume standen, schützte es zum Teil vor der Straße. Das Mädchen führte den neuen Gast in eine dunkle Halle, aber durch die offene Tür des Speisezimmers konnte er die rote Glut eines Kaminfeuers sehen. Es duftete nach Teegebäck, ein Radioapparat war angestellt, und schrille Frauenstimmen ertönten.

Die Inhaberin, eine muntere ältere Frau mit Walliser Akzent, begrüßte ihn.

»Sie kommen gerade zurecht zum Tee. Wir sitzen hier im Zwielicht. Miß Evans, drehen Sie doch den lauten Apparat ab und machen Sie etwas Licht.«

»Nein, nein, nicht für mich«, widersprach Charlie. »Bitte, stehen Sie nicht auf, meine Damen. Sie bieten ein so entzückendes Bild.«

Dann wandte er sich an die Inhaberin und sprach zu ihr mit dem Unterton echten Gefühls.

»Sie können sich nicht vorstellen, welch ein Vergnügen das für mich ist – nach einem Aufenthalt im Hotel. Ich habe das Gefühl, daß ich in ein wirkliches Heim gekommen bin.«

Diese Bemerkung ließ nicht nur das Herz der Pensionsbesitzerin schmelzen, sondern wirkte auch auf die Gäste. Bevor das warme und fette Essen vorüber war, hatte Charlie sich durch seine Unterhaltung die Gunst aller erworben.

Als er zu seinem Zimmer hinaufging, redete ihn Miß Evans an, die zugleich Sekretärin und Haushälterin war und außerdem für die Unterhaltung der Gäste zu sorgen hatte.

»Es ist sehr schade, aber ich wußte nicht, daß Sie kommen würden, Mr. Beaverbrook. Vor ein paar Tagen traf ein Brief für Sie ein, und ich ließ ihn zurückgehen.«

»Welchen Poststempel hatte er?« fragte Charlie.

»Darauf habe ich nicht geachtet. Wir bekommen so viel Post, die wir verteilen müssen. In welchem Hotel wohnten Sie zuletzt?«

Eine innere Stimme warnte Charlie, vorsichtig zu sein.

»Im Strand-Palace-Hotel«, log er.

Als sie beim Abendessen um den langen Tisch saßen, war er froh, daß er diese Ausflucht gemacht hatte. Einer der Gäste, der täglich in die Stadt fuhr, litt an der Vorstellung, daß außer ihm niemand eine Zeitung las, und erzählte stets die neuesten Nachrichten für die Damen, die zu Hause blieben.

»Im Monopol-Hotel hat es heute gebrannt«, berichtete er.

»War es ein großes Schadenfeuer?« fragte Charlie heiser.

»Nein, es sind nur ein paar Räume ausgebrannt. Sie hatten das Feuer bald unter Kontrolle.«

»Wie gut war es doch von der Vorsehung, daß es nicht zur Nachtzeit ausbrach«, bemerkte eine Witwe. »Es ist zu schrecklich, wenn man daran denkt, daß Leute in ihren Betten verbrennen.«

»Gewiß.« Charlie warf ihr einen zustimmenden Blick zu. »Am Tage ist ein Feuer niemals gefährlich.«

»Ja, aber eine arme Frau hat doch ihr Leben dabei verloren«, sagte der Mann mit der Zeitung. »Sie lag krank und war in ihrem Zimmer abgeschnitten.«

Charlie schob den Teller beiseite, während ihm das Blut zu Kopfe stieg. Er war wütend über diese unnötige Verwicklung. Am liebsten hätte er auf den Tisch geschlagen und die Wahrheit hinausgeschrien, als alle Frauen bedauernde Bemerkungen machten.

»Nein, bemitleiden Sie die Frau nicht – sie hat es selbst verschuldet. Diese Zeitungen versuchen immer, alles zu vertuschen. Krank? Sie war betrunken!«

»Die Ärmste!« sagte die Witwe. »Sie konnte sich nicht rühren und war in den Flammen gefangen. Warum hat sie nur nicht geklingelt?«

»Wahrscheinlich war sie bewußtlos«, erklärte der Mann aus der City. »Vermutlich ist sie in dem Rauch erstickt.«

Als er schwieg, stellte Miß Evans eine Frage, die das Blut wieder aus Charlies Gehirn trieb und es leer und kalt zurückließ.

»Kennt man die Ursache des Feuers?«

»Die werden sie schon noch herausbringen ... Darf ich Sie vielleicht um die roten Rüben bitten?«

Er machte eine Pause und widmete seine Aufmerksamkeit ganz der Aufgabe, die tropfenden roten Scheiben von der Glasschüssel auf seinen Teller zu bringen.

»Die Versicherungsleute sind immer sofort zur Stelle wie Bluthunde, die eine Spur wittern. Sie verstehen, es könnte ja auch eine absichtliche Brandstiftung gewesen sein.«

»War es das?« fragte Miß Evans.

»Was meinen Sie? Ach, das Feuer im Monopol. Nein, die arme Dame hatte im Bett geraucht, und so nahm man an, daß sie es in Brand setzte. Aber was ist eigentlich das Programm für heute abend? Karten oder Billard?«

»Ach, Mr. Beaverbrook, spielen Sie vielleicht Lexikon mit?« fragte die Witwe.

»Mit dem größten Vergnügen.«

Charlie fühlte sich wie ein Junge. Er war unter Freunden. In dem Augenblick hätte er die Pension nicht gegen allen Luxus des Monopol-Hotels getauscht. Er war froh, daß die arme Dame, die immer soviel Alkohol trank, nicht hatte leiden müssen. Sie hatte es nicht einmal gewußt, als sie ihr Leben aufgab – ein glückliches Ende, wenn man die Möglichkeit erwog, daß sie bei einer Leberschrumpfung qualvolle Schmerzen hätte aushalten müssen.

In dem Hochgefühl seiner Erleichterung trat er schnell in die Halle und ging an das Telefon. Er warf ein Pennystück in die Büchse und dachte dabei daran, daß die meisten Leute diese Handlung einfachster Ehrlichkeit vergessen.

»Ist dort das Monopol-Hotel? Hier Chester Beaverbrook. Sind Sie das, Mr. Clive? Ich habe mit großem Bedauern von dem Brand bei Ihnen gehört. Machen Sie sich nur keine weiteren Umstände, Schadenersatz für mein Gepäck anzumelden. Ich habe Nachricht bekommen, daß ich nach dem Kontinent reisen muß, und kann mich daher um solche Dinge nicht kümmern.«

Der Sekretär stellte eine Frage, die Charlie veranlaßte, das Gespräch schleunigst abzubrechen. Er sah verstört aus, als er in den Speisesaal zurückging; denn der Angestellte hatte ihm eine harte Nuß zu knacken gegeben.

»Woher wissen Sie denn, daß es Ihr Zimmer war, das ausbrannte?«

22 Keine Adresse

Obwohl Charlie eine schlaflose Nacht verbrachte und noch mehrere Tage auf die Folter gespannt blieb, verließ ihn das Glück nicht. Entweder legte der junge Mann in dem Hotelbüro seiner eigenen Frage keine Wichtigkeit bei, oder seine Aufmerksamkeit wurde von einem langweiligen Gast abgelenkt. Was auch der Grund sein mochte, er machte jedenfalls keinen Versuch, dem Telefonanruf nachzuforschen.

Es verging jedoch einige Zeit, ehe Charlie wieder Mut faßte. Da er sich nicht nach West-End wagte, um nicht erkannt zu werden, hielt er sich hauptsächlich in Brixton auf. Manchmal fuhr er mit der Straßenbahn nach Brixton Hill hinauf, besuchte das Locarno bei Streatham Hill und beobachtete dort die tanzenden Paare. Es gab ihm ein angenehmes Gefühl der Überlegenheit, ihre Form zu kritisieren, wenn er auch nicht mit ihnen in Wettbewerb trat.

Meistens ging er umher und träumte von zukünftigem Reichtum wie ein Monarch, der auf das Ende seiner Verbannung wartet. Obwohl die Pensionswirtin trotz der niedrigen Preise ihre Gäste ausgezeichnet verpflegte, haßte er seine Umgebung, die Mahlzeiten und die Gesellschaft. Aber er verbarg seine Gefühle so erfolgreich, daß er bald der beliebteste Mieter war.

Die Damen erwiderten seine Aufmerksamkeiten durch Einladungen in Cafés und Kinos. Da sie stets darauf bestanden zu bezahlen, weil er sie an einen Lieblingssohn – oder einen ähnlich anständigen Verwandten – erinnerte, fand er eine Menge Unterhaltung, ohne Geld dafür ausgeben zu müssen.

Das half, die Zeit bis zum Ende des ersten Monats totzuschlagen, aber dann erreichte seine Ungeduld den Siedepunkt. Vera hatte zwei Monate als vermutliche Zeitgrenze genannt. Sieben Wochen waren nun vergangen, seitdem er Starminster verlassen hatte, die achte war also die kritische Zeitspanne, in der Vera zu seiner Befreiung in London auftauchen mochte.

Tag für Tag wartete er auf einen Brief oder eine Nachricht, nur um stets von neuem enttäuscht zu werden. Als auch der dritte Monat seinem Ende zuging, stieg Charlies Besorgnis aufs höchste. Die Tage wurden länger, in den Gärten von Brixton Hill bekamen die Büsche hellgrüne Spitzen, und die Bäume schlugen aus, während seine Mittel immer bedrohlicher zusammenschrumpften. Bald war er gezwungen, seine Socken und Taschentücher heimlich im Badezimmer auszuwaschen, und seine Zähne, auf die er so stolz war, anstatt mit Paste, mit Salz zu bürsten, das er aus dem Büfett gestohlen hatte.

Die dringende Notwendigkeit, ein wenig Geld zu verdienen, brachte ihn wieder auf den Gedanken, sich an Preisausschreiben für Kinder zu beteiligen. Der kleine Chester Beaverbrook – zehn Jahre alt – begann wieder seinen Witz an Kreuzworträtseln und versteckten Namen zu erproben.

Unglücklicherweise zeigte er sich aber jetzt, da es lebenswichtig wurde, dem kleinen Charlie Baxter unterlegen, der mehr wie ein kleiner Luxushund gelebt hatte, während jetzt zwingende Notwendigkeit herrschte. Nicht eine einzige Postanweisung wurde nach der Pension in Brixton geschickt. Es stimmte wohl, daß Tante Flossie auf ihrer Seite druckte: »Deine Handschrift ist entzückend, mein Lieber«, aber den Preis gab sie einem anderen.

Was ihn am meisten ärgerte, war die unanständige Art, in der Herausgeber sich auf Worte mit doppeltem Sinn verließen. Die kleinen Rangen reicher Leute konnten sich eine zweite Nummer der Zeitung kaufen und hatten dadurch einen ungerechten Vorteil über einen begabten Mitbewerber, der seine Kupfermünzen zählen und selbst seine Socken auswaschen mußte. Wütend über diese versteckte Benachteiligung, wollte Charlie sich von seiner bevorzugten Witwe trösten lassen.

»Sehen Sie einmal her.« Er zeigte auf die Kinderseite einer Tageszeitung. »Dies ist eine wirklich schwere Preisaufgabe, und trotzdem setzen sie als Preis nur zweieinhalb Schilling aus. Es ist schandbar, wenn man auf Kosten der Kinder spart.«

Eine andere Dame, die Bridge spielte, um ihr Denken zu schärfen, machte eine abfällige Bemerkung.

»Sie sollten überhaupt keine Preise aussetzen. Jedes Kind mit der rechten Einstellung sollte sich nur aus Liebe zur Sache an solchen Ausschreiben beteiligen.«

Es tat ihr leid, als Charlie aus dem Zimmer schlich, als ob er selbst öffentlich getadelt worden wäre. Das bewies seine überempfindliche Veranlagung.

Er stieg die Treppe hinauf zu seinem Zimmer, um sein Geld aufs neue zu zählen, obwohl er seine finanzielle Lage bis auf den letzten Penny kannte. Mit äußerster Sparsamkeit konnte er nur noch eine Woche, nicht länger, in der Pension bleiben. Er wußte genau, wie die gutmütige Wirtin die Frage löste, wenn ein Gast nicht zahlte.

Sie erfand dann die Ausrede, daß ein alter, geschätzter Gast erwartet würde, für den sie unter allen Umständen ein Zimmer freimachen mußte, ganz gleich, wer augenblicklich darin wohnte. Jetzt, da er von einem »Mr. Jenkins« bedroht wurde, der natürlich den Vorzug erhielt, kam Charlie zum Bewußtsein, daß die Pension der begehrenswerteste Ort auf Erden war.

Er verglich sie nicht mehr mit dem Luxus eines Hotels. Seine gefühlvollen braunen Augen füllten sich mit Tränen, als er sich sagte, daß er sich hier glücklich fühlte. Die Betten waren sauber, es wurde gut gekocht, und er schätzte die liebenswürdigen älteren Damen, auch wenn sie von den jungen Leuten, die in der Stadt arbeiteten, grausamerweise »alte Klatschbasen« genannt wurden.

Es war bezeichnend für ihn, wie er sich in dieser schwierigen Lage verhielt. Vera hatte erklärt, die Auszahlung der Versicherung würde vermutlich einen Haken haben; da sie aber dem Erfolg so nahe wären, müßten sie so vorsichtig sein, als ob sie auf Eiern gingen. Sie brauchten nur den Gürtel enger zu schnallen und sich auf irgendeine Weise Geld zu verschaffen.

Aber Charlie brach zusammen, als ob er seinen wahren Namen der Öffentlichkeit preisgegeben hätte, nachdem er von dem betrogenen Mr. Brown für tot gehalten worden war. Obwohl es ihm verboten war, an Vera zu schreiben, beschloß er, ihr doch einen Wink zu geben, daß er sofortige Hilfe brauchte.

»Sie hatte zwanzig Pfund«, dachte er. »Sie hat nicht so große Ausgaben gehabt wie ich, der ich in einem Hotel wohnen mußte. Ihr geht es gut. Sie kann auch auf Borg leben oder Geld von dem alten Wright leihen.«

Hätte es nicht so traurig um ihn gestanden, so hätte er natürlich nicht im Traume daran gedacht, ihre Schwierigkeiten zu vermehren. Das sagte er sich, als er einen diplomatischen Brief abfaßte.

>>Sehr geehrte gnädige Frau,

ein gewisser Charles, der als Gärtner in Ihren Diensten stand, hat sich an mich um Unterstützung gewandt. Er scheint ein vortrefflicher Charakter zu sein, und er ist fast verzweifelt. Bitte, teilen Sie mir umgehend mit, ob seine Angaben stimmen und er tatsächlich in Not ist. Ich möchte nicht betrogen werden, anderer-

seits aber auch nicht den armen Mann verhungern lassen.

Hochachtungsvoll
Chester Beaverbrook.«

Nachdem er diesen Brief zur Post gebracht hatte,
stieg seine Hoffnung. Am Nachmittag ging er mit seiner bevorzugten Witwe in eine Filmvorstellung. Das
Stück hieß »Nell Gwynne«, was ein gutes Vorzeichen
zu sein schien. Er war fest davon überzeugt, daß Vera
»den armen Charles nicht verhungern lassen würde«.
Aber obwohl er täglich dem Postboten entgegenging, kam keine Antwort von ihr. Am Ende der letzten
Woche, die ihm vergönnt war, zahlte er seine Rechnung mit dem üblichen Lächeln, als ob das eine besondere Bevorzugung wäre, dann ging er auf sein Zimmer, um nachzudenken.

Am Montagmorgen gab er nahezu seine letzten
Kupfermünzen für die Straßenbahn aus und fuhr nach
einem Tanzlokal in einer Vorstadt, die genügend weit
von Brixton entfernt war. Nachdem er eine Prüfung
erfolgreich bestanden hatte, wurde ihm gestattet, den
Saal zu betreten. Dort mußte er warten, bis er als
Tänzer gewählt wurde. Er erhielt einen halben Schilling für einen Tanz, davon mußte aber ein gewisser
Prozentsatz an die Geschäftsleitung abgeführt werden.

Aber ein anderer Eintänzer gab ihm die Versicherung, daß es ein einkömmlicher Beruf sei.

»Die Tänze sind sehr kurz. Wenn also eine bestimmte Dame Sie stundenweise verpflichtet, ist es ein recht teures Vergnügen für sie.«

Unglücklicherweise bekam Charlie nichts von der schönen Marmelade, sondern durfte nur die Überreste aus dem Topf auskratzen. Er fühlte, daß er kein Glück hatte, und da man ihm das auch ansah, wurde er gewöhnlich übergangen. Das Bewußtsein, daß er versagte, steigerte sein Minderwertigkeitsgefühl.

Er langweilte sich auf seinem Platz, und seine innere Stimmung war ganz dazu angetan, Kränkungen herauszufordern. Schlanke Damen, die bleischwer waren, traten ihm auf die Zehen – und starke Damen, die leicht wie Luftblasen tanzten, kritisierten seine Schritte, obwohl er wußte, daß er besser tanzen konnte als sonst jemand im Saal.

Nachdem eine Woche unter diesen seelischen Qualen vergangen war, hatte er noch nicht genug Geld beisammen, um seine Pensionsrechnung zu zahlen.

Während er noch krampfhaft darüber nachgrübelte, wie er die fehlende Summe aufbringen konnte, hatte er wieder einmal Glück. Seine bevorzugte Witwe, die ihn entfernt an eine weiße Perserkatze erinnerte, lud ihn ein, mit ihr Karten zu spielen.

Nach kurzer Überlegung sagte er höflich zu. Die Tage waren jetzt länger, und es herrschte warmes Aprilwetter, so daß die Nachmittagsveranstaltungen im Tanzpalast nicht mehr so einträglich für die Eintänzer waren.

»Aber ich warne Sie – ich spiele falsch«, erklärte er mit einem Lächeln.

Nachdem er sein Gewissen durch dieses Geständnis erleichtert hatte, machte er sich daran, ihr das Geld abzunehmen. Sie war sehr kurzsichtig, und da sie aus Eitelkeit ihre Brille nicht trug, konnte er sie leicht betrügen.

Als er das Zimmer verließ, hatte er genug bares Geld in der Tasche, um wie ein anständiger Mann seine Rechnung ganz zu bezahlen. Eine sehr alte Dame, die den ganzen Tag schläfrig wie eine Schildkröte in ihrem besonderen Sessel saß, öffnete eins ihrer hornigen Augenlider.

»Der junge Mann spielt falsch«, erklärte sie mit tiefer Baßstimme.

Die scheinbar unvernünftige Witwe lächelte, denn sie war durchaus nicht so dumm, wie es aussehen mochte. Sie hatte im Badezimmer ein Paar von Charlies Socken bemerkt, die er vergessen hatte fortzunehmen, und sie wollte ein wenig zu seiner Wäscherechnung beisteuern.

»Das habe ich auch getan«, erwiderte sie. »Es war alles nur ein Spaß. Er ist genau wie mein eigener Sohn, der auf die schiefe Ebene geraten ist.«

»So war es auch mit meinem Mann«, brummte die alte Frau, »besonders wenn er zuviel getrunken hatte. Die Tatsache, daß dieser Junge die verschiedensten Leute an ihre eigenen Verwandten erinnert, würde auf ein empörendes Durcheinanderheiraten hindeuten, wenn sie stimmte.«

Während die beiden sich über Charlie unterhielten, hörte er, daß der Postbote an die Haustür klopfte, und eilte nach unten in die Halle.

Ein amtlicher Umschlag lag für ihn auf dem Tisch. Er kam von der Briefverteilungsstelle, die unbestellbare Post zurücksandte, und enthielt Charlies Brief an Vera.

»Nach unbekannter Adresse verzogen«, stand auf dem Kuvert.

23 Unter der Uhr

Charlie fühlte, wie ihm die Gluthitze der Leidenschaft zu Kopf stieg, als er auf diese wenigen Worte starrte, welche die ganze Geschichte des Falles enthielten. Sie sagten ihm, daß die Versicherungssumme ohne Verzug ausgezahlt worden war. Vera hatte den Scheck erhalten und war von Starminster abgereist, ohne eine Adresse zu hinterlassen.

Das war wohlüberlegter Verrat. Sie hatte ihn hintergangen, denn sie wollte es ihm unmöglich machen, ihrer Spur zu folgen. In diesem Augenblick befand sie sich wahrscheinlich auf dem Kontinent oder auf dem Wege nach den Vereinigten Staaten. Sie kannte seine Adresse, hatte ihm aber nicht geschrieben. Wenn sie tatsächlich einen Brief abgesandt hätte, der verlorengegangen sein sollte, wäre sie persönlich zur Pension gekommen.

Er betrachtete sein Gesicht mit den bleichen Lippen im Spiegel, und sein Lachen klang hohl, als er sich eine Frage vorlegte.

»Warum sollte sie auch kommen? Ich bin ja nur ihr Mann.«

Er war wirklich ein ausgemachter Narr. Getreulich hatte er seinen Teil an dem Vertrag erfüllt. Er hatte das Geld zu dem ganzen Plan gegeben. Gewiß, er hatte sich manchmal unsicher gefühlt, wenn Vera und Puggie in einem Winkel zusammensaßen und miteinander flüsterten, aber er hatte ihnen zu rückhaltlos vertraut, um etwas anderes als die gleiche Behandlung von ihnen zu erwarten.

Und nun war er ohne Mittel in London gestrandet.

Am Abend hatte er zudem noch ein ganz besonders trauriges Erlebnis im Tanzlokal. Als er zum Autobus ging, ließ sich der beliebteste Eintänzer, der immer stundenweise engagiert wurde, von der Höhe seiner Beliebtheit herab, um den erfolglosen Kollegen gönnerhaft zu beraten.

»Darf ich Ihnen einmal einen Wink geben, alter Junge? Sie tanzen wirklich ganz gut – aber können Sie denn nicht die fürchterliche Brille abnehmen? So ein Ding kleidet andere Leute wie Henry Hall oder Harald Lloyd, aber die haben außerdem auch noch Schmiß und Persönlichkeit. Aber Sie sehen mit Ihren Gläsern aus wie ein Schulmeister. Sie sind mir doch nicht böse, daß ich Ihnen das einmal sage?«

»Ich bin nur zu froh, einen Rat von einem Sachverständigen zu hören«, versicherte Charlie.

»Ach, es ist alles Glückssache. Sie werden es auch noch schaffen.«

Obwohl Charlie innerlich vor Wut kochte, zeigte er doch das gewinnende Lächeln, das ihn so beliebt machte. Aber später wetzte er die Scharte dem anderen gegenüber wieder aus; denn er lag noch wach im Bett mit der Absicht, die Beleidigung zurückzugeben.

»Ich möchte Ihnen noch einen letzten guten Rat geben, mein Freund«, sagte er höhnisch in sein Kissen hinein. »Bleiben Sie bei Ihrem viertklassigen Tanzlokal in der Vorstadt. Wagen Sie sich ja nicht nach West-End. Wir tanzen dort mit unserem Verstand – nicht mit unseren Füßen.«

Plötzlich erinnerte er sich an den Tangotänzer, dessen Gesichtsfarbe nach Peggys Angaben von einer Tinktur herrührte.

»Jetzt hab' ich's!« rief er erregt. »Das ist die Lösung.«

Als er einige Stunden später erwachte, war seine Begeisterung wieder verraucht, und er fühlte sich niedergeschlagen bei dem Gedanken an die Aufgabe, die vor ihm lag. Aber die Not zwang ihn, seinen Entschluß zu verwirklichen. Er machte also zwei Besuche: Zunächst ging er zu einem Leihhaus und versetzte seine Uhr, dann suchte er einen Schönheitssalon auf.

Er fühlte sich geradezu gedemütigt, während sein Haar auf umständliche Weise gefärbt wurde, denn er hatte dabei Zeit, über seine Zukunft nachzudenken. Wochen, Monate, selbst Jahre mußte er in dem für die Eintänzer abgegrenzten Raum sitzen und dort warten, bis er von fetten Damen aufgefordert wurde, die elastische Gummigürtel an Stelle straffer Fischbeinkorsetts trugen.

In dem kleinen unterirdischen Raum war es schwül, und es roch nach gebrannten Haaren. Es wurde ihm fast übel davon, und den Friseur mit der Fülle schönen lockigen Silberhaars hatte er im Verdacht, daß er seinen Kunden im geheimen verachtete, wenn er ihm auch die üblichen Schmeicheleien sagte.

Als er sich schließlich aus dem Stuhl erhob, schrak er vor dem ungewohnten Anblick im Spiegel zurück. Er wagte nur noch, von einem Augenwinkel aus einen Blick darauf zu werfen, dann zahlte er seine Rechnung und schlich aus dem Laden.

Erst draußen auf der Straße kam ihm zum Bewußt-sein, welche Schwierigkeiten er in Zukunft haben würde. Vor allem mußte er die Verwandlung seines Äußeren erklären, wenn er in die Pension zurück-kehrte. Er fühlte sich entsetzlich befangen, wagte sich nicht in den Frühlingssonnenschein und aß in einem billigen Restaurant zu Mittag, nur um den gefürchte-ten Augenblick hinauszuschieben.

Nachdem er ein Eiergericht verzehrt hatte, nahm er einen billigen Sitz in einem Lichtspieltheater, nicht um Zeitvertreib zu suchen, sondern um eine Zuflucht zu haben. Während er gleichgültig auf die Leinwand starrte, bereute er seinen Besuch bei dem Friseur bitter. In Starminster hatte man ihn immer als Gentleman angesehen. Das hatte er sich nun verscherzt. Er war jetzt weiter nichts mehr als ein geschminkter Stut-zer.

Er blieb so lange in dem Kino sitzen, bis der Hunger ihn nach Hause trieb. Als er die Pension erreichte, ertönte gerade der Gong zum Abendessen. Er setzte seine Brille wieder auf, zog den Hut tief in die Augen und wagte sich in die Halle.

Miß Evans blieb mit dem Gongklöppel in der Hand wie angewurzelt stehen und starrte ihn an. Zu seinem Erstaunen erkannte sie ihn, denn sie lachte.

»Zuerst habe ich nicht gewußt, daß Sie es sind«, sagte sie. »Sie wollen wohl als Scheich auf einen Kostümball gehen?«

»Ja«, log er schwach, um das unvermeidliche Geständnis hinauszuschieben.

»Na, hoffentlich ist sie es wert. Also, viel Glück. Hier ist übrigens ein Telegramm für Sie.«

Als Charlie den Umschlag aufriß, konnte er die gute Nachricht kaum glauben, die ihm vor den Augen tanzte.

»Treffpunkt heute abend sieben große Uhr Victoria-Bahnhof. Vera.«

Nachdem die erste freudige Aufregung vorüber war, wurde er kleinlaut und fühlte sich wie stets schuldbewußt. Er konnte sich vorstellen, mit welchen sarkastischen Worten Vera ihn empfangen würde.

Glücklicherweise hatte Miß Evans ihn erkannt, sonst hätte sie ihn doch als einen Betrüger zurückgewiesen.

»Wann ist es angekommen?« fragte er.

»Heute morgen, kurz nachdem Sie fortgegangen waren«, erwiderte Miß Evans. »Warum? Ist es wichtig?«

»Ich hätte mir viel Unannehmlichkeiten und Kosten ersparen können.«

»Ach, kann sie nicht kommen? Gehen Sie nicht auf den Kostümball?«

»Die Sache ist endgültig vorbei. Miß Evans, sagen Sie mir, sehe ich aus wie ein Strolch?«

»Ach, eigentlich nicht. Es steht Ihnen nicht schlecht. Außerdem sagt man ja, daß Liebe blind ist.«

»Also, wollen wir es hoffen. Heute abend komme ich nicht nach Hause. Erschrecken Sie nicht. Es ist meine Frau.«

Miß Evans lachte matt.

»Sie sind verheiratet? Was werden denn aber Ihre Damen hier sagen?«

»Die vermissen mich sicher nicht, aber sie werden mir fehlen. Ich würde mich gern von allen verabschieden, nur –« Er berührte sein braunes Gesicht. »Sie sollen sich an mich erinnern, wie ich wirklich aussehe.«

»Wir werden Sie entbehren«, sagte Miß Evans schroff, um ihre Rührung zu verbergen.

Er lächelte sie an, während er ihr die Hand reichte.

»Ich habe mich hier so glücklich gefühlt. Ich danke Ihnen vielmals für alles. Ich weiß nicht ... Darf ich Ihnen einen Kuß geben?«

Er war so harmlos wie ein Junge, der sich nach einer Gesellschaft bedankt, und Miß Evans wußte die Art seines Kusses zu schätzen; denn sie hatte wie jede gute Frau über dreißig ihren Anteil erhalten.

Die Mahlzeiten wurden in der Pension ziemlich früh eingenommen, so daß Charlie mit der Stockwell-

Straßenbahn noch früh genug nach dem Victoria-Bahnhof kam. Er war sogar zuerst da und stellte sich unter der großen Uhr auf. Während die Minuten vergingen, tauchten wieder die bekannten Qualen und Zweifel auf.

Fünf Minuten nach sieben erschien Vera, während er in der vorbeieilenden Menge vergeblich nach ihrer schlanken Gestalt suchte. Überrascht starrte er sie an, bevor er etwas sagte. Er staunte nicht nur über ihre neue, elegante Kleidung, sondern sah auch bestürzt, daß sie hinkte und einen Verband um den Kopf trug.

»Vera!« rief er, und seine Stimme zitterte vor Erregung. »Ich kann kaum glauben, daß du es wirklich bist.«

Sie drehte sich scharf um, als sie die bekannte Stimme hörte, und schaute ihn ungläubig an, aber dann umarmte sie ihn.

»Aber Liebling, was hast du denn mit dir selbst gemacht? Du siehst ja wundervoll aus! Ich hätte niemals gedacht, daß mein eigener Mann so aufregend auf mich wirken könnte!«

Sie wußte nicht, daß sie mit diesen Worten Geschichte machte. Damit zerstörte sie Charlies Minderwertigkeitsgefühl und besiegelte gleichzeitig ihr eigenes Geschick.

Charlies Gedanken wanderten sofort zu der jungen Dame, die er im Zug gesehen hatte.

»Mache ich wirklich solchen Eindruck auf dich? Aber was ist denn mit dir los?«

»Das erzähle ich dir, wenn wir zusammen essen. Ich habe eine Wohnung im Grosvenor-Hotel genommen, nur um unser Wiedersehen zu feiern.«

Charlie trat in das Hotel, wie unsere ersten Eltern ins Paradies zurückgekehrt wären, wenn Gott das Verbot zurückgezogen hätte. Da nun alles vorüber war, erschien ihm die Zeit in der Pension durch die Freude über den Gegensatz in günstigem Licht. Als sie im Restaurant saßen, bemerkte er, daß mehr als eine elegante Frau ihn interessiert ansah, während Vera ihn offen bewunderte.

»Ich kann tatsächlich den Blick nicht von dir wenden«, erklärte sie.

Das konnte er verstehen, denn ihm ging es ebenso. Es fiel ihm schwer, vom Spiegel fortzuschauen, in dem er sein Bild sah. Es kam ihm zum Bewußtsein, daß er genau so auffiel wie der Tangotänzer, nur sah er unendlich viel besser aus als dieser. Die sonnengebräunte Farbe seines Gesichts hob sein glänzendes schwarzes Haar und seine weißen Zähne nur noch mehr hervor. Sie enthüllte auch einen gewissen orientalischen Zug um seine starken schöngeschwungenen Lippen. Seine großen dunklen Augen erinnerten nicht länger an einen verweichlichten, zärtlichkeitsbedürftigen Hund, sondern ließen heimliche Liebesabenteuer vermuten.

»Warum hast du mich solange warten lassen?« fragte er.

»Ich konnte nicht anders. Die Versicherung zahlte die Summe richtig aus. So packte ich meine Sachen in Starminster und zog nach Scarborough, da ich es nicht wagen konnte, sofort zu dir zu eilen. Und dann hatte ich einen Autounfall.«

Charlie unterdrückte einen Ausruf ehrlicher Besorgnis. Er liebte Vera, denn er wußte, daß bei ihrem Tode sein Schicksal besiegelt gewesen wäre.

»Bist du schwer verletzt worden?«

»Gehirnerschütterung. Tagelang lag ich ohne Besinnung und wußte von nichts. Das ist auch der Grund, warum ich mich so schnell wieder erholte. Mein Gehirn hatte Zeit, sich auszuruhen, und das war nach den letzten Aufregungen in Starminster dringend nötig.«

»Warum hast du mir denn nicht wenigstens eine Nachricht zukommen lassen?«

»Ich wollte nicht durch die Krankenschwester an dich schreiben lassen, weil ich fürchtete, die Versicherungsgesellschaft könnte meine Post überwachen lassen. Ich hatte schreckliche Sorge um dich, aber ich mußte warten.«

»So ging es mir auch. Es war die reinste Hölle.« Sie lächelte, als sie den leidenschaftlichen Unterton in seiner Stimme hörte.

»Was wollen wir jetzt unternehmen?« fragte sie. »In eine Vorstellung gehen oder uns zum erstenmal in meinem Leben betrinken? Ich bin eine lahme Ente, tanzen kann ich nicht.«

Charlie wählte ein anständiges Theaterstück, bei dem Vera sich langweilte, das aber wahrscheinlich dem Geschmack eines bestimmten netten jungen Mädchens entsprochen hätte. Da er sich jetzt vor einem Erkanntwerden sicher fühlte, suchte er unter den Zuschauern nach ihr, aber vergeblich.

Bei der Rückkehr ins Hotel wurde er für seine Enttäuschung durch den Luxus der Wohnung entschädigt.

»Ich werde nicht wieder nach Brixton gehen«, vertraute er ihr an, als er aus dem Bad kam, wo er lange in parfümiertem Wasser gelegen hatte. »Das Haus ist mir auf die Nerven gefallen. Es gibt dort nur einen Baderaum, und die Emaille auf dem Boden der Wanne ist abgesprungen. Es war entsetzlich. Ich schicke morgen einen Scheck hin.«

»Nein, ich bezahle die Rechnung persönlich«, erwiderte Vera. »Ich muß sowieso deine Sachen packen und mitnehmen.«

»Können wir denn nicht neue Sachen für mich kaufen?«

»Ja, das wohl. Aber die Polizei macht sich gerne zu schaffen. Wenn wir unsere Spuren nicht sorgsam vernichten, ist es zu leicht für sie.«

Charlie runzelte die Stirn; aber dann zog er Vera auf die Knie und schloß ihr den Mund mit einem Kuß.

Aber mitten in der Nacht fiel ihr plötzlich etwas anderes ein. Es war eine so beunruhigende Erinnerung, daß sie ihren Mann aufweckte.

»Charlie, wer hat Miß Belson in den Kleiderschrank eingeschlossen?«

»Miß Belson? Die kenne ich nicht. Ich weiß nicht, von wem du sprichst.«

»Doch, das weißt du sehr gut.«

Da sie in der Dunkelheit nicht sehen konnte, war der Zauber, den seine neue Persönlichkeit ausübte, gebrochen. Sein Gesicht mochte das eines schönen Fremden sein, aber die Stimme kannte sie nur zu gut. Das war das ihr vertraute Stammeln von Charlie Baxter, der bei einer Lüge ertappt worden war.

»Ich habe sie selbst dort gefunden – nicht lange, nachdem du gegangen warst«, sagte sie.

»Lebendig?« fragte er scharf.

»Sie hatte gerade noch einen Hauch von Leben in sich, aber der Arzt hat sie wieder zu sich gebracht.«

»Nun?« Sie hörte, daß er den Atem anhielt. »Was hat sie denn gesagt?«

»Sie hat irgendein Märchen erzählt, daß sie sich entsetzlich gefürchtet und selbst in den Schrank eingeschlossen hätte.«

»Ist daran etwas Schlimmes?« fragte Charlie vergnügt. »Gute Nacht, Liebling, ich möchte wieder einschlafen.«

»Erst mußt du mir die Wahrheit sagen. Ich weiß, daß du sie entdeckt hast, als sie in dem Hause umherstöberte. Dann hast du sie eingeschlossen. Der Schlüssel war von außen umgedreht. Aber – ist dir denn gar nicht zum Bewußtsein gekommen, daß du fort gingst, ohne jemand zu sagen, wo sie war?«

»Doch. Ich habe einen Zettel zurückgelassen.«

»Ja, über deine verdammten Vögel.«

»Ich mußte sehr vorsichtig sein. Natürlich nahm ich an, daß du zwischen den Zeilen lesen könntest.«

»Woher wußtest du denn, daß ich am Abend nach Hause zurückkommen würde?«

»Darauf habe ich mich verlassen. Ich wußte, daß du mir nicht trautest und selbst nachsehen würdest, ob ich auch das Gas abgestellt hätte.«

»Das hast du also gewagt?«

»Es blieb nur die Wahl zwischen ihr und uns. Für eins mußte ich mich entscheiden ... Außerdem war sie doch nicht verletzt. Ich bin sehr zart und behutsam mit ihr umgegangen.«

Seine Worte klangen zu aalglatt, um Vera zu befriedigen. Obwohl ihr Gefühl ihr sagte, daß sie von ihrem Mann volle Aufklärung für seine Handlungsweise verlangen mußte, schrak sie doch davor zurück, weitere Fragen an ihn zu richten. Sie drückte ihr Gesicht in das Kissen, und als sie die Decke über den Kopf zog, um nicht die regelmäßigen Atemzüge aus dem anderen Bett hören zu müssen, fühlte sie etwas von der schrecklichen Qual des Erstickungstodes.

Plötzlich fürchtete sie sich vor dem Fremden, der Chester Beaverbrook hieß.

24 Wirklichkeit

Vera verlor in der ersten Nacht stark an Boden, als sie davor zurückschrak, ihren Mann zu einem offenen Bekenntnis zu zwingen. Damals stand er noch unter dem Einfluß ihrer stärkeren Natur, und sie hätte ihn in seine frühere abhängige Stellung zurückdrängen können. Aber nun hatte er die verhängnisvolle Entdeckung gemacht, daß sie ihn nicht mehr unter dem Daumen halten konnte, wenn er eine ausweichende Taktik anwandte.

Wie der Frosch, der versucht, aus dem Brunnen zu springen, kam sie vorwärts, machte aber keine wirklichen Fortschritte. Als sie am nächsten Morgen erwachte, hatte sie ihre alte vernünftige und fröhliche Haltung wiedergefunden und war bereit, das Leben von der heiteren Seite zu nehmen. Deshalb nahm sie seinen Vorschlag an, Ferien zu machen.

Sie mieteten eine kleine möblierte Wohnung in der Shaftesbury Avenue und lebten ihrem Vergnügen. Charlie war klug genug, Vera nicht durch außergewöhnliche Ausgaben zu erschrecken. Sie stellten eine Aufwartefrau an, um die Wohnung in Ordnung zu halten, nahmen ihre Mahlzeiten in bekannten, nicht allzu teuren Lokalen ein, besuchten Kinos und gingen nicht in Theater.

Keiner von beiden langweilte sich in der ausschließlichen Gesellschaft des anderen. Vera konnte einen ganzen Tag in einem der großen Warenhäuser zubringen, Auslagen besichtigen, in die Erfrischungsräume gehen, an einer Modenschau teilnehmen. Sie dachte viel zu kameradschaftlich, um Charlie an dem Besuch von Tanzdielen zu hindern, nur weil sie selbst noch hinkte.

Es verging einige Zeit, bis ihr zum Bewußtsein kam, daß sie noch nicht an das Problem herangegangen waren, ihr Kapital sicherzustellen. Ein ruhiges kleines Haus auf dem Lande war immer noch das Ziel ihrer Sehnsucht, aber sie war noch ebensoweit davon entfernt wie früher. Sooft sie Charlie gegenüber von der Zukunft sprach, brachte er die Unterhaltung auf andere Dinge.

Tatsächlich konnten ihn kein Grund und kein Druckmittel dazu bringen, die Stadt zu verlassen, in der Jennifer Burns wohnte. Der Entschluß, sie wiederzutreffen, hatte sich zu einer fixen Idee entwickelt.

Er faßte Mut und rief den Damenklub an, den sie als ihre Adresse genannt hatte. Aber er erfuhr, daß sie sich nur wenige Tage dort aufgehalten hatte. Die Sekretärin wußte nicht, wohin sie gezogen war. Dann erinnerte er sich, daß sie dem Schriftsteller erzählte hatte, sie tanze leidenschaftlich gern. Daher ging er jeden Abend in einen anderen Nachtklub oder eine andere Tanzdiele und hoffte, ihr zu begegnen. Vera wußte nicht, daß sie einsam geworden war, bis ihr auffiel, daß sie immer an Puggie Williams dachte. Wie ein Spitzenschleier das Gesicht einer Filmschauspielerin vor der grausamen Unerbittlichkeit der Kamera schützt, hatte die Zeit die Erinnerung an sein rotaufgedunsenes Gesicht verwischt. Nur sein vornehmes Wesen und seine anregende lustige Gesellschaft waren Vera im Gedächtnis geblieben.

Eines Abends, als sie in der Zeitung blätterte, erwähnte sie ihn im Gespräch.

»Hier steht, daß der jüngste Sohn eines Earls nach langer Abwesenheit von Übersee nach Hause zurückgekehrt ist. Ich möchte nur wissen, ob das Puggie ist. Ich wünschte, er würde hier auftauchen, wenn es ihm bei seinen vornehmen Freunden zu langweilig wird.«

»Wenn er kommt, werfe ich ihn hinaus«, erklärte Charlie.

»Das wäre das richtige, Liebling. Ein kleiner Skandal in der Zeitung ist alles, was wir brauchen, um nicht in Vergessenheit zu geraten ... Bist du eifersüchtig?«

»Ja.«

Vera überlief ein Schauder bei dem unergründlichen Lächeln, das dieses Geständnis begleitete.

»Der arme Kerl!« dachte sie.

Es machte ihm Spaß, auf die Höllenqualen anzuspielen, die er litt, wenn er an andere Männer dachte, die Jennifer etwas bedeuteten. Wenn sie tanzte, wurde sie von fremden Armen gehalten. Das schlimmste aber war die Möglichkeit, daß sie sich vielleicht verlobt hatte und heiraten wollte.

Bei dem Gedanken an den unbekannten Fremden, dem sie angehören würde, hielt Charlie es nicht länger in der Wohnung aus. Wie gewöhnlich gab er Vera einen Kuß, und wanderte dann hinaus in die Nacht. Nachdem er eine Stunde ziellos umhergegangen war, erinnerte er sich an eine oberflächliche Einladung, die er in einem Tanzklub an der Bar erhalten hatte.

Es handelte sich um eine dieser Ketteneinladungen, zu der ein Freund einen anderen Freund mitbrachte. Das nahm ein solches Ausmaß an, daß der eigentliche Gastgeber Charlies, ein ehrbarer Schotte und Mitarbeiter an der Zeitschrift »Signet«, von einigen seiner unaufgeforderten Gäste nicht das geringste wußte.

Sonst hätte er Chester Beaverbrook sicherlich niemals Jennifer Burns vorgestellt, die er schon seit ihrer Kindheit kannte.

Chester konnte sein Glück kaum fassen, als er das Mädchen aus dem Zuge wiedererkannte. Jede Nacht hatte er vergeblich nach ihr gesucht, und nun wartete sie in diesem Hause auf ihn, in das ihn eine Augenblickslaune geführt hatte.

Er bemerkte eine geheime Veränderung an ihr. Schon in dem Sportkleid hatte er sie bewundert, aber in schwarzem Samt und Silberlamé bot sie das bezaubernde Bild einer jungen Göttin. Sie sah größer aus als früher, aber obwohl der Aufenthalt in London nicht wenig auf ihre äußere Erscheinung eingewirkt hatte, waren dafür doch hauptsächlich die Abendschuhe mit den hohen Absätzen und das lange Kleid mit dem geschlitzten Rock verantwortlich.

Trotz der neuangenommenen vornehmen Haltung und Würde blieb sie jedoch im Herzen ein unverdorbenes Mädchen vom Lande, das sich noch immer von der hellerleuchteten Weltstadt beeindrucken ließ. Der Besuch des Nachtklubs war ein neues Erlebnis für sie, denn die ersten Monate in der Stadt hatte sie ruhig gelebt. Mit Ausnahme von Alan Pole, der in demselben Hause wie sie wohnte, war sie nur mit wenigen Männern zusammengekommen.

Es war daher nicht erstaunlich, daß Charlies auffallend gute Erscheinung und seine vollendete Tanzkunst sie begeisterten.

»Ich dachte, ich könnte tanzen«, gestand sie offen, »aber ich kann Ihnen nicht das Wasser reichen. Am liebsten möchte ich nach Hause gehen und üben, auf Stelzen zu laufen. Das ist alles, wozu ich tauge.«

»Ihre Nähe macht es, daß ich so tanze.«

Sie bezauberte ihn durch ihr glockenhelles Lachen.

»O nein«, erwiderte sie und zitierte dann aus ihrem Notizbuch: »Ich bin nicht eine der leidenschaftlichen Frauen, deren Namen mit einem ›Z‹ beginnt. Ich bin nicht der Typ, der andere begeistert ... Aber da ich eben von Namen spreche – ich habe den Ihren nicht verstanden.«

»Chester Beaverbrook.«

»Wie schön! Das klingt genau so, als ob Sie ihn erfunden hätten.«

»Das habe ich auch getan.« Charlie lächelte geheimnisvoll. »Ich dachte, daß er *Ihnen* gefallen würde.«

»Ich finde ihn wirklich entzückend. Mein Name ist –«

»Jennifer Burns.«

Erstaunt zog sie die Augenbrauen hoch.

»Woher wußten Sie das? Mr. Andrews stellt mich immer nur als ›Jane‹ vor.«

Das war wieder eine Eierschale auf seinem Weg, aber er wandelte auf Wolken, konnte also nicht stürzen.

»Mein Gefühl hat mir das gesagt«, erklärte er. »Ich wußte, daß Sie nicht eine einfache Jane sein konnten.«

Sie lachte wieder und sprach dann von etwas anderem. Trotz ihrer Jugend und Unerfahrenheit kamen ihr seine Komplimente mit der Zeit ein wenig zu betont und aufdringlich vor.

»Sie sind wahrscheinlich ein Rechtsanwalt?« fragte sie. »Mr. Andrews sagte mir, daß ich seine Juristenfreunde treffen würde.«

»Mich dürfen Sie nicht dazu zählen. Ich bin nur so mitgeschleppt worden.«

»Ich verstehe. Sie sind also einer von den vielen interessanten Leuten, die heute abend in der Stadt sind. Welchen Beruf haben Sie denn?«

Er zögerte.

»Sie haben doch sicher schon von einem Gentleman gehört, der sein eigener Herr ist? Einen Gentleman kann ich mich nicht nennen, weil Gentlemen so etwas nicht von sich sagen. Aber – ich bin unabhängig von meinem Beruf.«

Er hatte erwartet, damit Eindruck auf Jennifer zu machen, und sah enttäuscht, daß sie die kleine Nase rümpfte.

»Wie langweilig! Ich liebe die Arbeit über alles, und meiner Meinung nach gibt es nichts Interessanteres, als über seinen Beruf zu sprechen.«

Trotz seiner Erklärung versuchte sie doch, sich ein Urteil über ihn zu bilden und ihn in ihre Typensammlung einzugliedern. Die schlanke anmutige Gestalt, das glänzende schwarze Haar, das glattrasierte Gesicht mit dem romantischen Profil ergaben zusammengenommen das Abbild eines Eintänzers. Sie konnte nicht viel für ihre Garderobe ausgeben, wußte aber, daß sie durch ihre eindrucksvolle Gestalt einen wohlhabenden Eindruck machte. So überlegte sie sich, ob er sich vielleicht nur deshalb mit ihr beschäftigte, weil er eine zukünftige Kundin witterte.

Bei diesem Gedanken wurde ihr der Druck seines Armes zu sehr bewußt.

»Wir wollen uns irgendwohin setzen«, sagte sie. »Ich möchte die anderen beobachten. Dies ist mein erster Besuch in einem Nachtklub.«

Nach dieser Bemerkung stieg ihr Wert in seinen Augen noch höher.

»Gefällt es Ihnen?« fragte er auf gut Glück.

»Nein, ich finde den Betrieb hier abscheulich.«

Mit Widerwillen sah sie sich in dem verhältnismäßig kleinen Raum mit den grellen futuristischen Malereien um. Die Luft war drückend heiß wie in einer Dschungelgegend. Menschen mit verlebten Gesichtern wirbelten an ihr vorüber; alte Männer, die wie rotgeschminkte Geier aussahen, krallten ihre Tänzerinnen eng an sich, als ob diese halbtote zerzauste Hühner wären. In ihrer keltischen Einbildungskraft sah sie in den übernächtigten Augen dieser Mädchen die ertrinkende Jugend.

»Ich bin hierhergekommen, um Stoff für ein Buch zu sammeln«, erklärte sie Charlie. »Sie verstehen, Stimmung und Charaktere. Ich brauche – Wirklichkeit.«

»Was für ein Buch wollen Sie denn schreiben?«

»Einen Kriminalroman. Selbstverständlich werde ich vor allem die psychologische Seite herausarbeiten – die Gedankengänge des Verbrechers. Aber ich muß auch über Gifte, Betäubungsmittel und Strafgesetze Bescheid wissen.«

»Warum wollen Sie sich denn mit dem Gesetz beschäftigen?«

»Das brauche ich doch natürlich für die Gerichtsverhandlung.«

Charlie lächelte zwischen halbgeschlossenen Augenlidern.

»Das ist gar nicht so natürlich. Wenn der Verbrecher schlau ist, wird er nicht gefaßt.«

»Aber er muß doch schließlich zur Strecke gebracht werden. Alle Verbrecher sind schrecklich eitel und unterschätzen das Denkvermögen anderer Menschen. Abgesehen davon sind sie meistens vollständig einseitig eingestellt. Wenn sie herausfinden, daß sie einen Plan das erste Mal ausführen können, erliegen sie der Versuchung, den Erfolg zu wiederholen. Es ist doch einleuchtend, daß die Polizei genau weiß, auf welche Einzelheiten sie achten muß.«

Charlie betrachtete dieses kluge Mädchen mit den klaren Augen voll Bewunderung. Mit charakteristischer Eitelkeit wollte er sich vor ihr mit seinem eigenen, erfolgreich durchgeführten Betrug rühmen. Dabei gab es keine abstoßenden Einzelheiten, weder Blut noch Grausamkeit. Aber glücklicherweise warnte ihn sein Verstand, ihre Aufmerksamkeit auf einem weniger gefährlichen Weg auf sich zu lenken.

»Ich kann Ihnen alles über Betäubungsmittel und Gifte erzählen. Ich habe schon in einem Krankenhaus gearbeitet.«

»Ich bin Ihnen sehr dankbar.«

»Und ich kann Ihnen auch alle Kniffe der Gesetze erzählen, denn ich habe auch Jura studiert. Ich bin nämlich der Ansicht, daß niemand seine Zeit auf einen einzigen Beruf beschränken sollte. Das führt nur zur Einseitigkeit.«

Da er in diesem Fall die Wahrheit gesagt hatte, empfand er es schmerzlich bitter, daß Jennifer ihn offenbar für einen hartgesottenen Lügner hielt. Zu seiner Enttäuschung faßte sie seine vertrauliche Mitteilung als einen Scherz auf.

»Was haben Sie denn sonst noch alles gemacht? Ich bin überzeugt, daß Sie auch im Chor mitgesungen haben, und Ihre Stimme sich immer über die anderen erhoben hat.«

»Ja, ich habe mitgesungen. Und meine Stimme trat immer hervor.«

»Ist denn dieses gemeinsame Singen nicht ein wenig anstrengend gewesen? Womöglich waren Sie auch noch der Liebling des Pfarrers?«

»Nun, er sagte sehr viel Gutes von mir – als er mich begrub.«

Jennifer lachte, wie er erwartet hatte. Aber sie vermutete doch, daß er einen gewissen Sinn für Humor hatte.

»Sie meinen – als er Sie traute?«

»Nein.« Charlies Stimme zitterte vor Überzeugung. »Ich warte noch auf *die* Frau.«

»Und meine Gesellschaft wartet auf *mich*. Gute Nacht.«

Dieser Schlag kam so unerwartet, daß Charlie vor Schrecken halb betäubt war. Ihm war nicht zum Bewußtsein gekommen, daß dieses Wiedersehen nicht ewig dauern konnte. Sein Ideal schwand wieder aus seinem Leben und verständigte ihn gleichgültig von dieser Tatsache, ohne zu ahnen, daß diese Trennung für ihn schlimmer war als der Tod.

»Werden wir uns wiedertreffen?« fragte er.

»Vielleicht. Dieses Jahr, nächstes Jahr –«

»Nein, ich meine es im Ernst. Wollen Sie denn nicht medizinische und juristische Einzelheiten von mir erfahren?«

Er hatte die richtigen Worte gewählt, um ihre Aufmerksamkeit zu erregen, und während sie zögerte, nützte er seinen Vorteil aus.

»Wie wäre es, wenn wir uns bei einem Cocktail im Ritz träfen? Ich bin dann bereit, alle Ihre Fragen zu beantworten.«

Zu seinem Erstaunen lächelte sie eifrig.

»Das wäre großartig. Aber ich bin keine Dame der Gesellschaft, müssen Sie wissen. Ich arbeite in einem Büro – in einer literarischen Agentur. Und dort sieht man es nicht gern, daß Privatgespräche am Telefon geführt werden. Ich will Ihnen die Nummer meiner Pension geben.«

Jennifer fuhr in gehobener Stimmung nach Hause. Sie war noch nie im Ritz gewesen, und sie würde dort sicher mehr Stoff sammeln können. Der Abend war erfolgreich gewesen und versprach weitere reiche Möglichkeiten für ihre Arbeit.

25 Die zweite Frau

Charlie Baxter war ein Gentleman, und Chester Beaverbrook setzte diese Tradition fort. Er hatte Jennifer
gegenüber durchaus ehrliche Absichten. Sie besaß alle
Eigenschaften, die er am meisten bewunderte – gute
Herkunft, Verstand, tadellose Erziehung, Gesundheit,
Schönheit, Charme, Rasse. So beschloß er, sie zu heiraten.

Die kleine Tatsache, daß er schon eine Frau hatte,
bildete keinen Hinderungsgrund. Er brauchte nur genügend Geld für zwei verschiedene Haushalte. Als
er nach Hause kam, war sein Kopf so voll von seiner
zweiten Frau, daß er seine erste aufwecken mußte, um
ihr die Neuigkeit mitzuteilen.

»Vera«, rief er, »wach auf. Ich muß mit dir sprechen. Hast du schon gemerkt, daß unser Geld nicht
für immer ausreichen wird?«

Vera richtete sich ruckartig im Bett auf – eine seltsame kleine Gestalt in ihrem lebhaft violetten Schlaf-
anzug, der in der Farbe genau zu dem dunkelroten
Schlafzimmer abgestimmt war. Sie war zu müde gewesen, um sich abzuschminken, und als sie ihren Mann
anstarrte, waren ihre Wimpern noch verklebt und
standen stachelartig von den Augen ab.

»Ach, ist dir das endlich auch aufgegangen?« fragte sie. »Was hat dich denn darauf gebracht?«

Er begann sich auszuziehen und warf in seiner Erregung die Kleider irgendwohin.

»Wir müssen uns mehr Geld verschaffen.«

»Woher?« gähnte Vera.

»Natürlich wieder durch die Versicherung.«

»Wie? Willst du etwa noch einmal sterben?«

»Nein. Es ist ein Zeichen von Einseitigkeit, einen Erfolg zu wiederholen.«

Vera starrte ihn erstaunt an.

»Wer hat dir denn das gesagt?«

»Eine Studentin.«

Charlie konnte der Versuchung nicht widerstehen, selbst seiner Frau gegenüber zu prahlen. Als er sein Profil im Spiegel betrachtete, bemerkte er nicht, daß sie ihn scharf beobachtete.

»Aber ich glaube nicht, daß man auf der Universität etwas vom Versicherungswesen lernt«, erwiderte sie. »Hat deine Freundin dir sonst noch einen Rat gegeben?«

»Nein. Diesmal werde ich einen Kleiderladen im Osten kaufen und ihn anstecken.«

Vera widersprach heftig.

»Nein, Charlie. Denkst du denn niemals nach?«

»Nachdenken? Das gefällt mir. Habe ich dir nicht eben eine großartige Idee entwickelt?«

»Aber Liebling!« Vera sah ihn entsetzt an, während sie langsam und geduldig wie zu einem schwachsinnigen Kind sprach. »Weißt du denn nicht, daß in den

Armenvierteln im Osten die Häuser so voll sind, als ob man die Menschen mit dem Schuhanzieher hineingepreßt hätte? Über dem Laden werden doch Familien mit vielen Kindern wohnen. Wenn du unten ein Feuer anmachst, sind sie verloren. Wie kannst du nur so grausam sein!«

»Grausam? Ich?« Charlie war aufrichtig beleidigt. »Ich habe nicht die Absicht, kleine Kinder zu verbrennen. Ich will nur meinen eigenen Laden anstecken.«

»Ich verstehe. Wieder eins von deinen kleinen Wagnissen. Aber nun höre gut zu: wenn du etwas Derartiges anstellst, gehe ich sofort zur Versicherungsgesellschaft und sage den Leuten, daß du ein Brandstifter bist.«

Er wußte, daß sie es ernst meinte, und legte sich in schlechter Stimmung zu Bett. Aber gleich darauf machte er ihr einen anderen Vorschlag.

»Wir wollen den alten Puggie Williams einladen, wieder bei uns zu wohnen.«

Vera, die gerade wieder einschlafen wollte, wurde hellwach.

»Ich dachte, du wärst eifersüchtig auf ihn?«

»Das bin ich wohl, aber ich kann ihn gebrauchen.«

»Gut, dann lade ihn nur ein.«

»Wenn ich das tue, kommt er nicht. Wir hatten eine kleine Meinungsverschiedenheit. Aber wenn du ihm schreibst, wird er sicher annehmen.«

»Obwohl du eifersüchtig bist ... Gut Schatz«, dachte Vera. »Das ist wieder ein Punkt gegen dich. Nur einer. Aber du glaubst nicht, wie sie sich allmählich aufsummen.«

Von dieser Nacht an nahm Vera deutlich die Änderung wahr, die mit ihrem Mann vor sich ging. Nachdem er nun Jennifer gefunden hatte, ging er abends nicht mehr aus. Aber trotz seines offensichtlichen Wunsches, bei seiner Frau zu sein, dachte Vera darüber nach, ob er sich ihrer Gegenwart überhaupt bewußt war. Er lag auf dem Diwan und lächelte über seine eigenen Gedanken, und manchmal bewegten sich seine Lippen, als ob er mit jemand spräche.

Bestürzt und verwirrt schrieb sie an Puggie Williams, und ein paar Tage später stand er vor ihrer Wohnungstür. Sein Gesicht war noch röter geworden, aber er sah so tadellos aus, als ob er zu der königlichen Loge in Ascot Zutritt hätte. Zweifellos verstand er es, seinen Schneider zu wählen und seine Anzüge zu tragen.

Vera begrüßte ihn frei und ungezwungen, obwohl sie ihm am liebsten um den Hals gefallen wäre, und er war sichtlich bewegt.

»Es ist wie in der guten, alten Zeit«, sagte er, während er sich mit feuchten Augen umschaute. »Hier sind wir drei kleinen Schweinchen, und wir fürchten uns nicht mehr vor dem großen bösen Wolf. Gott segne dich, Vera, liebes Kind. Und dies ist also Chester Beaverbrook. Donnerwetter!«

Puggies Bewunderung schmeichelte Charlie, und er holte die Whiskyflasche.

»Sage, wenn es genug ist«, wandte er sich liebenswürdig an ihn.

Wie Vera erwartet hatte, dauerte es nicht lange, bis Charlie von dem neuen Versicherungsschwindel anfing. Sie war enttäuscht, als Puggie sofort die Ohren spitzte und seine Züge einen intelligenten Ausdruck annahmen.

»Meine Hand juckt«, sagte er. »Geld kann ich immer gebrauchen. Die tausend Pfund, die ich bekommen habe, sind nicht gesund, sie leiden an Schwindsucht.«

»Aber denke doch an die Gefahr«, mahnte ihn Vera.

»Es ist die Gefahr, die lockt, liebes Kind. Ich kann nicht länger auf Tigerjagden gehen; ich habe dazu weder das scharfe Auge noch das nötige Geld. Immerhin wäre es ein verdammt großes Wagestück, wenn wir das zweite Mal eine Versicherungsgesellschaft hineinlegten.«

»Ach, ihr seid ja verrückt – alle beide!« klagte Vera.

»Ich nicht. Natürlich würde es einen empfindsamen Menschen wie Charlie umbringen, aber mich nicht. Ich bin im Gefängnis gewesen. Das Leben dort ist nicht zu schlecht. Man hat ganz gute Gesellschaft, und es ist sogar gesund für einen Trinker wie mich. Wenn ich dann herauskomme, bin ich wieder frisch und wohlauf ... Außerdem ist es gut für meine Selbstachtung. In Freiheit bin ich ein schlechter Kerl, aber drinnen bin ich der Beste unter meinen Kameraden. Ich tue immer, was man mir sagt, und ich verstehe mich ausgezeichnet mit den Wärtern ... Was schlägst du denn vor, Charlie?«

»Ich dachte diesmal an ein Feuer«, erklärte Charlie eifrig.

Zu seiner Enttäuschung schüttelte Puggie den Kopf.

»Zu spät, mein Junge. Das ist schon zu oft gemacht worden.«

»Dann muß ich wohl noch einmal sterben.«

»Das geht nicht, mein Sohn. Wir haben Charlie Baxter begraben, und Chester Beaverbrook ist nicht geboren worden. Wir müssen doch den Geburtsschein vorlegen.«

»Nun ja – könntest du denn nicht –«

»Du meinst einen solchen Schein fälschen?« fragte Puggie. »Tut mir leid. Aber das schlägt nicht in mein Fach. Diesmal muß Vera die Leiche spielen.«

»Was, ich sollte sterben? Nun hört mir aber einmal gut zu, ihr beiden.«

Vera begann zu sprechen, oder besser, zu toben. Sie ballte die Fäuste, schüttelte ihre Locken und sagte ihnen in den verschiedensten Tonarten heftig die Meinung. Als sie endlich vor Erschöpfung aufhörte zu reden, gab Puggie Charlie ein Zeichen.

»Die Lady sagt – nein. Jammerschade. Ich kenne einen Prachtkerl für die Sache, einen Doktor Ruddy. Es ist geradezu ein Verbrechen, ihn nicht zu nehmen, solange er noch auf der Arztliste steht.«

»Kann man sich denn auf den verlassen?« fragte Charlie.

»Du kannst dich bestimmt darauf verlassen, daß er nicht kommt, wenn du nach ihm schickst. Oder aber, wenn er kommt, kannst du sicher sein, daß er eins hinter die Binde gegossen hat. Du brauchst nur ein Wort zu sagen, dann bringe ich ihn zu einem Glas Whisky her.«

»Nein«, erklärte Vera.

Sie hatte immer noch die alte Autorität über die beiden, und so war die Sache damit abgetan. Puggie nahm bald wieder seine frühere Stellung im Haushalt ein. Allem Anschein nach hatte sich in den Beziehungen der drei nichts geändert. Charlie war wieder wie gewöhnlich nachgiebig und liebenswürdig, und Vera verwöhnte ihn einmal, dann schimpfte sie ihn wieder aus, während Puggie die Vorteile seiner neutralen Stellung ausnützte.

Trotz alledem entdeckte er einen Unterschied, und deshalb beobachtete er unauffällig alle Bewegungen seines Gastfreundes. Einige Zeit konnte er nichts entdecken, bis er eines Abends Charlie im Hotel Ritz mit einer jungen Dame sah. Er konnte Menschen schnell beurteilen, obwohl er nur Jennifers Rücken sah, und hatte sofort die Gewißheit, daß es sich hier nicht um den üblichen Flirt handelte.

Veras Zeit war vorüber.

In seinen schwachen, verlebten Zügen zeigte sich ernste Besorgnis, als er zur Wohnung zurückkehrte.

»Vera, liebes Kind«, begann er. »Ich bin in großer Aufregung Charlies und deinetwegen.«

»Ich weiß«, sagte sie sofort. »Er hat ein anderes junges Mädchen.«

»Nein, es handelt sich nicht um ›ein anderes‹ Mädel, Vera.«

Sie wandte sich auf dem mit schwarzgoldenem Stoff bezogenen Diwan um und begann heftig zu rauchen. Plötzlich sah er, daß sie abgenommen hatte, als ob sie von einer geheimen Angst verzehrt würde.

»Ach, ich habe die ganze Sache satt!« sagte sie. »Ich möchte von hier fort. Aber Charlie will ja nicht mitkommen. Er zieht mich mit sich hinunter. Dauernd gibt er Geld aus. Er verschwendet es. Zu welchem Ende soll denn das führen?«

Puggie wußte, daß sie in der richtigen Stimmung war, um auf ihn zu hören.

»Wenn du im Augenblick fort könntest, würdest du dann gehen?«

Sie nickte.

»Auch ohne Charlie?«

»Ja. Soweit ist es.«

»Nun gut. Würdest du mit mir gehen?«

»Nein, es tut mir leid, Puggie. Ich bin fertig mit den Männern. Man kann sich nicht auf sie verlassen. In Starminster hat man mich die lustige Witwe genannt. Die haben überhaupt nichts von mir gewußt.«

Puggie schluckte tapfer bei dieser Zurückweisung.

»Dann höre einmal zu, mein Kind. Halte an der Versicherungssumme fest. Laß das Geld nicht aus der Hand. Die Police war auf deinen Namen ausgestellt, und das Geld gehört von Rechts wegen dir. Nimm es und zieh los.«

»Nein, so gemein bin ich nicht.«

»Gut, dann laß dich auf den neuen Plan ein. Charlie kann die Versicherungssumme einkassieren. Damit ist er abgefunden. Er will doch nur Geld haben. Ich werde also morgen Doktor Ruddy hierherbringen. Sei vernünftig und laß dich versichern, spiele die Tote, dann bist du frei ... Offen gestanden, deine Lage ist wirklich nicht sehr günstig.«

Als sie sich auf die Lippen biß und noch zögerte, redete er ihr weiter zu.

»Ich werde die Sache so einrichten, daß du, was auch immer geschieht, nicht wegen der anderen Sache verantwortlich gemacht werden kannst. Die beiden Fälle sollen ganz scharf voneinander getrennt bleiben – jeder in einem wasserdichten Abteil. Es soll keine Verbindung zwischen der Witwe Mrs. Charlie Baxter und der verstorbenen Mrs. Beaverbrook bestehen. Deshalb möchte ich auch, daß du ganz von ihm fortgehst. Du bist viel zu gut für diesen Kerl.«

Veras Augen wurden nachdenklich. In der Wohnung herrschte erschlaffende Sommerhitze, und von der Straße drang Staub- und Benzingeruch herauf. Plötzlich sah sie ein kleines Häuschen mit einem Garten in hellem Sonnenschein vor sich, mit Apfelbäumen und mit Blumenstöcken. Sie selbst trug einen fliederfarbenen Sonnenhut und pumpte Wasser aus einem Brunnen.

»Es ist Charlie, dem ich nicht traue«, flüsterte Puggie.

»Warum denn nicht? Er hat mir noch nie etwas zuleide getan. Er ist zu empfindsam, er kann nicht sehen, daß andere leiden. Er würde zurückschrecken vor Blut und Greueln.«

»Wahr, o Königin. Aber er kann sich eben nicht vorstellen, was er nicht sieht.«

Vera erinnerte sich in diesem Augenblick an Miß Belson. Charlie hatte ihr ja versichert, daß er deren Befreiung vorausgesehen hätte, aber er hatte sich verdächtig fein herausgeredet.

Plötzlich schauderte sie.

»Nun gut«, sagte sie. »Ich will sterben.«

26 Dunkle Fäden

Obwohl Charlie begeistert war über ihre Zusage, weigerte Vera sich doch, über den neugeplanten Betrug zu sprechen.

»Ich werde schon sagen, was ich darüber denke, wenn es nötig ist«, versprach sie.

»Es ist jetzt nötig«, sagte Puggie. »Ich muß dich sofort versichern. Charlie muß sich aus der Sache heraushalten. Unter gewöhnlichen Umständen würde er natürlich als dein Mann der Erbe sein, aber er ist doch jetzt genau genommen nicht mit dir verheiratet.«

»Wir könnten uns wieder trauen lassen«, schlug Charlie vor.

»Wir dürfen uns keine Schwierigkeiten aufhalsen«, entschied Puggie. »Denke immer an eins, Chester: Vera ist deine Frau oder deine Freundin, je nach dem Standpunkt, den die Nachbarn einnehmen. Aber mit Charlie Baxters Witwe hast du nichts zu schaffen.«

»Aber kann sie denn nicht ein Testament machen, daß sie mir alles hinterläßt?«

»Nein, du Dummkopf. Mrs. Charles Baxter zieht es vor, am Leben zu bleiben und etwas von ihrer Versicherungssumme zu haben. Außerdem wäre es doch Blödsinn, Rechtsanwälten die Sache in die Hand zu geben. Tatsächlich wäre es besser, wenn ihr zwei euch trennen würdet. Ich hätte nichts dagegen, mit Vera Ball zu spielen, während Charlie auf eigene Faust herumbummelt.«

Vera bemerkte sofort, daß ihr Mann nichts dagegen einwandte. In ihrer Bestürzung über diesen Mangel an Eifersucht fiel es ihr gar nicht auf, daß Puggie seine einstige Vorsicht beiseite ließ. Seine wässerigen Augen leuchteten ironisch auf, als ob er ein Spiel auf eigene Faust vorhätte, das ihm Spaß machte.

»Da wir uns nun schon in der Geschichte auskennen«, sagte Charlie in selbstherrlichem Ton, »gehe ich diesmal auf zehntausend aus,«

Vera, die nur zerstreut zugehört hatte, wurde bei dieser Zahl aufmerksam.

»Das bedeutet, daß wir eine höhere Prämie zahlen müssen«, widersprach sie.

Obwohl Puggie wußte, daß sie ihr Geld zusammenhalten wollte, unterstüzte er sie nicht.

»Du bist jünger als Charlie, deshalb ist die Prämie in deinem Fall niedriger«, erklärte er. »Und wahrscheinlich wirst du sie ja nur einmal zahlen ... Die wichtigste Frage ist im Augenblick, ob diese kleine Krabbe die Untersuchung durch den Vertrauensarzt der Versicherung bestehen wird.«

Er verlor keine Zeit, Doktor Ruddy in die Wohnung zu bringen. Der Arzt war ein gutmütiger Riese mit nachlässigem Gang, hatte buschiges graues Haar, einen Schnurrbart und verschwommene blaue Augen. Als vielversprechender junger Mediziner hatte er einst aus dem Stegreif die folgenden Verse in das Album einer Dame geschrieben:

> »Gar schmale Pfade zum Ruhme leiten,
> Gefährlich sind sie und voll
>   Schwierigkeiten,
> Drum mancher, den der Durst danach
>   quält,
> Den Whisky aus Schott- oder Irland
>   wählt.«

Es zeigte sich, daß dies auch sein eigener Grabspruch werden sollte. Aber wenn er auch die Arbeit zu wenig und den Whisky dafür um so höher schätzte, gelang es ihm doch, in einer ärmlichen Gegend eine große Praxis zu behalten. Das hatte er seinem liebenswürdigen Wesen zu verdanken, außerdem aber auch seiner Geschicklichkeit, wenn es in ernsten Fällen darauf ankam.

Sein Erscheinen auf der Bildfläche war für das Schicksal, das oben am Spinnrad saß, das Zeichen, den ersten dunklen Faden in sein Gewebe einzuflechten.

Am nächsten Abend brachte Vera die Hand in den Fleischwolf, und sie riefen Doktor Ruddy. Obwohl er nicht nüchtern war, kam er, hauptsächlich weil er eine angenehme Erinnerung an den Whisky im Hause hatte.

Er war schon von Vera als Hausfrau bezaubert gewesen, denn meistens kam er mit älteren Damen zusammen, die gern die Whiskyflasche versteckten. Noch besser aber gefiel sie ihm als Patientin, weil sie so tapfer war.

Charlie bestand darauf, daß Vera beim Anlegen des Verbandes chloroformiert wurde. Doktor Ruddy, der sich in einer sehr weichherzigen, gefühlsseligen Stimmung befand, war durch die Empfindsamkeit des Mannes gerührt, und sogar auf Puggie machte sie Eindruck.

Es bestand kein Zweifel, daß Charlie unter Veras Schmerzen litt, solange er in ihrer Nähe war. Seine bleichen Lippen bewiesen, daß sein Mitgefühl echt war. Sooft Vera das Gesicht verzog, stöhnte er.

»Alle Nerven sitzen in den Fingerspitzen«, sagte er zu Doktor Ruddy.

»Ich bin ein geprüfter Arzt«, brummte der Doktor. »Haben Sie auch Ihr Examen bestanden?«

Charlie half bei dem Verbinden, als Ruddys Finger sich als zu unsicher erwiesen, und dieser lobte ihn wegen seiner Geschicklichkeit. Nachher blieb er noch bis zu den frühen Morgenstunden in der Wohnung, trank und erzählte.

Schließlich brach er auf, aber seine Gedanken waren so verwirrt, daß er die Chloroformflasche mitzunehmen vergaß. Mehrere Tage später bemerkte er den Verlust, war aber nicht imstande, ihre Spur durch all die nebelhaft in seiner Erinnerung auftauchenden Häuser zurückzuverfolgen.

Charlie fand sie am nächsten Morgen und fragte Vera, was damit geschehen solle.

»Ich bringe sie ihm wohl am besten ins Sprechzimmer, meinst du nicht auch?«

»Warum?« fuhr sie ihn an. »Du bist doch nicht sein Laufbursche. Wenn er sie braucht, kann er sie holen lassen.«

»Ach, der arme Mann. Soll ich ihn nicht wenigstens anrufen und ihm sagen, wo sie ist?«

»Nein. Ich will den alten Trunkenbold nicht wieder in der Wohnung haben.«

»Er kommt auch nicht eher, als bis du deine große Sterbeszene spielst«, erwiderte Puggie.

Er hatte bemerkt, daß Charlie nach Depressionen jetzt in bester Stimmung war, und er ahnte die Ursache. Endlich würde Charlie mit Jennifer im Ritz zusammentreffen. Bei allen vorhergegangenen Anrufen hatte sie sich immer damit entschuldigt, daß sie schon eine Verabredung hätte.

Wie er vermutete, war ein anderer Mann für ihre Zurückhaltung verantwortlich. Alan Pole, der in derselben Pension wohnte, war weder reich noch schön, und sein Verstand bewegte sich anscheinend nur nach zwei Richtungen. Das heißt, wie viele Engländer wußte er über die meisten Dinge gut Bescheid, aber er konnte nur über zwei Sachen sprechen: Rugby und Versicherungswesen.

Er nahm Jennifer nach Wembley mit, daß sie ein Endspiel um den Pokal sehen sollte, und er merkte gar nicht, daß sie in dem Regen naß wurde und bei dem großartigen Wettkampf keinen Tee bekam. Was nun das Versicherungswesen anbetraf, so hatte er gerade keine allzu eindrucksvolle Stellung bei einer großen Gesellschaft.

Obwohl nichts Auffallendes an ihm war, fand Jennifer doch Gefallen an ihm. Die beiden hatten vieles gemeinsam, denn abgesehen von dem klugen, spitzfindigen Stil ihrer Schreibweise war sie im Grunde ein einfacher, häuslicher Charakter. Trotz ihres Widerspruchs ließ sie sich doch von Alans Gründen beeinflussen, als er versuchte, ihr weitere Zusammenkünfte mit Charlie auszureden.

»Es ist wirklich gefährlich«, sagte er. »Du gibst doch jetzt selbst zu, daß dein Freund Andrews den Mann überhaupt nicht kannte. Es ist nur so eine aufgelesene Bekanntschaft und wird dir vermutlich die Taschen ausräumen. Was weißt du denn von ihm?«

»Ich weiß, daß er sehr schön ist und traumhaft herrlich tanzen kann«, antwortete Jennifer.

»Das ist wohl auf mich gemünzt? Aber ich habe mir mein Gesicht schließlich nicht selbst ausgesucht. Mir gefällt es ebensowenig wie dir ... Hast du dich in ihn verliebt?«

»Natürlich nicht. Ich treffe ihn auch nur auf eine halbe Stunde im Ritz und nehme ihn nicht mit in mein Schlafzimmer.«

»Nun gut, wenn du schon hingehen mußt, dann sei wenigstens vorsichtig. Erzähle ihm nichts über dich selbst.«

Da sie seine aufrichtige Besorgnis sah, versprach sie, äußerst verschwiegen und besonnen zu sein. Keiner von beiden ahnte, daß Alan ihr einen verhängnisvollen Rat gegeben hatte.

Charlie machte bei dem zweiten Zusammentreffen auf Jennifer nicht mehr einen so tiefen Eindruck, wahrscheinlich, weil sie auf der Hut war. Das Tageslicht brachte das Täuschende an seiner guten Erscheinung zum Vorschein, und er erinnerte sie entfernt an einen Schauspieler, der sich nicht richtig abgeschminkt hat. Obwohl er immer noch blendend schön war, hatte er doch das typische Aussehen eines Mannes, den die Londoner Mütter fürchten. Sie warnen ihre Kinder, einen solchen Fremden auf der Straße nach der Zeit zu fragen.

Er starrte sie so lange und so gierig an, daß sie unruhig wurde.

»Sehe ich denn so schrecklich aus?« fragte sie. »Ich mußte direkt vom Büro hierherkommen.«

»Was für ein Büro?«

»Eine literarische Agentur.«

»Welche?«

Sie wollte es ihm gerade sagen, als sie sich an Alans Warnung erinnerte. Deshalb nannte sie ihm einen anderen wohlbekannten Namen, obwohl sie nicht gewohnt war, Ausflüchte zu machen.

Und das Schicksal flocht einen zweiten dunklen Faden in sein Gewebe.

Dieses Wiedersehen bei einem Cocktail war kein Erfolg. Jennifer war enttäuscht, Charlie nervös. Seine Eitelkeit sagte ihm, daß er auf sie nicht den Eindruck eines kultivierten Mannes von Welt machte, da sie ihn mit ihren eingehenden Fragen dauernd in Verlegenheit brachte.

Und so begann er zu prahlen. Obwohl sie alle richtigen Antworten aus ihm herausholte, hatte er das ungewisse Gefühl, daß sie ihn in Wirklichkeit für einen großen Schwindler hielt. So oft dieser Verdacht ihn durchzuckte, geriet er in solche Verwirrung, daß Jennifer ihm zu Hilfe kommen und ihn aus dem Sumpf ziehen mußte, in den er bei der Unterhaltung geraten war.

Einmal wurde sie von einer dunklen Erinnerung beunruhigt. Es war wie das Schwirren eines Moskitos.

»Ich möchte nur wissen –« Sie brach ab und runzelte die Stirn. »Habe ich Sie früher schon einmal getroffen?«

»Ich habe Sie nie gesehen.«

Obwohl sie nicht verstehen konnte, warum er so aufgeregt zu sein schien, bemerkte sie doch mit Interesse, daß der Ausdruck seiner Augen sich geändert hatte. Sonst waren sie so milde und schmelzend, aber jetzt erstarrte sein Blick plötzlich wie der eines in die Enge getriebenen Raubtiers.

»Vielleicht haben Sie in einem Film jemand gesehen, der mir ähnelt«, lenkte er ab.

»Ja – viele«, versicherte sie ihm, aber sie sagte das zu schnell.

Glücklicherweise fühlte er sich durch ihre Antwort geschmeichelt.

»Wann wollen Sie mich wiedertreffen?«

»Ach – ich habe so selten Zeit.«

»Aber Sie müssen es tun. Ich habe den Eindruck, daß ich Sie heute enttäuscht habe. Es ist schon so lange her, daß ich meine Examina abgelegt habe, aber ich will meine Kenntnisse bis zum nächstenmal auffrischen. Möchten Sie mir nicht eine zweite Gelegenheit geben? Ich will mich nicht rühmen, aber ich habe wahrscheinlich mehr vergessen, als Ihre anderen Bekannten jemals gelernt haben.«

»Sie haben mir viel geholfen«, versuchte sie ihn zu überzeugen. »Wenn ich unaufmerksam schien, kam es nur daher, daß ich mich hier umgesehen und manches beobachtet habe. Das Hotel Ritz wird als Schauplatz in meinem nächsten Roman Vorkommen.«

»Ich auch?«

»Ja. Sie werden der Gefangene auf der Anklagebank sein.«

Jennifer gestattete ihm, sie nach Hause zu begleiten, um ihn dafür zu entschädigen, daß sie keine weitere feste Verabredung mit ihm treffen wollte. Sie bestand darauf, die Untergrundbahn zu benützen, denn sie mißtraute den Möglichkeiten, die sich bei einer Taxifahrt ergaben. Charlie hatte unterwegs Gelegenheit, ihr Urteil über ihn zu seinen Gunsten zu beeinflussen, denn von allen sitzenden Herren stand er allein auf und bot seinen Platz einer älteren Dame an. Sie konnte sehen, daß er handelte, ohne vorher zu überlegen, und um ihn für diese Freundlichkeit zu belohnen, lud sie ihn ein, näherzutreten, als sie zur Pension kamen.

Auf die Damen in der Halle machte ihr schöner Begleiter Eindruck, aber Alan Pole blickte düster zu ihm hinüber und drehte ihm dann absichtlich den Rücken, um nicht vorgestellt zu werden.

Als Charlie gegangen war, nahm Alan sofort Jennifer beiseite.

»Es geht mich natürlich nichts an, aber ich wünschte, du würdest nicht mit dem Kerl ausgehen.«

»Ich wußte, daß du das sagen würdest«, erwiderte Jennifer triumphierend. »Du hast den richtigen Männerkomplex, wonach ein Mann nicht zugleich hübsch und anständig sein kann.«

»Trotzdem weiß ich, daß dieser Mensch es nicht ehrlich meint. Einem Mann kannst du über einen Mann nichts vormachen.«

Jennifer lachte mit ihrer volltönenden Stimme.

»Am besten erzähle ich dir alles über ihn«, sagte sie dann. »Zunächst einmal brauchte ich mich nicht vor ihm zu fürchten, denn er hat viel mehr Angst vor mir. Er ist ein entsetzlicher Feigling. Wenn der jemals in eine Klemme geriete, würde er zusammenfallen wie ein Stück Blätterteig, wenn man den Daumen hineindrückt.«

»Nur weiter«, ermutigte Alan sie.

»Er gehört zu den Menschen, die scharf schießen, um zu töten, wenn sie beim Ausplündern einer Kindersparbüchse ertappt werden.«

»Gut. Wenn du ihn aber doch so vollständig durchschaut hast, warum brichst du dann nicht mit ihm?«

»Weil – es wird dir schrecklich gefühllos vorkommen – ich ihn als einen Typ für meinen Kriminalroman studiere. Ich brauche Wirklichkeit, und er interessiert mich. Er ist ein geborener Lügner. Er ist so ruhig und so unaufdringlich, aber er hat keinen Verstand und keine Einbildungskraft, sobald es sich um andere Menschen handelt. In einer Zwangslage könnte er wahrscheinlich die furchtbarsten Grausamkeiten begehen.«

Aber Alan brummte weiter, obwohl seine Eifersucht besänftigt war. Er fühlte die Geburtswehen des Ehrgeizes. Er war nicht mehr mit seiner sicheren und einfachen Stellung zufrieden, als ihm zum Bewußtsein kam, daß Jennifer von einem anderen Mann in der hergebrachten teuren Weise der Hof gemacht wurde. Ein zweites Stelldichein mit ihr mochte glücklicher für den reichen Verehrer auslaufen.

Ein paar Tage später rückte er jedoch so weit auf, daß er eine eigene Privatsekretärin hatte, wenn auch nur für wenige Minuten. Diese Ehre, die ihm zuteil wurde, war die Folge einer Laune Jennifers. Sie hatte sich in der Unschuld ihres Herzens nichts weiter dabei gedacht, aber ihr Einfall sollte bittere Folgen haben.

Die Dienste, die sie der literarischen Agentur leisten konnte, waren noch nicht bedeutend. Daher bekam sie, da sie gerne spazierenging und auch die bescheidenste Aufgabe nicht für unter ihrer Würde hielt, ab und zu den Auftrag, ein dringendes Manuskript abzuliefern. Bei einer solchen Gelegenheit befand sie sich eines Tages in der Straße, in der Alans Büro lag.

Sie folgte einer Augenblickseingebung und machte ihm einen überraschenden Besuch. Er freute sich, sie zu sehen, wenn er ihr auch sagen mußte, daß sie eine unpassende Zeit gewählt habe.

»Du meinst, daß ich schnell wieder verduften soll?« fragte sie.

»Das sicherlich nicht. Aber bei uns kleinen Angestellten wird es nicht gerne gesehen, wenn wir Damenbesuch erhalten. Das könnte man als nachlässig auslegen. Ich erwarte jeden Augenblick einen Kunden.«

Als er das sagte, hörten sie auch schon schwere Schritte im Gang.

Jennifers Augen blitzten auf, als sie die Möglichkeiten erkannte, die ihr die Lage gab. Schnell streifte sie den Hut ab, setzte sich an die Schreibmaschine und schob ein Blatt in die Walze.

»Wir wollen Eindruck auf ihn machen«, sagte sie, während sie schnell zu schreiben begann. »Dann denkt er, du bist ein ganz großer Direktor mit einer eigenen Sekretärin.«

Er konnte nur noch grinsen, als die Tür sich öffnete und ein gewichtig erscheinender Kunde eintrat.

Sofort verstummte das Klappern der Maschine, und Jennifer stand auf.

»Soll ich den Brief später fertig schreiben?« fragte sie.

»Bitte, Miß Burns.«

Alan zwinkerte ihr zu, als sie den Raum verließ, aber ihr Gesichtsausdruck blieb ernst, denn der Kunde betrachtete sie beifällig mit dem Blick eines Kenners.

Während des Nachmittags hielt Alan mehrmals in der Arbeit inne und schmunzelte über den kleinen Vorfall. Auch Jennifer lächelte darüber und ahnte nicht, daß sie dem Schicksal wieder einen Faden für sein dunkles Gewebe geliefert hatte.

27 Die Dame in der Kiste

Während des Sommers machte Charlie wenig Fortschritte mit dem Werben um seine zweite Frau. Sie wich ihm aus, und mit leidenschaftlicher Hartnäckigkeit gebrauchte sie die Ausrede, daß sie sich bereits verabredet hätte. Jeder, der nicht so zähe gewesen wäre wie Charlie, hätte sich entmutigen lassen, besonders nach der entschiedenen Zurückweisung der literarischen Agentur, bei der sie tätig war.

Als er telefonisch anfragte, ob er Miß Burns sprechen könne, wurde ihm erklärt, daß sie nicht zu den Angestellten der Firma gehöre.

»Wollen Sie damit sagen, daß sie sich verlobt hat?«

»Es bedeutet genau das, was ich sage«, erwiderte eine scharfe Frauenstimme. »Es tut mir leid, aber Sie sind falsch unterrichtet.«

Stutzig legte Charlie den Hörer zurück. Am nächsten Tag versuchte er wieder, mit Jennifer in Verbindung zu kommen, und hoffte, daß eine wahrheitsliebendere Person seinen Anruf beantworten würde.

Unglücklicherweise erkannte er dieselbe Stimme, nur war die Dame diesmal obendrein noch in gereizter Stimmung.

»Es gibt hier immer noch keine Miß Burns«, sagte sie ihm, »und es wird auch morgen keine hier sein, ebensowenig an einem späteren Tage. Wollen Sie diesen Bescheid jetzt bitte als endgültig betrachten?«

Einige Tage später beklagte Charlie sich bei Jennifer über diese traurige Erfahrung. Er suchte sie in ihrer Pension auf und fand überraschenderweise, daß sie Lust zum Tanzen hatte.

»Es muß wohl ein eifersüchtiges Mädchen gewesen sein«, bemerkte er.

Jennifer sah verwirrt aus, als sie den Kopf schüttelte.

»Das nicht, aber die Telefonistin an der Zentrale hat den Auftrag, keine Privatgespräche zuzulassen. Das entspricht nicht den geschäftlichen Gebräuchen. Rufen Sie mich nie wieder in der Firma an, sonst werde ich wütend.«

In Wirklichkeit war sie wütend auf Alan, der sie zu einer solchen Täuschung veranlaßt hatte, denn von Natur aus war sie unbedingt wahrheitsliebend. Sie hatte zu der Zeit auch reichlich Gelegenheit, Alan die Meinung zu sagen, denn sie traf ihn nahezu jeden Abend, entweder beim Schwimmen oder beim Tennisspielen.

Charlie andererseits sah sehr wenig von ihr. Obwohl sie gerne tanzte, war es zu tropisch heiß, um überfüllte Säle zu besuchen. Da aber ihre Begegnungen so selten waren, steigerte sich seine Leidenschaft nur noch mehr. Er war bezaubert, daß sie sich so sehr für seinen Charakter und seine Erlebnisse interessierte, obwohl er sich manchmal mehr ausfragen ließ, als klug erschien.

Zum Glück ahnte er nicht, daß er Jennifer nur Stoff für ihre literarische Tätigkeit lieferte, sonst wäre sein Eigendünkel schwer getroffen worden. Trotz der Hitze hatte sie ihren ersten Roman begonnen und nahm es sehr ernst damit. Als Alan über ihre Freundschaft mit Beaverbrook weiterhin abfällige Bemerkungen machte, lachte sie nur.

»Ein Tanz mit ihm ist so gut wie eine Stunde bei einem Berufslehrer«, erklärte sie, »und ich möchte die Gelegenheit benützen, solange es noch geht. Ich bin nicht sein Typ, und er wird meiner bald überdrüssig werden.«

In ihrer Bescheidenheit hatte sie sich darüber ein falsches Urteil gebildet, denn sie hatte sein Blut so sehr in Wallung gebracht, daß er sich ausschließlich mit den Vorbereitungen zu seiner zweiten Heirat beschäftigte. Vera beobachtete ihn gewöhnlich, wenn er schweigend und schlechtgelaunt im Sessel saß und an seinen polierten Nägeln kaute.

Sie dachte daran, daß sie immer aufrichtig und ehrlich ihm gegenüber gewesen war; wenn sie gewollt hätte, wäre es ihr leicht genug gelungen, mit der Versicherungssumme durchzubrennen, so daß er ohne einen Penny in London gestrandet wäre.

»Wird er mich auch anständig behandeln?« fragte sie sich. »Oder wird er sich mit der Studentin aus dem Staub machen?«

Aber sie hielt eine Trumpfkarte in der Hand, da die Versicherungssumme an Mrs. Charlie Baxter ausgezahlt worden war. Sie hatte unter diesem Namen ein Konto bei der Bank eröffnet, so daß sie unabhängig sein würde, auch wenn ihr Mann sie bei dem neuen Versicherungsschwindel betrügen sollte.

Obwohl sie als ehrsame Witwe in keinem Zusammenhang mit einer begrabenen Mrs. Chester Beaverbrook zu stehen brauchte, deren Tod zweifelhaft war, schrak sie doch vor der Aussicht zurück, ein zweites Mal mit einer Versicherungsgesellschaft zu tun zu bekommen. Als die Dürre während des heißen Herbstes weiter anhielt, verlor Vera den Appetit und konnte vor Sorgen nicht schlafen.

Sie hatte keine Freude mehr am Leben, denn sie spielte zur Zeit keine führende Rolle in dem großen Drama. Bitter sagte sie sich, daß sie nur zu der Menge der Statisten gehörte, als sie unter Hunderten von anderen Frauen die Oxford Street und die Kensington High Street entlangging. Nicht eine einzige Zeile hatte sie zu sprechen, wenn sie Schaufenster besichtigte oder Lichtspieltheater besuchte.

Plötzlich traf das ein, was die Ärzte gefürchtet hatten. Infolge der großen Staubentwicklung während der Dürre trat epidemisch ein Halsleiden auf. Es kündigte eine Krankheitswelle an: Diphtherie und eine Darmgrippe, die eine gelinde Form der Pest war, brachen aus und forderten viele Todesopfer.

Alle Krankenhäuser und Kliniken waren überfüllt, und die Zahl der Ärzte und Krankenschwestern reichte nicht aus, um allen Anforderungen gerecht zu werden. Als Puggie Williams die zahlreichen Todesanzeigen in den Zeitungen sah, funkelten seine kleinen Augen.

»Das ist eine Gelegenheit, wie sie sich im Leben nur einmal bietet«, erklärte er an einem nebligen Morgen beim Frühstück. »Selbst ein Mann, der so weit hinter der Zeit zurück ist wie der alte Shakespeare, wußte alles über den Strom, der zu den Glücksgütern führt. Vera, mein Kind, du mußt das nächste Todesopfer sein.«

»Ach, geh fort«, sagte sie. »In zwei Jahren kannst du wieder einmal anfragen. Dann spreche ich vielleicht mit Dir über die Sache.«

»Zu der Zeit wirst du kaum noch Geld haben.«

Vera gefiel diese Mahnung nicht, aber sie gab trotzdem ihren Widerstand nicht auf.

»Du mußt den Verstand verloren haben, daß du das vorschlägst. Der alte Acorn hat mir die Anfangsgründe darüber beigebracht, wie die Versicherungsgesellschaften einen verdächtigen Fall behandeln, und unsere jetzige Lage paßt genau darauf. Ich möchte es nicht wagen.«

Puggie nickte nach Charlie hin, der auf dem Sofa lag und mit gewohnter Gleichgültigkeit rauchte.

»Ist es nicht ein größeres Wagnis, wenn du dich auf ihn verläßt?«

»Charlie? Glaubst du, daß du einer Frau etwas Neues über ihren eigenen Mann erzählen könntest?«

»Ach, du armes Schaf! Ich dachte, du wärst zu klug, um diese abgedroschene Redensart nachzuplappern, nur weil du weißt, auf welcher Seite des Bettes er liegt. Es gehört ein Mann dazu, um einen Mann zu durchschauen. Ich bin ein einfacher Charakter. Mit sechs Buchstaben hast du mich erklärt – *Säufer.* Aber du weißt nicht, was ich früher war. Du kennst nicht einmal meinen Namen.«

»Was tuschelt ihr da miteinander?« fragte Charlie.

»Ich sagte gerade, deine Haare sähen scheckig aus«, antwortete Puggie. »Du mußt bald wieder einmal zum Friseur gehen.«

Diese Bemerkung brachte Vera die vollkommen veränderte Lage zum Bewußtsein. Puggie war eifersüchtig auf Charlie, während dieser ihrer Freundschaft jetzt gleichgültig gegenüberstand. Seit ihrem Zusammenleben in Starminster hatten sie einen weiten Weg zurückgelegt. Mit Bedauern dachte sie an den alten Charlie Baxter, diesen netten, liebenswürdigen kleinen Mann, der mit seinem würdevollen Bart die Herzen der Frauen gewann.

Als ob Puggie ihre Gedanken ahnte, seufzte er tief.

»Erinnerst du dich noch an die alte Vogelscheuche, die wir das letzte Mal zusammengezimmert haben? Das waren noch Zeiten! Jetzt mußt du wieder eine schöne Puppe anfertigen, Vera.«

»Das werde ich nicht tun«, erklärte sie. »Auf mich brauchst du wirklich nicht zu rechnen.«

Es folgte eine peinliche Pause, als Vera sich weigerte, über den Betrug zu beraten, und Puggie ging fort und streifte in London umher.

Eines Morgens zeigte er ihr einen Gepäckaufbewahrungsschein, der mit der Post gekommen war.

»Eine verdächtige Packkiste wartet in Charing Cross auf mich. Hoffentlich fassen sie mich nicht, wenn ich sie abhole.«

»Was ist denn darin?« fragte Vera.

»Eine Leiche. Du bist daran schuld. Du hast mich zu dem Verbrechen getrieben. Ich muß jetzt gehen und alle Vorbereitungen treffen, daß das arme Mädchen hierhergebracht wird.«

Vera glaubte, daß er einen Witz auf ihre Kosten machen wollte, und kümmerte sich nicht darum. Sie war nicht zu Hause, als der Lieferwagen von Carter Paterson vor der Tür hielt, und versäumte so zu sehen, wie eine schwere Kiste aus dem Wagen in den Gepäckfahrstuhl gebracht wurde.

Als Vera zurückkam, begegnete Puggie ihr auf dem Flur.

»Sie ist dort drinnen«, flüsterte er und zeigte auf sein Schlafzimmer.

»Wer?« wollte Vera wissen.

»Die Dame aus der Kiste.«

»Ach, du Esel, du machst mich –«

Sie brach ab und packte ihn am Arm. Auf dem überzähligen Bett lag die reglose Gestalt einer Frau mit blondem Haar und bleichem Gesicht.

»Ist sie tot?« fragte sie mit stockender Stimme. Puggie brach in lautes Gelächter aus.

»Diesmal habe ich dich aber hereingelegt«, sagte er triumphierend. »Das ist Evangeline. Ich kaufte sie in einem Kleidergeschäft in Peckham. Dort stand sie in einem Schaufenster, und ich bemerkte, daß sie alt und zum Einschmelzen reif war. Ich sagte also dem Inhaber, meine Frau ginge ins Ausland und wollte ein Modell zurücklassen, auf dem ihre Kleider abgesteckt werden könnten. Er glaubte mir die Geschichte auch, aber trotzdem wagte ich nicht, sie gleich von dort aus hierherschicken zu lassen.«

»Du Idiot!« sagte Vera ärgerlich. »Du wirfst nur dein Geld zum Fenster hinaus.«

»Ich nicht. Charlie hat dafür gezahlt. Gefällt sie dir denn nicht? Sie ist eine Kapitalsanlage. Gestatte, daß ich dir vorstelle: Unser Totenersatz.«

Vera schlief in der nächsten Nacht nicht viel. Sie war nicht nur sehr erschrocken, sondern auch bestürzt über die Hartnäckigkeit der Männer.

Trotz aller vernünftigen Überlegung fiel ihr das Ding in dem Fremdenbett allmählich auf die Nerven. Es sah einer Leiche so ähnlich, daß sie es nicht ertragen konnte, das Zimmer zu betreten. Sie entschloß sich, ein Wochenende am Strand zu verleben.

In einem neuen Kamelhaarsportmantel kam sie am Freitagabend in Brighton an und nahm in einem großen Hotel an der Wasserseite ein Zimmer. Aber der Ausflug war kein Erfolg. Sie sah aus wie eine Frau, die

Anschluß sucht, und rücksichtsvolle Herren waren gern bereit, ihr Gesellschaft zu leisten. Aber sie war weder in der Stimmung, Fremde zu ermutigen, noch in der Gemütsverfassung, allein zu sein.

Nachdem sie die Zeit mit ziellosen, einsamen Wanderungen verbracht hatte, war sie froh, als der Sonntagabend herankam. Um das Ende ihrer Ferien zu feiern, aß sie noch spät am Abend Hummermayonnaise und trank Sekt dazu.

Diese Mahlzeit sollte von höchster Wichtigkeit für Veras Rivalin Jennifer Burns werden, aber ihr selbst bekam das Gericht äußerst schlecht, denn sie hatte in der Nacht einen furchtbaren Traum.

Sie war in dem Grenzzustand zwischen Schlafen und Wachen, stöhnte und schwitzte vor Entsetzen. Tief unten war sie, und schwere Dunkelheit lastete auf ihr. Sie warf sich von einer Seite auf die andere, stieß um sich und kämpfte mit den Bettüchern, die sie mit ihren Nägeln zerreißen wollte. Aber während sie die Todesangst des Erstickens fühlte und grauenvolle seelische Qualen litt, konnte sie doch hören, daß der Wind an den Fenstern rüttelte und bei der einsetzenden Ebbe die Flut ins Meer zurückströmte.

Schließlich gelang es ihr mit großer Anstrengung, sich aus dem Alpdruck zu lösen, und sie setzte sich im Bett auf. Ihr Gesicht war feucht, und ihr Herz schlug laut wie eine Trommel.

»Das ist ein Vorzeichen«, stöhnte sie. »Das wird mir später sicher zustoßen. Ich muß Charlie warnen. Jetzt gleich. Ich darf keine Zeit verlieren.«

Immer noch benommen, schlüpfte sie in ihren Morgenrock und setzte sich an den Tisch, auf dem Briefpapier und Umschläge mit dem Aufdruck des Hotels lagen. Aber während sie auf den weißen Bogen starrte und versuchte, ihre Gedanken zu sammeln, schauderte sie zusammen und schüttelte den Kopf.

»Nein, nicht an ihn.«

Sie zwang sich zur Ruhe und schrieb eine Mitteilung an einen anderen. Als die Adresse auf dem geschlossenen Kuvert stand, fühlte sie sich bedeutend erleichtert. Da sie aber immer noch zitterte, packte sie eine Flasche Kognak aus, ohne die sie niemals reiste, und trank den ganzen Inhalt aus.

An eine solche Menge war sie nicht gewöhnt, und so schlief sie sofort ein. Spät am Montagmorgen erwachte sie mit furchtbaren Kopfschmerzen und erinnerte sich überhaupt nicht mehr an den Brief.

Aber die Erinnerung an den bösen Traum schien das Zimmer noch zu überschatten, und Vera beschloß, es sofort zu verlassen. Sie schnitt eine Grimasse, als das Zimmermädchen sie fragte, was sie zum Frühstück essen wollte, packte eilig und stürzte nur eine Tasse Tee hinter. Kurze Zeit später stieg sie in den Schnellzug nach London.

Nachdem sie gegangen war, machte die Aufsichtsdame ihre Runde durch die einzelnen Räume. Veras Zimmer war in Ordnung gebracht und für den nächsten Gast vorbereitet worden, aber sie sah einen Brief auf dem Kaminsims. Da das Mädchen ihr sagte, sie hätte ihn in einer Schublade des Schreibtisches gefunden, nahm sie ihn mit sich ins Büro, um ihn zu frankieren und abzuschicken.

Zur richtigen Zeit wurde der Brief dem Empfänger zugestellt, aber dieser war gerade mit einer wichtigeren Sache beschäftigt. Der Mann überflog die Zeilen kurz, und sie machten keinen großen Eindruck auf ihn. »Armes Kind«, sagte er vor sich hin, legte den Brief in eine Schublade und vergaß ihn.

Vera traf vor ihrem Brief in London ein. Sie fand die Wohnung in größter Unordnung vor, aber die beiden Männer waren in viel zu gehobener Stimmung, als daß sie darüber Unbehagen empfunden hätten.

»Liebling, du bist für uns die einzige Frau auf der Welt«, erklärte Charlie und küßte sie liebevoll.

»Du siehst großartig aus«, sagte Puggie, dessen gute Laune diesmal nichts mit dem Genuß von Alkohol zu tun hatte.

»Das ist ja tüchtig von mir«, erwiderte Vera bissig. »Ich fühle mich wie ein billiger Rest beim Ausverkauf. Ich hatte einen entsetzlichen Traum –«

»Ach, Ost ist Ost, und West ist West«, unterbrach Puggie sie, »aber sie treffen sich auf geschäftlicher Grundlage ... Ich habe inzwischen in diesen niederen Regionen Einkäufe gemacht, während du dich amüsiert hast ... Alles ist vorbereitet.«

»Wofür?«

»Für dein seliges Ende. Charlie wird heute abend unseren Doktorfreund anrufen und ihm sagen, daß du krank bist. Ruddy hat sich die Beine abgelaufen und

wird wahrscheinlich halb blind sein, wenn er hierher-
kommt.«

»Nein«, protestierte Vera. »Ich habe schon gesagt,
daß ich mich nicht drängen lasse. Ich bin noch nicht
dazu entschlossen.«

»Aber du wirst dich entschließen, liebes Kind,
wenn du erst siehst, was auf dich wartet.«

Puggie nahm ihren Arm, führte sie in das Gastzim-
mer und zeigte auf einen großen Gegenstand.

Als Vera darauf niederstarrte, dachte sie plötzlich
wieder an ihren schrecklichen Traum und schrie laut
auf.

Es war ein Sarg.

28 Ins Blaue hinein

Es dauerte einige Zeit, um Veras Widerspruch zu besiegen, aber schließlich gab sie nach. Doktor Ruddy wollte sich gerade zu Bett legen, als das Telefon klingelte. Nachdem er angehängt hatte, fluchte er heftig, denn er war nervös und überarbeitet.

»Wie kommt es nur, daß es den Leuten abends immer schlechter geht?« beklagte sich seine Frau.

»Ach, es geht ihnen nicht schlechter«, brummte er. »Das bilden sie sich nur ein.«

»Dann sollen sie doch einen anderen Arzt rufen. Du kannst morgen deine Patienten nicht behandeln, wenn du zusammenbrichst.«

Doktor Ruddy schlüpfte trotzdem wieder in seine Hose.

»Es ist Mrs. Beaverbrook«, erklärte er.

Seine Frau, die seine etwas unregelmäßigen Aufzeichnungen in die Bücher eintrug, verstand, was ihn dorthin lockte. Ihr Mann kam von seinen Krankenbesuchen meistens erst so spät zurück, daß in den Gaststätten kein Alkohol mehr ausgeschenkt werden durfte, und sie selbst hatte es sich zur Lebensaufgabe gemacht, nie einen Tropfen Whisky in die Kristallflasche auf dem Büfett zu füllen.

»Sind sie verheiratet?« fragte sie.

»Das möchte ich bezweifeln. Aber es geht mich nichts an.«

Als Doktor Ruddy in der Wohnung ankam, wartete Puggie schon mit der Whiskyflasche im Wohnzimmer auf ihn. Er berichtete ihm alle Krankheitssymptome und hob besonders hervor, wie sehr Charlie sich um seine Frau kümmerte, während er dem Doktor ein Glas nach dem anderen einschenkte.

»Zweifellos Grippe«, murmelte Doktor Ruddy, der nur mit halbem Ohr hinhörte, weil ihm diese Geschichte nur allzu geläufig war. »Ich will mir die kleine Frau jetzt einmal ansehen.«

Als er ins Krankenzimmer trat, machte Vera einen mitleiderregenden Eindruck. Sie sah schmal und klein aus, als sie im Bett saß, im Rücken gestützt von zwei großen violettseidenen Kissen, die von Gesichtscreme fettig geworden waren. Eine seidene Daunendecke von purpurroter Farbe war über sie gebreitet. Im Gegensatz zu diesem scharfen Ton hatte ihre Haut eine grüngraue Färbung angenommen, und in ihrem hageren Gesicht schienen die einzelnen Züge spitz wie Fischgräten hervorzutreten.

»Sind Sie es, Doktor?« rief sie. »Ich kann Sie nicht sehen – ich habe so entsetzlich stechende Schmerzen hinter den Augen.«

Die oberflächliche Untersuchung verlief programmgemäß. Doktor Ruddy war sehr müde und nicht mehr nüchtern, also nicht in der Verfassung, einen Betrug zu durchschauen. Veras Temperatur war so hoch, wie die unter dem Kissen versteckte dampfende Kartoffel sie hinauftreiben konnte. Die kleine Frau klagte über all die üblichen Schmerzen und Beklemmungen, und ihre Haut war trocken, weil Charlie sie vorher mit reinem Alkohol abgerieben hatte.

»Grippe«, sagte Doktor Ruddy.

Als er das Zimmer gerade wieder verlassen wollte, ereignete sich etwas Unerwartetes. Plötzlich drehte er sich um und ging mit unsicheren Schritten nach dem Bett zurück.

»Sollte ich nicht etwas – war da nicht etwas – das ich für Sie tun sollte, meine liebe Mrs. Beaverbrook?« fragte er.

Vera starrte ihn erstaunt an.

»Was meinen Sie?«

»Kann mich im Augenblick nicht darauf besinnen.« Er schaute unschlüssig drein. »Aber es wird mir schon wieder einfallen. Machen Sie sich nur keine Sorgen, kleine Frau. Es ist alles in Ordnung.«

Vor der Tür des Krankenzimmers nahm er sich zusammen und sprach mit Charlie.

»Sie hat einen sehr schweren Anfall, Beaverbrook. Nehmen Sie die beste Pflegerin, die Sie bekommen können.«

»Sie läßt sich von keinem anderen anrühren als von mir«, erklärte Charlie. »Sonst regt sie sich nur noch mehr auf und erschöpft ihre schwachen Kräfte dadurch.«

»Das ist nicht gut. Dann müssen wir das lassen. Nur – ich warne Sie, Beaverbrook. Sie hat keine Widerstandskraft.«

Während die beiden vor der Tür flüsterten, beugte Puggie sich über das Bett und sprach leise zu Vera.

»Wir haben ihn richtig hinters Licht geführt«, sagte sie.

»Ja«, nickte Puggie. »Aber was wirst du nachher anfangen?«

»Ich mache es ebenso wie Charlie. Verstecke mich irgendwo, bis er das Geld kassiert hat und ohne Gefahr zu mir kommen kann.«

»Wenn du klug bist, verschwindest du ganz. Komm überhaupt nicht zurück, und teile ihm auch nicht mit, wo du dich aufhältst. Laß nicht einmal mich das wissen. Ich plappere es womöglich aus, wenn ich ein Glas zuviel getrunken habe.«

Zu Veras Erstaunen hatten sich die Züge in Puggies aufgedunsenem Gesicht plötzlich gespannt.

»Ehrlich gesagt, Vera, ich traue Charlie nicht. Er braucht Geld – und du hast es.«

Aber sein guter Rat war an Vera verschwendet.

»Er ist mein Mann, und ich gebe ihn nicht irgendeiner Studentin wegen auf«, erwiderte sie eigensinnig.

Der Verlauf ihrer angeblichen Krankheit brach jedoch allmählich ihren Widerstand. Mit großer Ruhe hielt sie die furchtbare Behandlung aus, wenn es notwendig war, ein Symptom vorzutäuschen, aber die langen Stunden, die sie still im Bett liegen mußte, konnte sie nicht aushalten. Nachdenken und Warten zermürbten sie.

Sie mußte dauernd im Bett bleiben, weil Doktor Ruddy bei seinen Besuchen so unzuverlässig war wie eine Uhr mit einer gesprungenen Feder. Wenn er versprach, zu kommen, erschien er nicht, und dann tauchte er plötzlich auf, wenn man ihn am wenigsten erwartete.

Jeder Kniff, der Simulanten geläufig ist, wurde angewandt, um ihn zu verwirren aber er war nicht argwöhnisch, weil zu viele seiner Patienten dieselben Krankheitserscheinungen zeigten. Die Menschen starben wie die Fliegen, und die Finanzämter hatten eine reiche Ernte an Erbschaftssteuern.

Bald darauf hielt Charlie die Zeit für gekommen, den unvermeidlichen Zusammenbruch in Szene zu setzen.

Merkwürdigerweise war Doktor Ruddy einmal nüchtern, als er auf den telefonischen Anruf hin in die Wohnung kam. Er fand Vera in einem Zustand wirklicher Entkräftung. Sie hatte Untertemperatur und einen schwachen, unregelmäßigen Puls, nachdem sie eine starke Menge Tabakasche in Tee zu sich genommen hatte.

Als er auf die zusammengesunkene Gestalt sah, regte sich plötzlich eine Erinnerung in seinem Gehirn. Endlich fiel ihm ein, warum er neulich versucht hatte, Vera eine beruhigende Versicherung zu geben. In diesem Augenblick konnte er natürlich nicht darüber sprechen, um nicht ihre Furcht zu erregen, und so klopfte er ihr nur freundlich auf die Hand.

»Sorgen Sie sich nicht«, sagte er, »ich werde mich um *alles* kümmern. Und ich bringe Sie schon durch.«

Sein freundlich gerötetes Gesicht wurde ernst, als er auf dem Flur mit Charlie sprach.

»Ich – ich bin nicht zufrieden mit ihr, Beaverbrook.«

»Sie meinen doch nicht –«

Doktor Ruddy klopfte Charlie auf die Schulter.

»Es hängt alles von den nächsten Stunden ab. Sie wissen ja, was Sie tun müssen, wenn sie plötzlich zusammenbricht. Ich fürchte, daß ich nicht mehr zur Zeit kommen kann, wenn Sie nach mir schicken.«

Charlie lächelte, als er ins Schlafzimmer zurückkehrte.

»Was hat der alte Saufbruder gesagt?« fragte Vera.

»Gute Nachricht. Er sagt, daß die Engel dich rufen.« Charlie wandte sich an Puggie. »Mach jetzt vorwärts mit den Vorbereitungen zum Begräbnis. Je eher wir die Leiche beerdigen, desto sicherer sind wir.«

»Ich werde den Grabgesang dazu anstimmen«, bemerkte Vera bitter. »Ich fühle mich wie nach einem Trinkgelage zum Wochenende, nachdem ich dieses scheußliche Zeug getrunken habe.«

»Du brauchst jetzt nichts mehr davon einzunehmen, mein liebes Kind«, erwiderte ihr Mann freundlich. »Ich werde die Sache kunstgerecht durchführen. Morgen bekommst du eine kleine Dosis Quadronex.«

»Was ist denn das?«

»Ein Betäubungsmittel. In kleinen Mengen ganz harmlos. Ich gebe dir nur so viel, daß ein leichtes Koma hervorgerufen wird.«

»Koma? Werde ich bewußtlos sein?«

»Ja, das ist die Absicht. Dann rufe ich Ruddy, damit er dich noch einmal sieht. Später kann ich ihn antelefonieren und ihm sagen, daß meine arme Frau im Schlaf dahingegangen ist wie ein Kind.«

Vera ahmte sein Lachen nach, aber es klang unnatürlich.

»Das hast du dir ja wirklich spaßhaft ausgedacht, mein Lieber«, sagte sie, »aber ich bin nicht so sehr von der Idee begeistert, daß ich mit weißen Veilchen geschmückt werde. Ich bin abergläubisch. In Brighton hatte ich einen schrecklichen Traum –«

»Ja, ein andermal, Liebling. Ich muß jetzt gehen.«

»Wohin?« fragte Vera, die plötzlich argwöhnisch wurde, als Charlie sich über sie beugte und sie küßte.

»Nach der Charing Cross Road. Ich will dort ein antiquarisches Buch kaufen.«

Sie glaubte ihm nicht, obwohl er die Wahrheit gesagt hatte. Als die beiden Männer sie allein gelassen hatten, sah sie sich in dem Raum um, den sie jetzt haßte. Er erinnerte sie an Stunden, die sie hier verbracht hatte, gequält von Hitze, Langeweile und Übelkeit. Die Luft schien angefüllt zu sein von dem Geruch abgestandener Betäubungsmittel.

Nun kam noch ein neuer Zustand hinzu. Sie fürchtete sich vor Blindheit und Dunkelheit. Es war zwecklos, sich noch länger zu täuschen. Charlie hatte seinen neuen Schwarm ernst genommen, und für eine Vera gab es keinen Platz mehr in seinem Leben. Im besten Falle würde er sie – als unbeerdigte Leiche – an einem einsamen Platz in der Nähe von Birmingham, Manchester oder sonstwo aussetzen. Im schlimmsten Falle –

Sie schauderte zusammen. Wenn sie sich auch weigern konnte, das Quadronex zu nehmen, mochte Charlie doch eine List gebrauchen, um es ihr beizubringen. Es war ihm ein leichtes, es in irgendeine Flüssigkeit zu mischen, die den Geschmack überdeckte, oder es ihr im Schlaf einzuspritzen. Die Tatsache, daß sie nichts Genaueres von dem Mittel wußte, ließ alle Möglichkeiten offen.

Sie konnte nicht immer auf der Hut sein bei jedem Schluck, den sie zu sich nahm, und es war unmöglich, sich auf die Hilfe eines Trinkers wie Puggie zu verlassen. Im kritischen Augenblick mochte seine Ergebenheit ihr gegenüber durch ein Glas Whisky auf eine harte Probe gestellt werden. Jetzt hatte sie noch ihren klaren Verstand, um sich gegen ihren Mann zu verteidigen. Wenn er sie erst einmal betäubt hatte – war sie vollkommen in seiner Gewalt.

Sie konnte ihm nicht trauen. Sie erinnerte sich an seinen sonderbar verworrenen Gedankengang bei dem Vorschlag, Feuer unter bewohnten Räumen anzulegen.

Während sie steif unter der Purpurdecke lag, sah sie im Geiste wieder das Häuschen auf dem Lande vor sich. Ganz England wartete auf sie, um sie aufzunehmen und vor einem erpresserischen Mann zu verbergen. Außerdem hatte der verstorbene und tiefbetrauerte Charles Baxter sie zu seiner Witwe gemacht und ihr eine hübsche Versicherungssumme hinterlassen, um sie für ihren Verlust zu trösten.

Am besten dankte sie ihm dafür, wenn sie sein Andenken in Ehren hielt und ihm eine treue Witwe blieb.

Nachdem sie sich einmal entschlossen hatte, wollte sie auch so schnell wie möglich fortgehen und ganz mit der Vergangenheit brechen. Sie schlüpfte aus dem Bett und ging an die Tür.

»Puggie!« rief sie.

29 Eine Junggesellen-
wohnung

Veras Taxi war kaum ein paar Minuten die Shaftesbury Avenue hinuntergefahren und verschwunden,
als Charlie zur Wohnung zurückkam. Er war in gehobener Stimmung, denn er hatte als Geschenk für
Jennifer ein Lehrbuch über Gifte gekauft.

Nach einer qualvollen Zeit, in der sie kühl alle seine
Einladungen abgeschlagen hatte und ihm unter irgendwelchen Vorwänden ausgewichen war, hatte sie ihn
angerufen und aufgefordert, sie am übernächsten Tag
in ihrer Pension zu besuchen.

»Nein«, erwiderte sie auf seine Vorschläge, »wir
wollen nicht ausgehen. Bringen Sie mir das Buch mit,
dann setzen wir uns in die Halle und plaudern miteinander.«

Charlie glaubte, ihre Beweggründe zu durchschau-
en.

»Sie hört jetzt auf, mir etwas vorzumachen, und
wird allmählich vernünftig«, sagte er voraus.

Es war ein Glück für seine Gemütsruhe, daß er den
wahren Grund für ihr freundschaftliches Verhalten
nicht kannte. Während er alle Hindernisse aus dem

Wege räumte, um Jennifer bald heiraten zu können, hatte sie sich gerade mit Alan Pole verlobt, obwohl ihre Brautzeit sich lange hinzuziehen drohte.

Nachdem Jennifer Alan einen deutlichen Wink gegeben hatte, machte der junge Mann ihr einen Antrag, der angenommen wurde, und seitdem hatten die beiden in ihrem besonderen Himmel gelebt. Die einzige Wolke am Horizont ihres Glückes war die finanzielle Lage.

»Wenn ich doch nur eine bessere Stellung bekommen könnte«, sagte Alan. »Aber die spaziert mir natürlich nicht entgegen. Ich muß ihr nachlaufen.«

»Ich würde dir zu gerne helfen«, rief Jennifer, die auch mitspielen wollte. »Wäre es nicht wunderbar, wenn ich auf die Spur eines großen Versicherungsbetrugs käme?«

»Ja, das wäre herrlich, meine kleine Detektivin.«

»Aber es geschehen doch dauernd immer seltsamere Dinge. Ich werde Chester Beaverbrook bitten, mich in einen Nachtklub mitzunehmen, der in schlechtem Ruf steht. Dann will ich die Augen aufmachen und hören, was die Leute sich erzählen.«

»Ich bin froh, daß du Beaverbrook erwähnst. Das erinnert mich an etwas. Mit dem Kerl mußt du Schluß machen.«

Alan sagte das mit grimmiger Entschlossenheit, aber Jennifer widersprach ihm mit Gefühlsgründen.

»Er tut mir so leid. Wirklich, er ist verzweifelt rührend. Er kennt kein anderes nettes Mädel, und so überschätzt er die Freundschaft mit mir.«

»Nun, zur Abwechslung kann ich dir auch einmal leid tun. Mir steigt jedesmal das Blut zu Kopf, wenn du diesen Menschen triffst.«

»Schön, mein kleiner Schreihals, ich werde mit ihm brechen.«

»Gut. Rufe ihn gleich an und sage ihm, daß du mit mir verlobt bist.«

In der folgenden Pause mußte das Schicksal mit gekrümmten Fingern gewartet haben – bereit, die dunklen Fäden aus seinem Gewebe herauszuziehen. Aber aufs neue wurde Jennifer von ihrer verhängnisvollen Güte verraten.

»Ach, ich kann ihn nicht so einfach fallen lassen. Es ist, als ob man eine unbenützte Autobuskarte fortwerfen sollte. Außerdem hat er mir ein Buch versprochen, das ich für meinen Roman dringend brauche. Ich werde ihn bitten, es mir übermorgen abend herzubringen. Bei der Gelegenheit kann ich ihm dann meinen zukünftigen Mann vorstellen.«

Alan konnte gegen den Plan nichts einwenden, aber Jennifer mußte ihm wenigstens versprechen, für das Buch zu zahlen.

»Gut, mein Freund«, erwiderte sie. »Ich kassiere das Geld später von dir ein. Ich stamme aus Schottland.«

Ihre Freundschaft mit Beaverbrook sollte ihr beim Studium menschlicher Charaktere helfen, aber es war seltsam, wie wenig sie dadurch gewonnen hatte. Vera, die ihn als seine Frau genau kannte, fürchtete ihn und traute ihm nicht, aber Jennifer, eine Fremde, fuhr fort, das Haupt einer Klapperschlange zu streicheln.

Als Charlie mit dem Buch unter dem Arm in der Wohnung erschien, begrüßte Puggie ihn mit einem breiten Lächeln auf dem roten Vollmondgesicht.

»Mit der Beerdigung ist es Essig – die Leiche ist ausgekratzt.«

»W-was?« stammelte Charlie.

»Vera ist fort – und ich wünsche ihr viel Glück.«

Zuerst war Charlie zu bestürzt über ihren Verrat, um es zu glauben.

»Und das ist nun meine Frau«, sagte er bitter. »Konntest du sie denn nicht zurückhalten?«

»Im Gegenteil, ich habe ihr geholfen, du Schafskopf. Sie hat all ihre Sachen mitgenommen.«

»Wann war das?«

»Vor einer Stunde«, log Puggie.

Charlies Gesichtszüge verrieten, daß er im Grunde erleichtert war und sich zu einer gewissen Empörung zwingen mußte. Tatsächlich wurde er sich seiner neuen Freiheit bewußt. Vera war für ihn nicht nur eine Schwierigkeit, sondern ein Problem, das früher oder später gelöst werden mußte.

Ihre freiwillige Abreise räumte nun das letzte Hindernis für seine Heirat aus dem Wege.

»Wir müssen sehen, daß wir den Totenschein von Ruddy sofort bekommen.«

Puggie brach in schallendes Gelächter aus.

»Du Einfaltspinsel«, sagte er keuchend. »Die Beerdigung ist abgeblasen. Aus der Versicherungssumme wird nichts. Es ist Schluß mit allem ... Glaubst du denn, eine große Gesellschaft läßt sich von jedem hergelaufenen Betrüger die Moneten aus der Tasche ziehen? Du hast nicht die geringste Möglichkeit, das Geld zu bekommen.«

»Aber das letzte Mal ist es doch geglückt.«

»Das letzte Mal, du Dickkopf, haben wir den guten alten Vertrauensschwindel durchgeführt. Wir hatten Anfängerglück, aber wir haben es auch sehr gerissen und schlau angestellt. Zwei Jahre haben wir darauf verwendet, um alles vorzubereiten. Und du warst damals unser Glanzstück. Aber jetzt – siehst du aus, als ob du eben die Gans gestohlen hättest ... Natürlich kannst du dein kleines Begräbnis haben, wenn es dich glücklich macht, und du kannst das Büro der Versicherungsgesellschaft mit Totenscheinen tapezieren, aber bevor sie zehntausend Pfund herspuckt, wird sie noch allerhand über dich und mich und unsere finanzielle Lage wissen wollen.«

»Warum hast du dann –«

»Ich habe Vera etwas vorgemacht. Sie wäre niemals auf und davon gegangen, wenn sie nicht gewußt hätte, daß du versorgt bist ... Ich war ihr das schuldig, weil ich sie zu der ersten Sache gezwungen hatte, obwohl sie ihr ganz gegen den Strich ging. Sie ist ehrlich –«

Charlie feuchtete verzweifelt die trockenen Lippen an.

»Die Geschichte muß zu Ende geführt werden«, sagte er. »Ich brauche das Geld. Ich will heiraten.«

»Nun gut.« Puggie lachte wieder. »Einmal im Leben hat man eine große Möglichkeit. Es wird ein Spaß werden. Aber ich warne dich. Wahrscheinlich kommst du dabei ins Kittchen.«

»Das Wagnis will ich auf mich nehmen.«

Puggie füllte sein Glas aufs neue.

»Also, zum Wohle«, sagte er, als er es hob. »Kannst du dich noch auf das besinnen, was du mir früher einmal gesagt hast? ›Ich kann dich nicht ausstehen, Williams.‹ Nun, jetzt sage ich das zu dir. Charlie Baxter hatte ich gern – aber Chester Beaverbrook kann ich nicht leiden. Ich hoffe, daß sie dich fassen.«

»Du bist betrunken.«

»Aber immer noch nüchtern genug, um dich zu warnen. Denke daran, Charlie Baxter ist tot. Du hast nie von ihm gehört. Wenn der Staatsanwalt von dem anderen Betrug Wind bekommt, brummt man dir die doppelte Strafe auf.«

Charlie erwiderte nichts darauf, aber Puggie sah an dem Gesichtsausdruck des anderen, daß sein Rat nicht vergeblich war. Er konnte sich darauf verlassen, daß Chester Beaverbrook schon für sich sorgen würde.

»Ich will noch mehr für dich tun«, fuhr er fort. »Ich werde dir helfen, die arme Evangeline zu begraben. Ich werde auch den verdammten Doktor anläuten, daß er den Totenschein schreibt ... aber ich halte mich wohlweislich fern, wenn es darum geht, die Versicherungssumme einzukassieren. Ich will großzügig sein und dir die Police verkaufen. Kein Geld braucht dabei gezahlt zu werden. Ich bin endgültig mit der Sache fertig. Aber du hast ja nur zu beweisen, daß du zum Empfang berechtigt bist, dann warten zehntausend Pfund darauf, daß du sie aufhebst. Verrückt, was?«

Puggie hielt sein Wort. Er wählte den psychologisch richtigen Augenblick, um Doktor Ruddy Veras Tod mitzuteilen, denn er ließ sich mit einer Kneipe verbinden, in der sich der Arzt um diese Zeit eine kleine Erholung gönnte.

Wie er erwartet hatte, versicherte Doktor Ruddy ihn mit heiserer Stimme seiner Teilnahme und sagte ihm, daß er diesen Ausgang ja erwartet habe. Als er dann noch darum bat, mit Charlie zu sprechen, wurde er rührselig.

»Es ist nur ein langer Schlaf, mein Lieber. Diesen Weg müssen wir alle einmal gehen. Ich wünschte, daß ich ihn schon gegangen wäre. Ich bin ganz am Ende meiner Kraft. Nur ein langer Schlaf.«

Er fügte noch hinzu, daß er den Totenschein sofort senden würde, da er sonst nichts mehr tun könne. Aber Puggie, der ihn nur zu gut kannte, ersparte ihm vorsorglich die Mühe, die Sache hinauszuschieben, und holte das Schriftstück am nächsten Morgen während der Sprechstunde persönlich ab.

Nachdem die beiden Verschwörer das wichtige Papier in ihrem Besitz hatten, beeilten sie sich mit den Vorbereitungen zur Beerdigung. Puggie riß blutige Witze, als er die Wachsfigur in dem billigen Sarg unterbrachte und das verblichene Gesicht mit weißer Seide zudeckte. Dauernd erfand er rührende Abschiedsworte, die Charlies Karte zu dem Kranz tragen sollte.

»Schreibe: ›Wir werden uns Wiedersehen.‹ Du weißt doch, daß sie vielleicht als Zeugin in einem Prozeß gegen dich vorgeladen wird.«

Auch Alan Pole fühlte sich an dem Morgen glücklich. Als er in sein Büro kam, erfuhr er, daß er ein besonders schwieriges Geschäft bei einer kleinen Vertretung der Gesellschaft auf dem Lande abschließen sollte.

Da dies gleich auf seine Verlobung folgte, sah er diesen Auftrag als ein gutes Vorzeichen an. Er war so begeistert, daß er vor der Abfahrt noch eine kurze Mitteilung an Jennifer schrieb und ihr die Neuigkeit mitteilte.

Er sandte den Brief durch Eilboten, da Jennifer ihm verboten hatte, sie in ihrem Büro anzurufen. Sie erhielt ihn gerade, als sie zu einem zeitigen Mittagessen ging, steckte ihn in die Handtasche und las ihn in einem Eckrestaurant am Leicester Square bei Salat und Kaffee durch.

Sie lächelte, während sie las, und ihre Augen blickten sanft.

»Er ist doch wirklich lieb«, dachte sie. »Eigentlich ist es eine Schande, daß ich ihn noch mit diesem dummen Beaverbrook ärgere. Den werde ich anrufen und ihm sagen, daß er heute abend nicht kommen soll. Alan wird sich besonders freuen, wenn er hört, daß die Sache zu Ende ist.«

Sie wollte gerade in eine Telefonzelle treten, als ihr das Buch einfiel.

»Ich kann ihn nicht damit sitzen lassen, nachdem er es eigens für mich besorgt hat«, sagte sie sich, war aber ehrlich genug, hinzuzufügen: »Außerdem brauche ich es. Ich werde jetzt nach seiner Wohnung gehen und es dort abholen. Das dauert höchstens fünf Minuten, und bei der Gelegenheit kann ich ja auch einfließen lassen, daß ich mich verlobt habe. Wenn ich ihn richtig beurteile, wird ihn das sofort abkühlen.«

Obwohl Jennifer Charlies Wohnung noch nie aufgesucht hatte, war sie doch frei von allen Vorurteilen der viktorianischen Zeit. Chester behandelte sie immer mit so viel zuvorkommender Hochachtung, daß sie nicht fürchtete, ihre Absicht könnte mißverstanden werden.

Da der kleine Fahrstuhl gerade benützt wurde, stieg sie die nicht allzu saubere Steintreppe bis zum dritten Stock hinauf und kam mit rotem Kopf und außer Atem vor der Tür an.

Charlie öffnete auf ihr Klingeln und starrte sie an, als ob er seinen Augen nicht trauen dürfte. Sie lachte über sein verblüfftes Gesicht, ehe sie seinen schwarzen Gehrock sah.

»Wollen Sie eine Hochzeit mitmachen?« fragte sie.

»Nein, eine Beerdigung. Es handelt sich um meine Frau. Ist das nicht ein Witz?«

»Zu spaßig.«

Sie brach mitten im Lachen ab.

»Ich möchte nur das Buch abholen, das Sie für mich besorgt haben. Sagen Sie mir bitte, was ich Ihnen schuldig bin, dann bezahle ich es gleich.«

Sie war viel freier in ihrem Auftreten, und sie lächelte so strahlend, daß Charlie jede Vorsicht vergaß. Er überlegte, daß er fünf kostbare Minuten in Jennifers Gesellschaft verbringen könnte, bevor das Leichenauto ankommen mußte.

»Das sollen Sie haben«, versprach er. »Bitte, treten Sie doch näher.«

Als die beiden in das mit Möbeln überladene Wohnzimmer kamen, erhob sich ein großer Mann von einem Sofa, der ebenfalls einen schwarzen Gehrock trug.

Charlie stellte ihn als einen Freund vor – Mr. Williams.

Jennifer verstand nicht, warum dieser sie mit so gespannter Aufmerksamkeit anschaute, als er sich in aller Form verneigte. Sie hatte vergessen, daß sie ihn schon einmal gesehen hatte, denn sie besaß nicht Puggies Begabung, sich auf alle Gesichter genau zu besinnen.

»Ich möchte mit dir sprechen, Beaverbrook«, sagte er, dann wandte er sich an Jennifer. »Bitte, entschuldigen Sie uns zwei Minuten.«

Obwohl Charlie versuchte, Widerstand zu leisten, zog Puggie ihn hinaus und führte ihn in das große Schlafzimmer, wo der Sarg auf dem Bett stand.

»Wer ist das?« fragte er flüsternd.

»Mein Mädel«, entgegnete Charlie stolz.

»Zum Teufel, was bildest du dir denn ein? Sie kommt von der Versicherungsgesellschaft. Die Leute sind argwöhnisch geworden.«

30 Das Versteck

Charlies Gesicht wurde immer länger, während er Puggie fassungslos anstarrte.

»Das ist eine Lüge«, erklärte er.

»Nun gut, dann ist es eine Lüge«, stimmte Puggie zu. »Ich weiß nur, daß ich dieses junge Mädchen in dem Büro eines Angestellten gesehen habe, als ich die Sache mit Veras Police in Ordnung brachte. Sie klopfte damals auf einer Schreibmaschine herum. Du weißt, daß ich mich in Gesichtern niemals irre.«

»Aber sie arbeitet doch in einer literarischen Agentur.«

»In welcher?«

Puggie erschrak über die Veränderung in Charlies Gesicht. Dieser erinnerte sich plötzlich daran, daß man ihm erklärt hatte, es gäbe in dem Büro keine Miß Burns. Damals hatte er das für einen Vorwand Jennifers gehalten, ihm auszuweichen, aber nun erkannte er, daß es absichtliche Täuschung gewesen war.

»Ich weiß es nicht«, stammelte er. »Sie sagte mir so, und ich glaubte ihr.«

»Das kann ich mir lebhaft vorstellen«, sagte Puggie höhnisch. »Sie ist doch eine Studentin? Hat sie dich über deine Verhältnisse ausgefragt?«

»Ja.«

»Hast du ihr etwas vorgeschwindelt?«

»Nein. Ich habe ihr die Wahrheit gesagt.«

»Du ewiger Idiot! Warum hast du denn das getan?«

»Es – es schien mir damals so spaßig zu sein. Und ich wußte, daß sie mir nicht glauben würde.«

Puggie brummte verächtlich.

»Nun, mir kommt die Sache nicht geheuer vor. Natürlich kann die Gesellschaft nichts gegen uns unternehmen, solange wir nicht die Versicherungssumme beanspruchen. Aber ich mache mich jetzt sofort aus dem Stube.«

Er warf einen Blick auf seine Uhr.

»Wir können das Leichenauto nicht mehr anhalten, aber wir müssen die Leute gleich wieder wegschicken, wenn sie kommen, und ihnen sagen, daß alles nur ein Scherz war. Und dann verschwinden wir am besten.«

»Warum?« fragte Charlie.

»Wegen des jungen Mädchens. Früher war sie nie hier – warum sollte sie denn ausgerechnet heute kommen? Ich habe den Eindruck, daß sie hierhergeschickt wurde, um zu spionieren. Wenn wir in mein Zimmer gegangen wären anstatt in dieses, hätte sie sich bestimmt hier eingeschlichen, um sich unsere Leiche einmal genauer anzuschauen.«

Puggie hatte Charlie mit seinem Argwohn zwar bis zu einem gewissen Grade angesteckt, konnte ihn aber doch nicht ganz überzeugen.

»Sie kann nichts gegen uns unternehmen«, sagte Charlie.

»So? Woher weißt du denn das? Wahrscheinlich wartet sie nur auf den Beauftragten des Beerdigungsinstitutes, zeigt ihm eine Vollmacht von der Versicherungsgesellschaft und verlangt die Leiche zu sehen.«

Puggie griff das aus der Luft, denn er wollte Charlie ernüchtern. Das gelang ihm auch. Charlie atmete schwer, als ihm seine wirkliche Lage zum Bewußtsein kam. Er saß in der Klemme. Vera hatte er verloren – die beste Frau von der Welt – und ihr Geld hatte er auch verloren.

Vor ihm stand eine doppelte Drohung. Wenn er den Versicherungsbetrug durchführen wollte, mochte ihn das ins Gefängnis bringen. Aber das war eine schattenhafte Gefahr in weiter Ferne, während er direkt vor seiner Nase die Tanzlokale sah, in denen er wieder als Gigolo auftreten mußte, um seinen Lebensunterhalt zu verdienen.

Stundenlang sollte er stillsitzen und sich übergehen lassen, bis er gnädigst von einer großen, dicken Frau gewählt wurde. Bei dem Gedanken an diese Aussicht begann sich ein dünner Schaumstreifen zwischen seinen Lippen zu zeigen.

»Ich will nicht arbeiten«, sagte er sich.

»Steh doch nicht da und schwitze wie eine gestochene Sau«, sagte Puggie gefühllos. »Los, vorwärts!«

Er eilte auf den Flur hinaus, aber Charlie kehrte ins Wohnzimmer zurück. Die Gärung in seinem Gehirn erstarb plötzlich, als der Schaum an die Oberfläche kam. Jetzt fühlte er sich als Herr der Lage. Die Ratte Puggie Williams mochte fliehen, aber er wollte festbleiben und seine zehntausend Pfund einkassieren.

Jennifer war froh, als er wieder eintrat, denn sie wollte nach ihrem Büro zurückgehen. Außerdem war ihr die Atmosphäre in dem Raum irgendwie zuwider. In dem Zimmer war es heiß und stickig, denn die Fenster waren geschlossen, um den Straßenlärm auszuschließen. Es gab hier bequeme luxuriöse Diwans, und die Sessel waren mit Kissen bepackt, die nach Zigarettenasche und Staub rochen. Als Jennifer sich niederließ, sank sie tief in weiche Daunenlagen ein, als ob diese sie ersticken wollten.

»Haben Sie mein Buch?« fragte sie.

»Ich gebe es Ihnen gleich.«

Er ging quer durch das Zimmer nach dem Bücherschrank, wandte sich aber plötzlich scharf um.

»Ist es wahr, daß eine Verbindung zwischen Ihnen und einer Versicherungsgesellschaft besteht?«

Jennifer fühlte sich schuldbewußt und errötete tief bei der unerwarteten Frage. Sie zog den naheliegenden Schluß, daß Charlie von ihrer Verlobung erfahren hatte. Sie hatte eine wundervolle natürliche Gesichtsfarbe, und als Charlie sie anstarrte, wurde sie rot bis unter die Haarwurzeln.

»Wer hat es Ihnen gesagt?« fragte sie.

»Ein kleiner Vogel hat mir das zugezwitschert.«

»Aber wer könnte Ihnen denn nur etwas von mir und Alan Pole verraten haben?«

Als sie den Namen des anderen Mannes nannte, empfand Charlie wieder das ihm so vertraute Gefühl, daß sein Gehirn kochte. Er streckte die Hand aus, um nach dem obersten Fach des Schrankes zu reichen. In der einen Ecke stand die Chloroformflasche, die Doktor Ruddy vergessen hatte. Obwohl sich keine klare Absicht damit verband, schlossen sich seine Finger darum.

»Ist es wahr?« fragte er wieder.

»Ja, wir sind verlobt.«

»Herzlichen Glückwunsch.«

Charlie trat auf den Diwan zu, auf dem sie saß, und beugte sich über die Lehne. Das Licht war hinter ihm, so daß Jennifer nur seine Augen und Zähne sehen konnte, die weiß in seinem dunklen ovalen Gesicht schimmerten.

»In diesem Buch finden Sie alles über Gifte und Betäubungsmittel«, sagte er. »Und da wir gerade von Betäubungsmitteln sprechen – ich habe hier etwas Chloroform. Es ist noch aus den Tagen meiner medizinischen Studien übriggeblieben. Möchten Sie einmal daran riechen?«

»Nein«, erwiderte Jennifer kurz und schob die Flasche zur Seite.

»Probieren Sie es doch einmal – es ist ein wunderbares Gefühl.«

»Nein, ich will nicht – hören Sie auf. Was machen Sie –«

Zuerst wollte Jennifer nicht glauben, daß etwas nicht stimmte. Sie hörte Charlies schweres Atmen, als er sich über sie beugte, und wollte aufstehen. Aber er stieß sie zurück und versuchte, ein Taschentuch auf ihr Gesicht zu drücken.

Sie war kräftig und wehrte sich mit aller Gewalt, aber Furcht verlieh ihm die Stärke eines Tigers. Treu seinem Charakter war er jedoch ein Tiger, der die Krallen eingezogen hatte. Während des Kampfes schrak er gefühlsmäßig vor jedem brutalen Angriff zurück. Obwohl er sich gegen sie stemmte, schützten sie doch die aufgehäuften Kissen vor dem unmittelbaren Druck seiner Ellbogen und Knie.

Der widerliche Geruch des Betäubungsmittels hing schwer in der Luft und stieg auch Charlie in die Nase, so daß dieser schon fürchtete, ebenfalls die Besinnung zu verlieren. Aber gerade als er an diese Möglichkeit dachte, merkte er, daß Jennifers Widerstand schwächer wurde. Ihr Körper erschlaffte mehr und mehr, und eine ihrer Hände sank kraftlos über den Diwan.

Jennifer fühlte, daß die Bewußtlosigkeit sie überwältigte wie dunkles Wasser, das einen Damm durchbricht. Kurz bevor alles um sie her dunkel wurde, sah sie noch ein von Gardinen verhülltes Fenster, das auf dem Kopf stand, und eine umgekehrte Vase mit drei besonders großen purpurroten Chrysanthemen, deren Blütenblätter herabhingen.

»Unsinn!« dachte sie, ohne sich im letzten Augenblick pflichtschuldig an Alan zu erinnern.

Nachdem Charlie sich davon überzeugt hatte, daß sie sich nicht mehr rührte, wankte er mit unsicheren Schritten durch das Zimmer, öffnete ein Fenster und

spuckte in den Blumenkasten. Nach dieser Vorsichtsmaßnahme ging er zum Diwan zurück. Er war noch
zu benommen, als daß er klar denken konnte, aber
er sah ein, daß er sie bewußtlos halten mußte, bis der
Sarg sicher fortgebracht worden war.

Wenn die Leute pünktlich waren, konnte es nur
noch ein paar Minuten dauern. Später wollte er ihr
dann einreden, daß sie ohnmächtig geworden war. Außerdem mußte er sie beruhigen und auslachen, falls
sie behaupten sollte, daß man einen Sarg aus der Wohnung fortgetragen hatte.

Aber zunächst mußte er das Zimmer wieder in
Ordnung bringen und alle Spuren eines Kampfes entfernen. Als er ihre Handtasche vom Boden aufhob,
bemerkte er, daß ein Kuvert herausschaute. Auf der
Rückseite fand er den Stempel mit dem Namen der
Gesellschaft, die Veras Versicherungspolice ausgestellt
hatte.

Panischer Schrecken flackerte wie Wetterleuchten
in seinen Augen und durchzuckte sein Gehirn, als er
Alans Mitteilung herauszog, die auf einen Geschäfts-
bogen der Firma geschrieben war. Das war ein bela-
stender Beweis. Der erste Satz brannte sich wie Feuer
in sein Bewußtsein ein.

>Liebling, es ist so nett von Dir, daß Du
mir bei Aufklärung des großen Versiche-
rungsbetruges helfen willst –<

Charlie las nicht weiter. Er zitterte vor Wut und
Furcht wie eine heftig arbeitende doppelte Dynamo-

maschine. Diese Studentin war eine gemeine Spionin, die seinen Untergang plante, um irgendeinem elenden Jüngling, einem Versicherungsangestellten, zu helfen. Er hatte alles für sie geopfert, während sie mit der Absicht in seine Wohnung gekommen war, ihn zu verraten.

Nun lag das Gefängnis nicht länger in weiter nebliger Ferne; seine Wände und Gitter befanden sich in gleicher Ebene mit diesem Raum. Die »Grüne Minna« wartete vor der Tür. Dies war das Ende all seiner Pläne. Keine Frauen in seidenen Kleidern mehr, keine Cocktails, kein Badesalz. Kein Vergnügen, keine Freiheit mehr.

Im Augenblick hatte er eine Atempause, aber wie konnte er Jennifer halten? Wie konnte er sie dauernd zum Schweigen bringen? Er beugte sich über sie und taumelte dann zurück, bestürzt über ihr verändertes Aussehen.

Dieses knochenlose Bündel war nicht mehr die strahlende Studentin, die mit fliegenden Fahnen so triumphierend in sein Leben getreten war. Ihr Gesicht kam ihm unbekannt vor; es war totenbleich und hatte schreckliche weiße Schlitze an Stelle der Augen. Sie sah grotesk aus, als sie zusammengesunken auf dem Sofa lag und Arme und Beine von sich streckte.

Er schrak vor ihr zurück, und doch mußte er sie fesseln und knebeln, falls sie bei der Ankunft der Leute vom Beerdigungsinstitut plötzlich wieder zu sich kommen sollte. Noch immer von Furcht erfüllt, band er ihre Beine mit seidenen Schlipsen zusammen und fesselte mit der Gürtelschnur seines Morgenrocks ihre Arme dicht an den Körper. Ein großes Taschentuch steckte er in ihren Mund legte ein anderes über ihr Gesicht.

Er ging dabei sehr geschickt und behutsam vor, als ob sie alles fühlen könnte. So groß ihr Verrat auch sein mochte, so stand es doch bei ihm fest, daß er ihr nicht wehe tun durfte. Aber sie lag schrecklich still, reglos wie die Puppe in dem anderen Raum.

Als er seine Aufgabe durchgeführt hatte, schaute er auf sie nieder und taumelte dann entsetzt zurück.

Das war nur noch ein lebloses Ding ... Sie war tot. Er hatte ihr zuviel Chloroform gegeben ... Schweißperlen standen wie Regentropfen auf seiner Stirn. Es war nicht seine Schuld. Sie hatte sich zu heftig gewehrt – den Widerstand über die Grenze der Sicherheit hinaus fortgesetzt.

Außerdem hatte sie nicht gelitten. Es war ja nur ein langer Schlaf, wie Doktor Ruddy versichert hatte. Aber er mußte sie verstecken.

Seine Augen glühten auf, als ein gräßlicher Gedanke in seinem Gehirn auftauchte. Charlie wußte einen sicheren Platz, an dem er sie verbergen konnte.

Er eilte ins Schlafzimmer, zog die Puppe aus dem Sarg und stieß sie unter das Bett.

31 Der Sarg wird zugeschraubt

Jennifer lag im Sarge.

Als sie sich allmählich aus der Betäubung herausarbeitete, wurde sie sich der Dunkelheit bewußt, und sie hatte das Gefühl, qualvoll beengt zu sein. Sie konnte sich weder rühren noch einen Laut von sich geben. Es steckte etwas in ihrem Mund, so daß sie kaum atmen konnte. Auch ihr Gesicht war von weichem Stoff eingehüllt.

Einen Augenblick lang dachte sie entsetzt, daß sie lebendig begraben worden wäre.

Der Schrecken überfiel sie so plötzlich, daß sie beinahe den Verstand verlor. Aber während ihr Geist an der Grenze des Wahnsinns schwankte, vernahm ihr Ohr schwache Verkehrsgeräusche. Die Frühzündung eines Autos in der Shaftesbury Avenue war ihre Rettung.

»Wo bin ich nur?« fragte sie sich in Todesangst. »Was ist mit mir geschehen?«

Die Antwort sickerte allmählich durch die einzelnen Schichten ihres umwölkten Gehirns. Zuerst erkannte sie, daß sie geknebelt und gefesselt war, wenn

sie auch ihre Finger biegen und den Kopf leicht zur
Seite drehen konnte. Dann erinnerte sie sich nach und
nach daran, daß sie in Beaverbrooks Wohnung war,
und er sich unerwartet – ohne jeden Grund – gegen
sie gewandt hatte.

»Es war eine große Dummheit von mir, ihm zu
trauen«, sagte sie sich bitter. »Alan hatte recht.«

Der Gedanke an Alan war ein Rettungsanker, an
den sie sich mitten in diesem gespenstischen Traum
klammern konnte. Es war alles so verworren und un-
erklärlich, daß sie daran zu zweifeln begann, ob sie
wirklich bei Bewußtsein war. Undeutlich besann sie
sich auf Beaverbrooks Frage, ob sie die Wirkung eines
Betäubungsmittels ausprobieren wolle.

»Ich träume das alles nur«, tröstete sie sich. »In einer Minute werde ich aufwachen und auf dem Diwan
liegen. Chester Beaverbrook wartet sicher nur darauf,
mich auszulachen.«

Aber als sie sich weiter abmühte, zum Tageslicht
und zur Wirklichkeit zurückzukehren, war es ihr, als
ob sie – irgendwo in der Luft – verworrene Stimmen
vernähme, die immer nahe daran waren, verständliche
Worte zu sprechen. Plötzlich dröhnte es laut in ihren
Ohren, als ob ein Eisenbahnzug durch einen Tunnel
raste, und sie hörte einen Mann sprechen.

»Ist sie tot?«

Es war Puggie Williams, der das sagte, während er
mit blutunterlaufenen Augen wie betäubt auf den Sarg
starrte.

»Ja.« Charlie zitterte am ganzen Körper und war kaum imstande, mit bebenden Lippen die Antwort zu stammeln. »Es war – ein – ein unglücklicher Zufall. Mein Fehler war es nicht – das schwöre ich.«

»Wie ist es denn geschehen?«

»Chloroform. Ich – ich – habe sie nicht verletzt. Ich wollte sie nur für einige Zeit zum Schweigen bringen, aber sie wehrte sich wie eine Wildkatze. Es war ihre eigene Schuld, daß sie zuviel bekam.«

»Du verdammter Idiot! Zum mindesten wirst du wegen Totschlags angeklagt. Ich mache, daß ich fortkomme. Noch diesen Augenblick.«

»Nein, Puggie, du mußt mir durchhelfen. Auf mein Ehrenwort – es ist alles in Ordnung. Es wird niemals jemand etwas davon erfahren.«

»Glaube das ja nicht. Morgen steht dein Name in Schlagzeilen auf den vordersten Zeitungsseiten.«

»Aber – verstehst du denn nicht? Die Männer sind hier. Sie kommen gerade herauf. Ich mußte mich furchtbar beeilen, um – fertig zu werden, bevor du sie fortschicken konntest.«

Obwohl seine Stimme hoch und schnarrend klang, war sie doch wieder etwas zuversichtlicher geworden.

Aber Puggie war heiser vor Entsetzen.

»Das ist also der großartige Plan, sie in den Sarg zu stopfen?« flüsterte er. »Was für ein Kerl! Er mußte seine Leiche wirklich haben ... Nun, du kannst den Geschworenen ja alles darüber erzählen.«

Er schüttelte Charlies Hand von sich ab und eilte nach der Tür. Aber bevor er sie erreichte, blieb er stehen, denn es war ihm ein neuer Gedanke gekommen.

»Bist du auch ganz sicher, daß sie tot ist?« fragte er.

»Vollkommen.«

»Nun, du mußt es ja wissen. Du bist doch einmal Arzt gewesen, nicht wahr?«

Wie Vera vorausgesehen hatte, konnte man sich im Augenblick der Gefahr nicht auf Puggie verlassen. Er hatte zuviel getrunken, um die Wichtigkeit seiner Frage zu begreifen. Obwohl er nur den Sargdeckel hätte aufzuheben brauchen, untersuchte er die Sache nicht weiter.

Seinem Gedankengang nach war es jetzt am wichtigsten, so schnell wie möglich die Wohnung zu verlassen, nachdem Charlie versucht hatte, ihn zu übertölpeln.

Im Sarge hörte Jennifer jedes Wort, und während sie lauschte, fraß der Schrecken die Dunstschicht, die ihren Verstand umnebelte, wie Säure weg. Endlich verstand sie das Ungeheuerliche.

Sie sollte begraben werden – geknebelt, gefesselt und in den Sarg eingesperrt, unfähig, sich zu rühren oder zu rufen. Bald würde sie an einen Platz getragen werden, wo man sie in die Erde senkte.

Erfahrungen hatte sie sammeln wollen, und nun wartete ein Erlebnis der grauenvollsten Wirklichkeit auf sie. Hätte sie diese Szene in einem Film gesehen, so hätte sie gewußt, daß die Rettung unter allen Umständen kommen würde. Man würde sie im Büro vermissen, und irgend etwas, das sie am Vormittag gesagt oder getan hatte, würde einen Anhaltspunkt geben, um sie in dieser Wohnung aufzufinden.

Außerdem mußte Alan wissen, in welcher Gefahr sie schwebte. Im kritischen Moment würde er durch die Tür stürmen, den Sargdeckel aufreißen und sie in die Arme schließen.

Sie fühlte, daß Tränen über ihre Wangen liefen, als sie an ihn dachte. Noch nie war er ihr so lieb und wert erschienen.

In demselben Augenblick dachte auch Alan an sie, als ob er einen weiteren Beweis für die Fernwirkung der Gedanken liefern wollte. Er hatte seinen Auftrag erledigt und verzehrte in einem kleinen Gasthaus des Ortes sein Mittagessen, das aus Brot, Käse und einem Glas Bier bestand. Die Sonne war gerade durch die Wolken gebrochen, und ein Vogel begann auf dem kahlen Zweig eines Nußbaumes zu zwitschern.

»Ob sie wohl meinen Brief bekommen hat?« überlegte er.

Jennifer gab die Hoffnung auf.

»Er kann es ja gar nicht wissen«, sagte sie sich. »Er ist meilenweit entfernt. Kein Mensch ahnt, wo ich bin.«

Ihre Gedanken waren nun entsetzlich klar, als sie sich die nächste Zukunft ausmalte. Sie wußte, daß sie nicht mehr lange zu leben hatte.

»Wenn ich nicht bald befreit werde, ersticke ich. Lange halte ich es nicht aus. Nur wird jede Minute sich zu Jahren dehnen.« Ihre Leiden steigerten sich bereits so, daß sie es kaum noch ertragen konnte. Jeder Atemzug wurde zur Qual. Ihr Herz schien zum Stehen zu kommen, um dann wieder schwach weiterzuschlagen. In ihren Ohren brauste es wie Meeresrauschen.

Plötzlich erkannte sie, daß außer Chester Beaverbrook auch noch andere Leute im Zimmer waren. Sie hörte Bewegungen und Schritte, die durch den Teppich gedämpft wurden. Dann erklang Charlies Stimme scharf und befehlend.

»Machen Sie so schnell wie möglich! Wir sind schon im Verzuge.«

»Sehr wohl«, erwiderte einer der Männer.

Ein Klingeln an der Haustür übertönte ein schreckliches, leise kratzendes Geräusch. Zuerst wußte Jennifer nicht, was vorging, aber als dieses Kratzen sich wiederholte, kam ihr die grauenvolle Wahrheit zum Bewußtsein.

Der Sargdeckel wurde zugeschraubt.

Jede Faser ihres Körpers schien sich gegen dieses unerhörte Verbrechen zu wehren. Merkwürdigerweise war es ihr Gerechtigkeitsgefühl – ein so hervortretender Zug des englischen Charakters – das durch diese entsetzlichen Geräusche beleidigt wurde.

»Ich habe nichts getan, um das zu verdienen«, sagte sie sich in ihrer furchtbaren Qual. »Das kann mir nicht geschehen. Das ist nicht erlaubt.«

Aber trotzdem geschah es. Sie litt während dieser Sekunden, die sich zu einer Ewigkeit dehnten ...

Als sie gerade ohnmächtig wurde, sagte einer der Leute zu Charlie:

»Das ist mein Kollege, der klingelt. Soll ich ihn hereinlassen?«

»Nein, ich werde selbst hingehen.«

Charlie fühlte, daß seine Stimmung wieder stieg, als er die Wohnungstür öffnete. Er hatte ein strategisches Meisterstück geplant, das ihn mit jeder Minute dem endgültigen Erfolg näherbrachte.

Sein Schrecken war daher um so größer, als er Doktor Ruddy vor sich sah. Der Arzt sprach etwas verlegen, als Charlie ihn anstarrte.

»Es tut mir leid, daß ich Sie gerade in dem Augenblick störe, Beaverbrook. Ich fürchte, daß ich Sie aufrege, aber hier ist meine Vollmacht.«

Er zog einen Brief aus der Tasche, aber Charlie griff nicht danach.

»Vollmacht?« wiederholte er.

Doktor Ruddy glaubte, daß der Witwer durch den schweren Verlust betäubt und verwirrt war, und übernahm einfach das Kommando. Ohne weitere Erklärung ging er in das Schlafzimmer und wandte sich an die Männer.

»Schrauben Sie den Deckel ab.«

»Nein«, widersprach Charlie mit einer hohen Stimme, die beinahe wie ein Schrei klang. »Das ist ein Frevel.«

»Es ist der Wunsch Ihrer Frau«, erwiderte der Arzt. »Ich könnte heute nacht nicht schlafen, wenn ich ihre Bitte nicht erfüllt hätte. Und Sie fänden auch keine

Ruhe. Gehen Sie doch ins Wohnzimmer und warten Sie dort. Sie brauchen nicht zu sehen, was ich mache. In einer Minute ist alles vorüber.«

»Nein. Sie sind betrunken.«

Zufällig war Doktor Ruddy diesmal vollkommen nüchtern und wies den Vorwurf zurück. Er wurde dadurch nur noch mehr in seinem Entschluß bestärkt, seinen Willen durchzusetzen.

»Ich habe einen Totenschein ausgestellt, ohne die Leiche zu untersuchen«, erklärte er. »Das ist nicht in Ordnung. Um mich zu vergewissern, muß ich darauf bestehen, daß der Sarg geöffnet wird ... Nehmen Sie die Schrauben heraus.«

Er sprach mit dem Ton eines Mannes, der Amtsgewalt hat. Die Leute sahen verlegen auf Charlie, der sich nicht mehr widersetzte, dann gehorchten sie eilig.

»Ich möchte ihr Gesicht nicht mehr sehen«, sagte Charlie.

Er ging ins Wohnzimmer und machte die Tür zu. Aber er hörte noch den Ausruf des Doktors, als der Deckel abgenommen wurde.

»Das ist ja eine andere Frau ... Und ... Um's Himmels willen – sie lebt!«

32 Das zweite Mal

Doktor Ruddy erzählte später seiner Frau, er hätte noch nie ein so großartiges und feines Mädchen getroffen wie Jennifer Burns.

Als sie zu sich kam, lag sie auf einer pupurroten Daunendecke. Sie war nicht mehr geknebelt und gefesselt, und der Arzt beugte sich über sie. Anstatt zusammenzubrechen, wie er erwartet hatte, verlor sie keine Zeit, das Chloroform wieder aus ihrem Körper zu entfernen.

Im Badezimmer hatte sie einen heftigen Anfall von Seekrankheit, aber wenn es zwischendurch eine Atempause gab, lachte sie.

»Ich lebe!« sagte sie immer wieder. »Gott sei Dank! Ich hätte niemals gedacht, daß ich mich darüber freuen könnte, wenn mir übel wird. Ach, ist es nicht wunderschön?«

»Ja. Aber im Augenblick haben Sie in der Beziehung genug geleistet«, erwiderte Doktor Ruddy entschieden. »Sie machen doch keine Fahrt über den Kanal. Sie sind noch sehr mitgenommen – kommen Sie jetzt und legen Sie sich wieder hin.«

Sie war vollkommen erschöpft, als er die purpurne Daunendecke über sie legte, aber trotzdem stellte sie dauernd Fragen.

»Woher wußten Sie denn, daß ich in dem Sarg lag?«

»Ich wußte es nicht.«

»Aber warum – sind Sie dann gekommen?«

»Weil ich vor kurzer Zeit einen sehr sonderbaren Brief von Mrs. Beaverbrook erhalten hatte. Wollen Sie ihn lesen?«

Er zog ein zerknittertes Blatt Papier aus der Tasche, auf dem die Adresse eines bekannten Hotels in Brighton eingeprägt war.

Es war Veras Brief, den sie unter dem Einfluß eines schrecklichen Traumes geschrieben hatte. Obwohl die Worte vor Jennifers Augen tanzten, gelang es ihr doch, die hingekritzelten Zeilen zu entziffern.

»Mein lieber Doktor Ruddy,

ich habe einen entsetzlichen Traum gehabt. Ich hatte die Vorstellung, daß ich lebendig begraben worden wäre. Ich fürchte mich so sehr. Vielleicht ist mir der Traum als Warnung geschickt worden. Versprechen Sie mir, daß Sie mir ein Messer durchs Herz stoßen, wenn ich tot bin. Charlie wird Ihnen zehn Pfund dafür geben. Lassen Sie mich nicht im Stich.

Ihre Vera B.«

»Mein Gott«, sagte Jennifer atemlos. »War er denn verheiratet?«

»Das sind sie immer, meine Liebe.«

»Dann sind Sie also auch im Bild? Ich bin die einzige Dumme ... Aber warum haben Sie denn so lange gewartet?«

Doktor Ruddy sah verlegen drein, als sie ihn vorwurfsvoll anblickte.

»Zu meiner Schande muß ich gestehen, daß ich es vergessen hatte. Aber meine Frau machte die Bemerkung, daß Chester Beaverbrook es sehr eilig habe, seine Frau zu begraben. Dabei fiel es mir wieder ein, und ich eilte hierher. Zum erstenmal in meinem Leben bin ich wohl zur rechten Zeit gekommen.«

Jennifer blickte dankbar in das schlaffe, kraftlose Gesicht. Doktor Ruddy mochte nicht kommen, wenn man ihn rief, und wenn er kam, mochte er nicht die richtige Behandlung anwenden. Aber man konnte sich auf ihn verlassen, daß er anständig handeln würde.

»Wer ist eigentlich ›Charlie‹?« fragte sie.

»Wenn ich das wüßte! Wahrscheinlich hat sie sich geirrt ... Nun bleiben Sie aber ruhig liegen und versuchen Sie, etwas zu schlafen. Ich muß jetzt einmal ein paar Worte mit Beaverbrook reden.«

Er zog die Mundwinkel herab, denn er freute sich nicht auf diese Unterhaltung. Als er gemerkt hatte, daß etwas nicht stimmte, hatte er sofort einen der Männer hinausgeschickt, um die Wohnungstür zu bewachen, damit vor Ankunft der Polizei niemand die Räume verlassen konnte.

Er hoffte aber, Beaverbrook würde ihm eine ausreichende Erklärung geben, so daß er die Polizeistation nicht zu benachrichtigen brauchte.

Als er jedoch ins Wohnzimmer trat, ahnte er, daß Chester Beaverbrook den Sachverhalt nicht erzählen würde.

Der Mann hatte sich ein sehr bequemes Lager zurechtgemacht, denn er hatte alle Kissen zusammengetragen, die er in dem Zimmer finden konnte, und sie auf dem Diwan aufgehäuft, auf dem er lag. Sein Gesicht war mit einem Taschentuch bedeckt, und es roch stark nach Chloroform.

Charlie Baxter war zum zweiten Male gestorben!